LUTZ KREUTZER (Hrsg.)
Schaurige Orte in Bayern

SCHAUER UND GRUSEL IN BAYERN Zwölf schaurige Geschichten von zwölf Autoren über zwölf reale Orte in Bayern, angelehnt an Legenden und Ereignisse von der Römerzeit bis heute: Von Kelten, Römern und einer Toten am Bodenlosen See. Wie eine Magd auf Burg Wartstein die erbarmungslose Vernichtung erlebte. Als ein Bäcker in Augsburg seinen Mut mit dem Leben bezahlte. Warum eine bettelarme Bauernmagd bittere Rache übte. Von den Qualen eines berühmten Wissenschaftlers und seiner bahnbrechenden Entdeckung. Wie ein Geist die Menschen von Landshut in Angst und Schrecken versetzte. Als ein junger Mann das wahre Gesicht des Königs Watzmann zu sehen glaubte. Warum sich zwei Schwestern im Schatten der Königlichen Villa in Regensburg zu Rivalen entwickelten. Wie der Räuber Heigl posthum ein großes Unrecht verhinderte. Auf welche Weise der Erdstall zu Kissing für Gerechtigkeit sorgte. Schwarze Messen und Spuk im Mausoleum von Ziegelsdorf. Vom Wunsch, die Teufelskröten vom Bamberger Dom Feuer spucken und Hölle spielen zu lassen.

Lutz Kreutzer wurde 1959 in Stolberg geboren. Er schreibt Thriller, Kriminalromane, Sachbücher und gibt Kurzgeschichten-Bände heraus. Auf den großen Buchmessen in Frankfurt und Leipzig sowie auf Kongressen coacht er Autoren. Am Forschungsministerium in Wien hat der promovierte Naturwissenschaftler ein Büro für Öffentlichkeitsarbeit gegründet. Er war lange als Manager in der IT- und Hightech-Industrie in München tätig. Über seine Arbeit wurden im Hörfunk und TV zahlreiche Beiträge gesendet. Seine beruflichen Reisen und alpinen Abenteuer nimmt er zum Anlass, komplexe Sachverhalte in spannende Literatur zu verwandeln. Seine Arbeit wurde mit mehreren Stipendien gefördert. Heute lebt er in Freilassing mit Blick auf den Watzmann. Mehr unter: www.lutzkreutzer.de

© Jutta Benzenberg

LUTZ KREUTZER (Hrsg.)
Schaurige Orte in Bayern

Unheimliche Geschichten

Personen und Handlung sind frei erfunden.
Ähnlichkeiten mit lebenden oder toten Personen
sind rein zufällig und nicht beabsichtigt.

Immer informiert

Spannung pur – mit unserem Newsletter informieren wir Sie
regelmäßig über Wissenswertes aus unserer Bücherwelt.

Gefällt mir!

Facebook: @Gmeiner.Verlag
Instagram: @gmeinerverlag

Besuchen Sie uns im Internet:
www.gmeiner-verlag.de

© 2024 – Gmeiner-Verlag GmbH
Im Ehnried 5, 88605 Meßkirch
Telefon 0 75 75 / 20 95 - 0
info@gmeiner-verlag.de
Alle Rechte vorbehalten
1. Auflage 2024

Lektorat: Susanne Tachlinski
Herstellung: Julia Franze
Umschlaggestaltung: U.O.R.G. Lutz Eberle, Stuttgart
unter Verwendung eines Fotos von: © jan brennenstuhl / Unsplash
Druck: GGP Media GmbH, Pößneck
Printed in Germany
ISBN 978-3-8392-0642-3

INHALT

Vorwort des Herausgebers	9
Keltenmord von Nicola Förg	11
Der Geheimgang von Anja Lehmann	27
Der Steinerne Mann und die Hexe von Michael Böhm	55
Dem Herrgott sei' Schlankldog von Ina Resch	76
Die Phantome des Physikers von Alexander Meining	99
Arme Seelen von Roland Krause	120
Der Auftrag von Lutz Kreutzer	138
Letzte Novembernacht von Hilde Artmeier	167
Höhlen sollst du meiden von Michaela Pelz	186
Kissing-and-men-hettis.de Angela Eßer	213
Das Mausoleum von Helmut Vorndran	236
Die Hölle von Tommie Goerz	258
Die Autoren	278

KARTE

- ① Keltenmord
- ② Der Geheimgang
- ③ Der Steinerne Mann und die Hexe
- ④ Dem Herrgott sei' Schlankldog
- ⑤ Die Phantome des Physikers
- ⑥ Arme Seelen
- ⑦ Der Auftrag
- ⑧ Letzte Novembernacht
- ⑨ Höhlen sollst du meiden
- ⑩ Kissing-and-men-hettis.de
- ⑪ Das Mausoleum
- ⑫ Die Hölle

Link zur interaktiven Karte:
https://schauer-bayern.lutzkreutzer.de

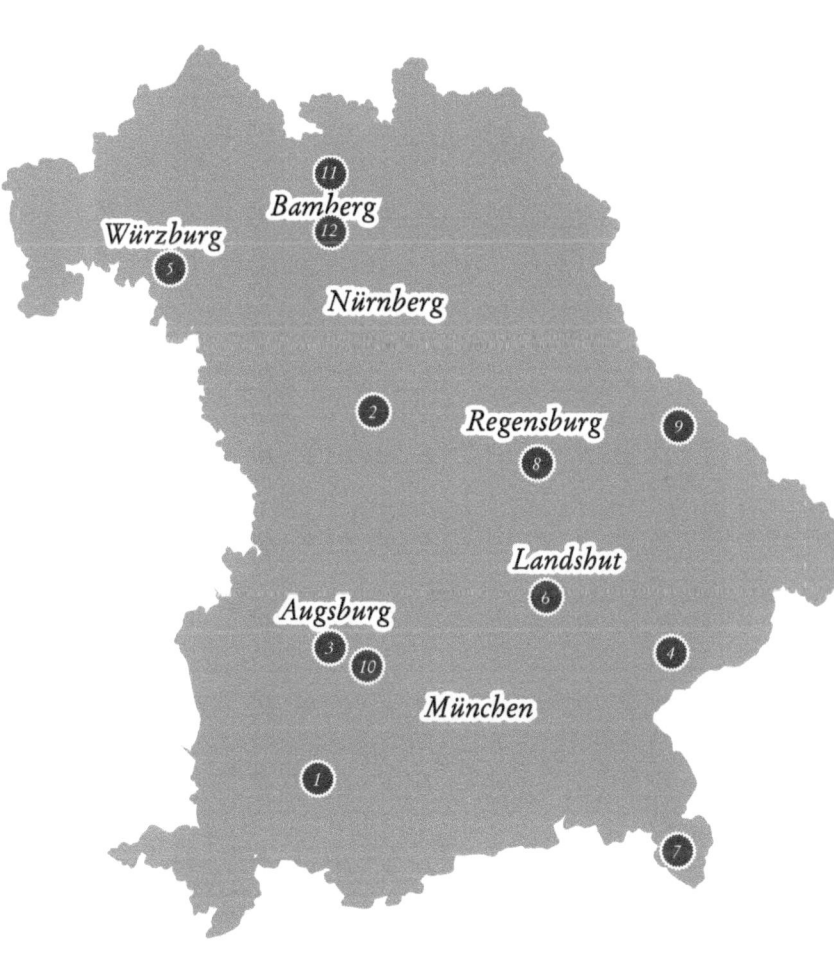

VORWORT DES HERAUSGEBERS

Liebe Leserinnen, liebe Leser,

in dem vorliegenden Band »Schaurige Orte in Bayern« werden Sie die beiden größten bayerischen Städte München und Nürnberg vielleicht vermissen. Doch das hat seinen Grund: Unsere Reihe zu unheimlichen Orten hat vor einigen Jahren mit einem Buch über München begonnen. »Die gruseligsten Orte in München« ist bereits in der siebten Auflage erschienen und ebenfalls als Hörbuch erfolgreich, und auch »Düstere Orte in Nürnberg« ist als eigenes Buch der Reihe erhältlich.

Als Herausgeber habe ich mit dem Gmeiner-Verlag nun das Projekt »Schaurige Orte in Bayern« entwickelt. In dem vorliegenden Band werden daher Geschichten von unheimlichen Örtlichkeiten erzählt, die außerhalb der beiden größten bayerischen Städte liegen. Jeder Regierungsbezirk und weitere große Städte sind berücksichtigt, sodass die Geschichten von den nördlichen Gebieten in Franken über das Allgäu bis hin nach Berchtesgaden das gesamte Bayernland überspannen: ein Dutzend gruselige Erzählungen von zwölf Autoren über zwölf reale Orte in Bayern, angelehnt an Ereignisse und Legenden von der Keltenzeit bis in die Gegenwart, die Sie hoffentlich gut unterhalten werden. Bayern ist vielfältig, nicht nur landschaftlich und kulturell, sondern auch, was das Unheimliche angeht.

Viel Freude beim Lesen wünscht Ihnen
Ihr Lutz Kreutzer
Herausgeber

KELTENMORD

VON NICOLA FÖRG

Fata viam invenient – Das Schicksal findet seinen Weg

Der Auerberg liegt auf der Grenze zwischen Oberbayern und dem Allgäu und ragt weithin sichtbar aus dem Bauernland. Ursprünglich galten die bis zu drei Meter hohen und drei Kilometer langen Wallanlagen auf dem 1.055 Meter hohen Auerberg als keltisch. Alle Ausgrabungen ließen aber nur auf eine römische Besiedlung schließen, die allerdings Rätsel aufgibt. Wer lebte hier in dieser ältesten dörflichen Siedlung der Römer in Bayern? Mit welchem Ziel? Das römische Gastspiel dauerte nur von etwa 13/14 nach Christus bis 40 nach Christus, der Siedlungsplatz war für römische Verhältnisse extrem hoch gelegen und witterungsmäßig exponiert. Warum wurde architektonisch so aufwendig gebaut? Die Römer hatten sogar Bronze zum Bau von Katapulten geschmolzen, und das bei der ungewöhnlich kurzen Siedlungsdauer. Was wollten sie auf einem Berg, der auch später nur so vor Sagen strotzte? Wo man lange am alten Götterglauben festhielt, während der Westen des Allgäus längst christianisiert worden war. Kein Wunder, dass der Auerberg bis heute ein schwer fassbarer, magischer Platz ist.

Laura Bontempi zögerte. Und haderte. Sie hatte sich erst kürzlich ins Ostallgäu nach Füssen versetzen lassen – der Liebe wegen. Die Halbitalienerin stammte aus Rosenheim, ihr Papa hatte wüst gezetert, dass seine Bellissima so weit wegzog. Und Laura hatte schon öfter gezweifelt; das war schon ein merkwürdiger Menschenschlag, mit dem sie es hier zu tun hatte. Aber sie fasste sich ein Herz und wandte sich an den Kollegen Bruno Lax.

»Da hat soeben eine Frau Fiona Arwen angerufen.« Laura zögerte. »Sie befinde sich in Todesangst, ein kopfloser Reiter sei schon dreimal vorbeigeritten und würde mit einer, na ja, Lanze an ihr Fenster klopfen.«

Lax stöhnte. »Na, it scho wieder! Die Amrei!«

»Nein, Arwen.«

»Mädle, der Klarname isch Amrei Brutscher, Fiona und Arwen sind zwei keltische Vornamen. Die Alte veranstaltet Wanderungen auf Spuren der Kelten am Auerberg. Die isch …« Er tippte sich ans Hirn. »Beim letzten Mal hat sie gemeldet, dass Makárese Schimmel ihr Läuse ins Haus gehext hätte.«

»Wer?«

»Ach, auch eine alte Sage, von so einem Grauhaarigen, der Ungeziefer kommen und verschwinden lassen konnte. Der Berg wimmelt bloß so von Sagen. Und die Amrei verwechselt die Realität mit ihren wirren Gedankenwelten. Und wenn sie Läus hot, soll sie ihr Schampu wechseln, hob i ihr g'sagt. Aber komm, mir fahren hi.«

Laura musste in sich hineingrinsen. Ihr neuer Kollege war ein Zweisprachler, der ohne Vorwarnung von Hochdeutsch auf Allgäuerisch umschwenken konnte und netterweise mit ihr nur teilweise in diesem unverständlichen Kauderwelsch sprach. Und Laura war nun doch gespannt, sie fuhren nordwärts und in Stötten einen Berg hinauf, der urplötzlich ziemlich steil wurde. Lax enterte einen Feldweg, der an einem kleinen, Efeu umrankten Haus in Alleinlage endete. Im Märchen würde man »verwunschen« dazu sagen.

»Unser Pech isch, dass sie grad no zu eis g'hert. A paar Kilometer weiter wären die Oberbayern zuständig«, bedauerte Lax.

Warum Lax so wenig Lust auf die Dame hatte, wurde Laura schnell klar. Im Garten stand ein großes keltisches Kreuz. Aus dem Haus tönte merkwürdige Musik, und ein starker Geruch, der an Weihrauch erinnerte, entwich dem Gebäude. Sie gingen durch die offen stehende Haustür durch einen Gang weiter in eine Küche. Eine Frau werkelte an einem Holztisch. Sie trug ein breites Stirnband, in das eine Art – wie Laura gesagt hätte – Küchentuch gestopft war, das aber wohl einen Schleier darstellen sollte. Das Stirnband war bestickt mit keltischen Knoten. Sie hatte ein langes Gewand mit tiefem Ausschnitt an, und um den Hals lag eine Kette, die auf ihrem knochigen und faltigen Dekolleté in einer Triskele endete. Sie hackte auf einem Küchenbrett Kräuter, Laura erkannte zumindest Brennnessel, Bärlauch und Knoblauch, es lag auch ein markanter Knoblauchgeruch in der Luft, der sich ungut mit dem weihrauchartigen mischte.

»Hilft au gegen Vampire«, sagte Lax.

»Ich bin die Druidin, das weißt du doch.«

»Amrei …«

»Fiona«, unterbrach sie ihn.

»Amrei, es geit bei eis kuine kopflosen Reiter. Entweder du hosch z'viel von am vergorenen Trank derwuschen oder do verarscht di wer.«

»Es war ein kopfloser Reiter, und das Pferd, es war verflucht. Das Ross, es hatte Pocken. Es war schwarz befleckt, und der Reiter will mich holen. Sie wollen mich vertreiben von diesem Ort.«

»Versteh i, du schiache Hex«, murmelte Lax leise.

»Bitte?«

»Mir kümmern eis, pfiat di, Amrei«, sagte Lax nur, und Laura folgte verdutzt.

Sie stiegen ins Auto, rumpelten zur Teerstraße zurück, fuhren bergwärts und bogen wenig später zu einem großen Bauernhof ab. Lax hupte, und sofort trat ein Mann in einer Arbeitshose aus dem Stall.

Statt einer Begrüßung rief Lax: »Schorsch, des warsch du!«

»Was?«

»Du bisch mit deim Gaul ohne Kopf bei der Amrei vorbeigeritten. Lass den Scheiß!«

»Quatsch!«

»Du hosch an Noriker, der hot schwarze Punkte. Du hosch a Georgs-Kostüm, jetzt lass den Scheiß.«

Weil Laura sie beide allzu ungläubig anstarrte, verlegte Lax sich aufs Hochdeutsche.

»Laura, schau. Es gibt hier im April, am Georgstag, einen Georgiritt. Zur Kapelle auf dem Auerberg, die dem heiligen Georg geweiht ist. Einst soll es hier sehr liederlich zugegangen sein, so sehr, dass Gott ein gewaltiges Feuer schickte. Aber aus der Asche erhoben sich Gewürm und Gesindel, und die wenigen Gerechten flehten zu Gott. Der sandte auf einem glänzenden Schimmel einen Ritter, der Drachen tötete und Lindwürmer gleich dazu und lichtscheues Gesindel in die Flucht schlug. Zum Dank wollten die Bewohner eine Kirche errichten, aber die Pferde, die die Baumaterialien transportieren sollten, waren schon in Bernbeuren lahm. Wieder trat der Ritter auf den Plan, und die Pferde, die schon unten gewaltig ins Schwitzen gekommen waren, wurden oben, wo der Weg am steilsten war, wieder trocken und munter. Außerdem arbeitete der Ritter nachts, während die Leute schliefen, bald schon stand die Kirche, und der wackere Bauhelfer war verschwunden, und die Leute raunten, dass das der heilige Georg höchstselbst gewesen sein muss. Drum der Ritt am Sankt-Georgs-Tag.« Diese lange Rede hatte ihn angestrengt. »Und der Schorsch do, der reitet als Georg.« Und an den Bauern gewandt: »Lass den Scheiß!«

»I war des it. Obwohl sie a Loch in mein Mischthaufen graben hot. Sie hatte a Eingebung. Genau dort, wo mein Mischthaufen steht, führt a Gang in die Anderswelt. Dia hot doch gar keine Tassen mehr im Schrank.«

»Schorsch, das fällt unter den Begriff der Bedrohung, das kann eine Freiheitsstrafe bis zu drei Jahren nach sich ziehen. Isch ja it des erschte Mol.« Lax baute sich vor ihm auf.

»I war des it«, beteuerte der Schorsch.

»Ich belass es bei einer Verwarnung«, sagte Lax gewichtig. Er nickte Laura zu, und sie fuhren vom Hof.

»Könnte es sein, dass er es wirklich nicht war?«, fragte Laura nach einer Weile und klammerte sich fest, so wie der Kollege über diese kurvigen Bergstraßen heizte. Grad als wäre der kopflose Reiter hinter ihm her.

»Laura, Amrei Brutscher nervt den Schorsch und ein halbes Dutzend weiterer Bauern, weil sie mit ihren Keltenjüngern Wiesen platt trampelt. Aber sie kapiert das nicht, dass das Heu werden soll. Natürlich wäre man froh hier, wenn die weg wäre. Sie wollte auch schon mal wegziehen und ist dann doch geblieben. Wegen ihrer Mission. Andere hätten sie gerne los, all die, die im Team Römer sind.«

»Was? Sorry, Lax, too much information, ich kann dir nicht folgen.«

»Laura, das ist auch extrem kompliziert. Es gibt hier eine Gruppierung, das sind die Keltenanhänger, die glauben, dass 15 Jahre vor Christi Geburt die Römer über den Auerberg hergefallen sind und die Stadt Damasia dem Erdboden gleichgemacht haben. Da seien weit mehr als 20.000 Menschen getötet worden, auch Frauen, Kinder und Alte, die angeblich innerhalb der Auerbergwälle Schutz gesucht hätten.«

»Aber gibt's dafür Beweise?«, fragte Laura staunend.

»Nein, eben nicht, aber die Verschwörungstheoretiker haben grad wieder Hochkonjunktur. Hauptmann a. D. Hugo Arnold wollte schon 1880 das lange gesuchte Damasia entdeckt haben, das vom römischen Geschichtsschreiber Strabo als Hauptort und Fliehburg eines keltischen Stammes beschrieben worden war. Er fand aber nichts. 1901 begann dann der bedeutende Heimatforscher Christian Frank mit Grabungen. Er stieß auch nur auf Römisches. Dann haben wir noch Heinz Engl, der als Lehrer an die Grund- und Teilhauptschule nach Bernbeuren kam, als Zuagroaster aus München und ein vom Auerberg Infizierter. Auch er fand nur Römerkram. Und große, intensive Ausgrabungskampagnen von Professor Günter Ulbert 1966 bis 1979 und nochmals 2001 erbrachten wieder nur – rate! – römische Fundstücke. Wobei sich eben die Ansicht hartnäckig hält, dass der Berg ein keltisches Heiligtum gewesen sein muss.«

»Ist es nicht so, dass frühe Kirchen oft auf kultischen Kraftorten gebaut worden sind, nicht zuletzt, um das Heidnische auszumerzen?«, fragte Laura.

»Ja, das leugnet auch keiner, aber sehr wohl, dass da bis zu 20.000 Menschen gelebt haben! Aber Keltenromantiker, schrullige Künstler, New-Age-Jünger und die Amrei wollen Kelten! Alle ernst zu nehmenden Leute aus der Wissenschaft haben nur eine römische Bebauung nachgewiesen. Aber grad gibt es wieder so einen Hobby-Forscher, der seine angebliche Schlacht um Damasia in Buchform und auf Plakaten verbreitet, der sogar bayernweit Zeitungsanzeigen geschaltet hat. Und Amrei gehört zu seinem Fankreis.«

»Und die eskalieren so? Wegen einer Art Atlantis?«, fragte Laura, deren Staunen wuchs.

»Das fragst du nicht wirklich? Denk an das Virus, wie das die Schwurbler auf die Gegenseite prallen ließ!«

»Aber da ging es immerhin um was.«

»Hier auch, es geht um nichts Geringeres als Damasia«, grinste Lax.

Es zogen ein paar Tage ins Land, mit Verkehrskontrollen oder besoffen randalierenden Junggesellen-Verabschiedern in der Froschenseestraße, als wieder ein Anruf vom Auerberg einging. Eine Rauchsäule steige auf, die Ortsbeschreibung klang sehr nach Amrei. Als sie dort ankamen, brannte vor dem Haus etwas, das Amrei Brutscher mit Wassereimern zu löschen versuchte. Lax griff sich beherzt einen zweiten Eimer, wenig später wurde der Rauch mehr – das Feuer gottlob weniger. Laura sah hin und wieder weg. Sie konnte nur mühsam ihren Würgereflex unterdrücken. In einem halb abgebrannten Weidengeflecht lag ein angekokelter Kadaver, den sie gerade noch als Katze identifizieren konnte. Amrei Brutscher weinte bitterlich. »Mein Ragnar, mein Katerle.«

Lax war nun definitiv auch überfordert und schob Amrei zu ihrer Hausbank. »Laura, hol ihr ein Glas Wasser.«

Laura war froh zu entfliehen, sie zapfte in der Küche, die heute eher süßlich roch, Wasser, als etwas um ihre Beine strich. Noch ein Kater? Sie ging hinaus, der Kater folgte, blinzelte in die Sonne, gähnte und sagte: »Aua.«

»Ragnar! Mei Bubele, du lebsch!«

Dann war der gegrillte Kadaver zumindest nicht der skandinavische Krieger Ragnar.

»Hosch du no a Katz, Amrei?«

»Nein, nein. Aber welche arme Seele wurde hier verbrannt? Ein barbarischer Akt! Das waren die Römer!«

Lax stöhnte nur, holte mit zwei langen Stangen den Kadaver aus dem angekokelten Weidengeflecht heraus und legte ihn in eine Kiste im Wagen. »Laura, komm!«

Wieder landeten sie bei Schorsch. Lax stürmte ins Haus und kam mit Schorsch im Schlepptau zurück.

»Da! Des geht zu weit!«

Schorsch brauchte eine Weile, um zu schalten. »Lax, i fackel doch kui Viech ab! Trausch du mir so was zua?«

Lax' Blick besagte, dass er das eigentlich nicht tat.

»Aber wer macht so was?«, fragte Laura.

»Fahrts amol zur Beate. Dia isch mit der Amrei seit Jahr und Tag im Clinch.«

»Beate Ludwig?«

»Ja, dia macht Vorträge zu de Römer, kocht römisch, hot a römisches Kochbuch verlegt. Mei Anna hot des nachkocht. Zu viel Dill und Koriander und dann au no Sumen.«

»Was ist das?«

»Schweineeuter, i hob dann dia lukanischen Würschtle probiert. Dia hot man äßa kenna.«

»Echt, Schorsch«, sagte Lax nur, schien den Tipp aber

zu beherzigen und bretterte auf der Gegenseite den Berg hinunter, wo ihnen Motorradfahrer und E-Biker entgegenkamen. Mitten in Bernbeuren wohnte dann diese Beate, die Bruno zu kennen schien. Er zerrte sie auch zum Kokeltier im Kofferraum.

»Warst du das? Hast das bei der Amrei abgebrannt?«

Beate sah erst Bruno, dann das Objekt an, nahm ein Stöckchen und drehte es um.

»Bruno, du traust mir Sachen zu! Diese Katze war schon vorher tot.«

»Wie kommst du drauf?«

»Weil die ausgestopft ist. Da!« Sie zog Draht aus dem Tier. »Da war ein Präparator am Werk.«

»Wer lässt denn seine Katze präparieren?«, fragte Laura fassungslos.

»Da gibt's einige, die ihr geliebtes Haustier für die Ewigkeit erhalten wollen. Braucht dann auch kein Futter mehr, das Viecherl. Kommts mal rein!«

Beate Ludwig schien eine pragmatische Frau zu sein. Sie bekamen einen wunderbaren Cappuccino angeboten und Mohnkugeln, die laut Aussage der Bäckerin auch römisch waren.

»Du hast also nix damit zu tun?«, hob Lax wieder an. »Jemand will die Amrei ja wohl erschrecken und greift zu fiesen Mitteln. Der Schorsch sagt, er war das nicht. Du warst es angeblich auch nicht. Wer dann? Und komm mir jetzt nicht mit den Römern.«

Beate lächelte. »Fragt mal bei der Freifrau nach.«

»Bei wem?«

»Juliane Freifrau von Wartenfels. Ihre Firma will einen Solarpark bauen. Fast alle Bauern sind dafür, aber mittendrin liegen knapp 5.000 Quadratmeter, die Amrei gehören. Und die will dort keine Solarmodule, weil da auch ein Eingang in die unterirdischen Gänge ist, wo das alte Volk heute noch lebt.« Sie wiegte den Kopf hin und her. »Und noch eins, Bruno. Das Abbrennen ist natürlich eine Anspielung. Laut dem antiken römischen Denker Strabo trieben die Kelten Menschen und Tiere zusammen, steckten sie in Weidekorbfiguren und verbrannten sie dann lebendig als Opfer für ihre Götter. Es gibt Hinweise auf solche Opfer, es kann aber auch sein, dass es üble römische Propaganda war, um die Kelten und Heiden als besonders barbarisch darzustellen. Wer immer das war: Die wollen Amrei richtig Angst machen, die versteht diese Anspielung sicher.«

»Dann gibt es auch unter den Bauern genug, die Amrei vertreiben wollen?«, fragte Laura.

»Klar, denen geht Kohle flöten, wenn der Park nicht gebaut wird. Es geht auch um Grund für Zufahrtswege. Der Rauch Michl zum Beispiel hat schon ein Konzept zur Beweidung unter den Solarpanelen vorgelegt. Mit seinen Brillenschafen. Bei dem würden sogar die Schof Geld verdienen.« Sie lachte.

Und Lax sagte das, was Laura dachte. »Dann wird es aber uferlos mit Feinden?«

»Bruno, da sprichst du ein großes Wort gelassen aus.«

»Und es gibt niemanden, der auf Amreis Seite ist? Ich meine, diesen Solarpark betreffend?«, fragte Laura.

»Doch, schon. In Stötten drüben gibt es eine Gruppierung, die dagegen ist. Denen geht es aber um die Verschandelung der Landschaft. Bei Amrei geht es ums alte Volk, das sonst grollt. Sie glaubt das wirklich, sie glaubt, dass – sollte der Park gebaut werden – dunkle Mächte aus dem Berge kommen.«

»Puh!«, stieß Laura aus.

»Sie sagen es, junge Frau. Der liebe Himmelpapa hat einen großen Tiergarten.«

»Wo soll der Park denn hin?«

»Auf ein paar wertlose Wiesen beim Weiler Pracht, keine naturschutzrelevanten Flächen.«

Amrei kam einen Tag später aufs Revier und erstattete Anzeige gegen unbekannt, klar war aber auch, dass so was im Sande verlaufen würde. Einige Tage später fuhren Laura und Lax gerade Streife, als die Meldung hereinkam. Zwei Jakobswanderinnen hatte einen Toten gefunden. Oder auch nicht. Man könne sich keinen rechten Reim drauf machen. Der Fundort liege an einem See. Die Frauen hatten die Koordinaten hinterlegt, die Laura jetzt in ihr Handy eingab. Sie fuhren am Forggensee vorbei, auf dem Segelboote ein buntes Bild abgaben und das Linienschiff eine Spur zog. Sie ließen Rosshaupten links liegen und erreichten Steinbach. Für Laura waren das immer noch »Lerne-deine-neue-Heimat kennen-Touren«. Und für Lax wurde es alarmierend. Sie landeten wieder am Fuße des Auerbergs.

»Lecko mio«, sagte Lax. »Diesmal soll wer tot sein?«

Wer? Womöglich Amrei? Laura wagte das nicht auszusprechen.

Lax bog in Steinbach ab und folgte einem Schild Richtung Seehof. An einem Wald hielt er an. »Komm!«

»Wohin? Da ist ja nix.«

»Doch.« Er stapfte durch den Wald, eine Rückegasse hinunter, und inmitten sumpfiger Wiesen lag in der Tat ein See, den Laura eher als Weiher bezeichnet hätte. Obwohl es trocken war, hatte der Boden das Wasser gehalten,

Lauras Schuhe erwiesen sich sofort als nicht wasserdicht. Zwei Frauen in kurzen Wanderhosen winkten hektisch. Sie kamen näher ans Ufer des Sees. Links befand sich ein Steg, rechts ein altes Bootshaus.

»Sie haben eine Tote gefunden?«, fragte Lax.

Die eine war so verstört, dass sie nur nicken konnte, die Zweite sagte tonlos: »Wir wissen es nicht. Wir glauben es. Das Boot.« Sie zeigte auf ein grünes Boot, das kieloben lag. Darunter stakten ein Arm und ein Bein heraus. Deshalb waren sich die Frauen nicht sicher gewesen! Vielleicht chillte da einer nur?

Lax nickte Laura zu. »Eins, zwei, drei«, sagte er leise. Sie kippten das Boot um, es war eine Sie. Seltsam verdreht und in ihrem Blut. Daneben ein Schwert. Laura fühlte für einen Moment nichts, dann rannte sie zur Seite hinter die Hütte und übergab sich. Es kostete sie eine gewaltige Überwindung zurückzugehen. Wo ihr Kollege stand und leise in sein Telefon sprach und Verstärkung durch die Kriminalpolizei anforderte.

»Ist das, ist das …?«, flüsterte Laura.

»Zumindest mal nicht Amrei Brutscher oder Fiona Arwen, aber wir sind am Bodenlosen See. Am Bodenlosen See, verdammt!«

»Lax?«

»Im Bodenlosen See hütet ein Ungeheuer in schauriger Tiefe einen riesigen Schatz. Zwei Jäger aus Sulzschneid wollten ihn einst heben, ruderten mit einem Kahn in die Mitte des Sees und ließen eine schwere Bleikugel als Lot in die Tiefe. Je tiefer die Kugel sank, desto schneller sauste die Winde, um die das Seil gewickelt war. Die Kugel erreichte jedoch nicht den Seegrund, und das Seil war aus. Mit einem gewaltigen Schlag kippte der Kahn um und verschwand mit einem unheimlichen Gurgeln im See. Die beiden Burschen waren ins Wasser gefallen und erreichten nur mit größter Not das rettende Ufer. So hat der See seinen Namen bekommen. Immer wieder versuchen Menschen, den Schatz zu finden. Es ist ein merkwürdiger Platz, geht ja nicht mal ein Weg hin«, sagte Lax düster.

»Diese Frau wollte auch einen Schatz heben?«

»Das werden wir kaum mehr erfahren. Lass uns mal absperren. Für solche Fälle gibt es die Kriminaler. Das wird mir auch zu blutig hier.«

Die Kollegen brauchten ein bisschen, in Lauras Kopf schlugen die Gedanken Purzelbaum, und sie war froh, dass ihr nur die Aufgabe zufiel, Gaffer wegzuhalten, denn auch in der Einöde war es aufgefallen, dass da was los war. Vom Hof weiter oben waren Kinder herbeigeeilt und ein paar Radfahrer.

Lax kam angestapft und sah fahl aus. »Die Tote ist Juliane Freifrau zu Wartenfels.«

»Diese Solarparkfrau?«, flüsterte Laura.

»Ja, sie hatte ihr Portemonnaie dabei. Kein Handy. Und wurde martialisch mit einem Schwert getötet.«

»Wer hat denn so ein Schwert? Es sah komisch aus«, sagte Laura.

»Was weiß ich. Die Kelten wahrscheinlich. Oder diese Männle und Weible, die da im Berg wohnen. Das werden die Kriminaler schon rausfinden. Ich gebe denen nachher mal Einblick in unsere Causa Amrei, und dann sind wir raus. Was für ein Sch…rott!«

»Du glaubst aber nicht, Amrei könnte so was tun? Die Widersacherin so töten?«

»Laura, dieser ganze Berg gehört gesprengt. Der zieht nur Irre an. Lass uns flüchten ins beschauliche Füssen, wo

Asiaten ihren Bus nicht mehr finden. Oder Eishockeyfans kotzen. Oder sonst was Harmloses passiert.«

Zwei Tage später tauchte einer der Kriminaler bei ihnen auf. Er wollte Einsicht in weitere Akten nehmen und war so nett, sie einzuweihen.

»Eure Fiona-Amrei kann es eher nicht gewesen sein, sie war an dem Tag als Referentin bei einem Keltenvortrag in der Auerberghalle. Zuhauf Zeugen. Passt zeitlich nicht ganz. Könnte, kommt uns aber extrem unwahrscheinlich vor. Aber diese Kelten haben es in sich. Der Mord ist eine Anspielung, ohne Frage. Ein keltisches Menschenopfer. Die Kelten stießen dem Opfer ein Schwert in die Brust und erkannten aus der Art und Weise, wie es niederfiel, sowie aus den Zuckungen der Glieder und dem Ausströmen des Blutes das Zukünftige.«

»Ach du Sch…ande«, sagte Lax.

»Drum dachten wir ja primär an diese Amrei Brutscher, aber ihr glaubt gar nicht, wie viel mehr Kelten-Irre es gibt.«

Das glaubte Laura längst. »Und das Schwert? Kann man da nichts ableiten?«

»Ein Experte in der Archäologischen Staatssammlung ist ratlos. Er kann es nicht anders beschreiben als ein Schwert, das aus keltischer Produktion stammt. Es ist ein Knollenknaufschwert oder auch keltisches Rapier, ein eigentümlicher Schwerttyp, von dem rund 50 Exemplare europaweit fast ausschließlich in Flüssen oder Seen gefunden wurden.«

»Wer hat so etwas? Fehlt in einem Museum ein derartiges Schwert?«, fragte Laura.

»Gute Idee, Kollegin. Daran arbeiten wir gerade, sind mit Frankreich und der Schweiz in Verbindung. Aber wie es aussieht, ist das ein Schwert, das nirgendwo vorher aufgetaucht ist. Sehr merkwürdig. Wirklich sehr merkwürdig! Wir halten euch auf dem Laufenden.« Er schickte noch hinterher: »So eine Frau wie diese Unternehmerin hat natürlich Feinde.«

Aber doch keine keltischen, dachte Laura und schluckte das runter.

*

Eine gute Woche später, an einem freien Tag, beschloss Laura, eine Wanderung zu machen. Warum sie den Auerberg aussuchte, wusste sie nicht. Etwas zog sie dorthin. Sie parkte in Stötten und wählte den Römerweg hinauf zum Gipfel. Da war dann auch diese Georgskirche, wo Laura durch den engen Turm hochstieg, der oben sogar eine Aussichtsplattform hatte – mit großartiger Weitsicht. Auf dem Gipfel gab es zudem Rundwege und Erklärungstafeln, ein großnasiger Römer namens Crispus erklärte ihr die Welt von vor 2.000 Jahren in Sprechblasen. *Faber est suae quisquis fortunae – Jeder ist seines Glückes Schmied*, meinte Crispus. Laura stimmte ihm innerlich zu, so ein schöner Tag, gut, dass sie gegen den Schweinehund gewonnen hatte, der Balkonien bevorzugt hätte! Laura nahm eine andere Route talwärts, kam nach Salchenried, verfranste sich irgendwie und beschloss, einfach Luftlinie talwärts zu gehen. Sie rastete auf einer Bank und war überrascht, dass sie da unten Bekanntes entdeckte. Da lag dieser Bodenlose See. Laura wollte den Sonnenuntergang erleben, die Schatten waren schon lang geworden, sie trank ihr Iso-Getränk und biss vom letzten Landjäger ab. Das Licht wurde weicher, und plötzlich waren da kleine Lichtlein über dem See, die zuckten und tanzten. Und da war ein sirrender Klang. Laura wusste nicht, was Schalmeien genau waren, aber sie hätte spontan gesagt, das seien Schalmeienklänge. Sie sah sich um, da war nichts und niemand. Sie sprang auf, drehte sich um und blickte wieder zum See hinunter. Am Waldrand ritt jemand vorbei. Und winkte ihr zu. Die Person war kopflos. Laura raffte ihre Sachen zusammen und sprengte talwärts. Fand ihr Auto wieder. Fuhr davon in die Sommernacht, die nun dunkel geworden war. »Laura Bontempi«, sagte sie laut zu sich selber, »das waren Glühwürmchen, nur Glühwürmchen, und der Reiter hat den Kragen hochgeschlagen. Laura, das nächste Mal nimmst du dir einen anderen Berg vor.« Sie drehte das Radio auf, es erklang gerade Enyas mystische Stimme – und Laura rieselte es eiskalt über den Rücken.

DER GEHEIMGANG

VON ANJA LEHMANN

Nahe dem beschaulichen Ort Eichelburg in Mittelfranken liegen die Überreste der Burg Wartstein. Diese wurde im Dreißigjährigen Krieg, der ganz Deutschland von 1618 bis 1648 heimsuchte, zerstört. An so manchem lauschigen Sommertag, umgeben vom satten Grün der umliegenden Wälder, mag die Ruine wie ein friedvoller Ort erscheinen. Wenn aber der unbarmherzige Herbstwind über die Anhöhe peitscht oder der Winter Einzug hält und die verbliebenen Grundmauern zeitlos eingefroren wirken, dann kann man sich die Schrecken vorstellen, die vor vielen Jahrhunderten dazu geführt haben, dass wir heute nur noch kalte Felsreste finden, wo einst die stolze Burg gethront hat.

Teil 1 – Mai 1631

Margit streicht über das weiche Gewand ihrer Herrin Hilde. Es ist nicht das erste Mal, dass sie sich vorstellt, die feinen Sachen des Burgfräuleins zu tragen. Während ihre Finger über den samtenen Stoff gleiten, ertappt sie sich bei dem Gedanken, wie sie Albrecht wohl in diesem Kleid gefallen würde.

»Margit, bring mir meine Kleider, bevor ich mich im Wasser auflöse und meine Haut Runzeln bekommt.«

Die Stimme ihrer Herrin reißt sie aus ihrer Traumwelt. »Ich komme, Fräulein Hilde«, ruft sie rasch. Sie weiß, dass sie froh sein kann, bei so einem gnädigen Fräulein eine Anstellung gefunden zu haben. Ihre Schwester Martha hatte nicht so viel Glück und muss bei einem Landwirt im benachbarten Brunnau schaffen. Der Landwirt verdrischt gerne seine Bediensteten, und Martha ist nicht die Einzige, die unter seiner harten Hand zu leiden hat. Die ältere Schwester tut Margit leid, aber ihre Eltern sind arm, und so will Martha sie nicht mit zusätzlichen Sorgen belasten.

»Hier ist Euer Gewand, mein Fräulein. Soll ich Euch aus dem Trog helfen?«

»Ach, Margit, wenn das mit dir was werden soll, dann frag doch nicht wegen jedes einzelnen Handgriffs nach. Ich habe wirklich keine Zeit, dir alles doppelt und dreifach zu erklären.«

»Entschuldigt, Herrin.« Margit senkt den Kopf, um ihre Reue zu unterstreichen.

»Na los, ein bisschen schneller. Meine Haare müssen noch geflochten werden, schließlich soll alles gut sitzen. Bald werde ich den Mann kennenlernen, den ich heiraten soll, und da will ich einen guten Eindruck machen.« Die Wangen ihrer Herrin sind leicht gerötet, was Margit nicht ausschließlich auf das heiße Wasser zurückführt. Hilde ist mit ihren 17 Jahren nur drei Jahre älter als sie, aber sie ist adelig und ihr Vater ist mit ihrem Bruder zurzeit in Magdeburg, um ihren Verlobten Ekkehard von Hohenfelde endlich zu einem Treffen auf die Burg Wartstein zu bringen.

»Es kann jeden Tag so weit sein«, seufzt Hilde gedankenverloren. »Egon hat mir zugesichert, dass Ekkehard ein feiner Mann ist. Mein Bruder würde mich nie anlügen.« Das Gesicht ihrer Herrin erstrahlt für einen kurzen Moment. Margit wird selbst warm ums Herz, wenn sie sich die baldige Hochzeit vorstellt. Natürlich wird das Burgfräulein dann mit ihrem neuen Mann in den Norden ziehen. Margit hofft inständig, dass sie Hilde begleiten darf. Der Wunsch spornt sie an, die feinen langen Haare ihrer Herrin besonders gründlich auszukämmen und zu flechten. Was wäre für sie in Eckersmühlen, wo ihre verarmten Eltern wohnen, schon zu holen? Die Herrin würde Albrecht bestimmt mitnehmen. Er ist der beste Stallknecht, den man sich vorstellen kann, denn er versteht Pferde wie kein anderer. Margit versinkt in ihre eigene Gedankenwelt, während sie ihrer Herrin beim Ankleiden hilft. »Soll ich in der Küche Bescheid geben, dass man Euch Euer Abendmahl bereitet?«, fragt sie, nachdem die letzte Schnur verzurrt ist.

»Ja, und hilf unserer guten Köchin. Wenn du damit fertig bist, nimm dir selbst auch einen kräftigen Bissen. Du bist ganz dürr und musst doch bei Kräften bleiben, um mir zur Seite zu stehen, wenn ich Ekkehard endlich kennenlerne.«

»Danke, Herrin.« Margit knickst höflich. Sie muss sich zurückhalten, um nicht die Stufen hinunterstürzen. Ihre Pause ist kurz, aber vielleicht hat sie Glück und kann für ein paar Minuten ungestört mit Albrecht sein.

Die Köchin, Emilia, besteht darauf, dem Fräulein Hilde die Mahlzeit immer höchstpersönlich zu servieren. Es duftet nach einer feinen Zwiebelsuppe. Trotz allem Elend und der Armut, die der verdammte Krieg mit sich bringt, hat Emilia heute ein wahres Wunderwerk gezaubert.

»Jemand aus Eichelburg hat eine Wachtel für das Fräulein Hilde gebracht. Für alle anderen habe ich eine große Portion Bratkartoffeln mit etwas Speck zubereitet. Geh also geschwind zur Pfanne und teile für alle aus.«

Margit sieht ihre Möglichkeit, allein mit Albrecht zu sprechen, dahinschmelzen. Aber Hunger hat sie trotzdem. So schickt sie sich an, den Anweisungen der Köchin zu folgen.

Der Burgstall in Wartstein hat nur wenige Bewohner. Das liegt auch daran, dass der Krieg seit Jahren tobt. Hildes Vater und Bruder werden auf der Seite der Protestanten immer wieder zu Gefechten gegen die Katholiken gerufen. Margit versteht nicht viel von dem Konflikt, aber sie ist oft erschrocken, wenn der Burgherr oder Egon, sein Sohn, nach langer Abwesenheit wieder einmal heimkehren. Ihre Gesichter sind stets ausgezehrt, die Mienen grimmig und verschlossen. Einmal hat Egon sogar eine schwere Verletzung am Arm davongetragen. Margit kennt kein Leben ohne Krieg. Für ihr Empfinden ist es jedoch die letzten Monde schlimmer geworden und sie hat Angst davor, dass die Soldaten auch ihren noch recht friedlichen Winkel des Landes erreichen.

Nach und nach betreten die Bewohner der Burg Wartstein die Halle. Es sind die vier Wachmänner, die immer anwesend sind, um das Fräulein Hilde zu beschützen, der alte Kastellan Hubert, dem ein Augenlicht fehlt, Anton, der leicht schwachsinnig ist, sich aber gewissenhaft um Feuerholz und Reparaturen kümmert, die alte Silvia und ihre Tochter Konstanze, die für die Wäsche und die Kammern der Bediensteten zuständig sind, und Albrecht. Margits Herz hüpft, als er die Halle betritt. Er setzt sich an seinen gewohnten Platz. Von dort wirft er ihr immer wieder

Blicke zu, die dafür sorgen, dass sie fast keinen Bissen hinunterbekommt. Albrecht ist etwas älter als sie – 18 Jahre – schon ein richtiger Mann. Er ist hochgewachsen und stark, hat dunkles, halblanges Haar und Augen, in denen Margit am liebsten versinken würde. Er hebt seinen Becher in die Höhe. Statt mit Wein ist er jedoch mit Gerstensaft gefüllt, der hier in der Gegend gebraut wird. Auch die anderen besetzen ihre Plätze und die Laune ist ausgesprochen gut, was an dem wunderbaren Duft liegt, den die Bratkartoffeln verbreiten. Ganz am Ende der Tafel, wo die Ehrengäste und die Hausherren sitzen, speist das Burgfräulein. Sie zieht es vor, unten bei den Bediensteten ihr Abendmahl einzunehmen.

Als die Mahlzeit beendet ist, bringt Margit Teller für Teller in die Küche. Als sie zurückeilt, um den Rest abzutragen, hört sie ein leises Zungenschnalzen aus einer der Mauernischen. Im nächsten Moment schnellt Albrechts Hand hervor und greift nach ihr. Willig lässt sie sich in seine Arme sinken. Sie spürt Schmetterlinge in ihrem Bauch, während er sie innig küsst und seine Hände über ihren Körper gleiten lässt. Viel zu schnell ruft die Pflicht sie aus der prickelnden Umarmung. Mit einem Seufzer trennt sie sich von Albrechts Küssen.

»Ach, Margit, hätte ich dich doch nur einmal ganz für mich.«

Die Aufregung treibt ihr die Röte ins Gesicht. Sie weiß, was Albrecht meint, und sie hofft, dass er anständig genug ist, ihr vorher einen Heiratsantrag zu machen. »Jetzt muss ich erst einmal abtragen. Und dann wartet die Herrin. Ihr Verlobter wird bald kommen, heißt es, vielleicht werde ich dann nicht mehr ganz so oft gebraucht.«

»Von mir wirst du immer gebraucht«, verabschiedet sich Albrecht mit einer höflichen Verneigung von ihr. »Ich begehre dich wie nichts anderes auf dieser Welt. Eines Tages werde ich genug Geld gespart haben, um dich um deine Hand zu bitten.«

Die Worte lassen Margit für den Rest des Abends schweben. Noch auf ihrem Strohbett, in der Kemenate ihrer Herrin, denkt sie an das Gesprochene zurück und schläft mit einem wohligen Gefühl ein.

Der nächste Morgen bricht mit einer bösen Überraschung an. Das Fräulein Hilde persönlich rüttelt sie aus dem Schlaf. Wo sie in ihren Träumen eben noch in Albrechts Armen am Schöttleinsweiher gesessen hat, hört sie das aufgebrachte Bellen der beiden Hofhunde. Ob es Hildes Verlobter ist, der endlich zu Besuch gekommen ist? Doch die Miene ihrer Herrin wirkt besorgt.

»Nun reibe dir endlich den Schlaf aus den Augen und komm«, ruft sie ihr zu.

»Was ist denn passiert?«, fragt Margit und schlüpft sogleich in ihr Kleid.

»Ein Bote aus Hilpoltstein ist angekommen. Er verlangt, sofort mit mir zu sprechen.«

Margit stockt der Atem. Schon oft haben Durchziehende aus Hilpoltstein auf Burg Wartstein eine Rast eingelegt, um die Pferde zu erfrischen und die Mägen zu füllen, und sind dann nach Nürnberg weitergeritten. Aber daran, dass jemand in aller Frühe ein dringliches Gespräch mit dem Burgfräulein Hilde gesucht hat, kann sie sich nicht erinnern.

Ob es wohl Neuigkeiten von Hildes Verlobtem gibt? Wird ihre Herrin bald nach Magdeburg aufbrechen müssen, oder sind es andere, düstere Nachrichten, die der Besuch bringt? Margit weiß, dass Magdeburg von den Kaiserlichen belagert wird, aber bis jetzt hat die Stadt standgehalten. Alles deutet darauf hin, dass der schwedische König Gustav Adolf den umzingelten Protestanten bald zu Hilfe eilen wird. Wenn Hilde nun zu ihrem Verlobten gerufen wird, muss dann auch ihr geliebter Albrecht mit? Und was wird in dem Fall aus ihr werden? Den Gedanken, getrennt von Albrecht zu sein, hält sie kaum aus. Bis jetzt hat sie sich noch nicht getraut, ihre Herrin zu fragen, ob sie sie begleiten dürfe. Sie muss einfach wissen, warum der Reiter hier ist. »Wie kann ich Euch helfen, Herrin?«, fragt sie.

»Richtet mir das grüne Kleid, das so gut zu meinen Augen passt. Und kämmt mir die Haare. Danach geleitet unseren Besuch in den Empfangsraum, wo ich ungestört mit ihm reden kann.«

Margit bewundert die tapfere Hilde. Nach dem frühen Tod ihrer Mutter muss sie sowohl ihren Vater wie auch ihren Bruder in den Angelegenheiten, die die Burg betreffen, vertreten. Rasch befolgt sie die Anweisungen des Fräuleins, zupft sich selbst die Haare zurecht, bevor sie dem Kastellan mitteilt, dass Hilde den Reiter aus Hilpoltstein im Empfangszimmer erwartet. Im Vorbeigehen erhascht sie einen Blick auf den Mann, der so dringend mit dem Burgfräulein sprechen will. Es ist ein finsterer Geselle mit verschwitzten dunklen Haaren und starrer Miene. Kein Lächeln kann sie in seinem Blick erkennen, als dieser sie flüchtig streift. Was will dieser düstere Mann hier auf dem Wartstein?

Margit kann das flaue Gefühl in ihrem Magen nicht ignorieren. Sie ist sich sicher, dass etwas Schreckliches geschehen ist, deshalb beschließt sie, etwas zu tun, was sie alles kosten kann. Von der Küche aus führt ein kleiner Gang in das Empfangszimmer, damit das Personal im Winter den Ofen einheizen kann, ohne Unterredungen zu stören. Noch ist er nicht in Betrieb, aber wenn Margit es geschickt anstellt, dann kann sie von dort aus der Unterhaltung lauschen. Vorausgesetzt, sie kommt an der Köchin vorbei.

Dann, als Emilia für die Begleiter des Boten auftischt, siegt Margits Neugier. Mit klopfendem Herzen steigt sie in den Bedienstetengang. Sie wird später eine Ausrede finden, warum sie Emilia nicht geholfen hat. Voller Anspannung schiebt sie sich bis an die Wand vor. Dort befindet sich die Luke zum Ofen. Aus dem Empfangszimmer hört sie leises Schluchzen.

»Mein liebes Fräulein, es tut mir leid, Euch keine besseren Nachrichten überbringen zu können. Euer Bruder ist bei der Pfalzgräfin und ihren Töchtern in besten Händen. Unsere Feldärzte tun, was sie können, um ihn vor dem gleichen Schicksal, das Eurem Vater widerfahren ist, zu bewahren.«

»Ist es sicher, dass auch Ekkehard vom Hohenfelde gefallen ist?«

»Euer Bruder hat darüber keinen Zweifel gelassen. Ihm aber ist es als einem der wenigen gelungen, Magdeburg zu verlassen, die Kaiserlichen haben die Stadt dem Erdboden gleichgemacht. Es muss ein Blutbad nicht gekannten Ausmaßes gewesen sein.«

Hilde schluchzt noch lauter, verlangt danach, ihren Bruder zu sehen.

Margit kriecht den Gang zurück. Sie zittert am ganzen Körper, als sie endlich wieder auf beiden Beinen steht. Das Burgfräulein tut ihr schrecklich leid. Auch sie selbst ist tief erschüttert und weiß nur eine Person, bei der sie Trost finden kann.

Albrecht ist mit den Pferden der Besucher beschäftigt. Alle Tiere müssen getränkt und gefüttert werden. Eine Stute scheint sich am Huf verletzt zu haben, denn Albrecht tastet ihren Vorderfuß behutsam ab. Margit will schon wieder umdrehen. Sie möchte Albrecht nicht bei der Arbeit stören, doch da erblickt er sie und eilt auf sie zu. »Was ist los? Warum weinst du?«

Erst jetzt merkt Margit, dass ihr Tränen über die Wangen rinnen. Sie bringt kaum ein Wort heraus. Albrecht nimmt sie in die Arme. Erst nach einer Weile fasst sie sich. »Wie es scheint, ist unser Burgherr tot. Der Verlobte des Burgfräuleins ebenso. Die Kaiserlichen haben Magdeburg eingenommen und die Stadt zerstört.«

Albrechts Augen weiten sich. »Woher weißt du das? Haben die Reiter aus Hilpoltstein diese Nachrichten überbracht?«

Margit nickt. Sie hat keine Kraft, zu erklären, dass sie verbotenerweise gelauscht hat. Zu schrecklich sind die Bilder in ihrem Kopf. »Was ist, wenn der Krieg auch zu uns kommt?«

Albrecht hält sie ganz fest. »Magdeburg ist weit weg. Vielleicht zieht sich König Gustav Adolf jetzt zurück. Dann ist es gut möglich, dass die Mächtigen endlich Frieden schließen.«

Seine Worte trösten sie. Für einen kurzen Moment stellt sie sich ein Leben ohne Angst vor den Soldaten vor, eine Zeit, in der die Menschen in Frieden miteinander leben. Pferde wird man auch nach dem Krieg noch brauchen. Wenn Albrecht sie wirklich heiraten will, wird er für sie Sorge tragen und ein Auskommen für ihre Familie schaffen. »Hoffentlich hast du recht«, flüstert sie. Er küsst sie zum Abschied, denn Margit muss wieder zurück in die Burg, um ihrer Herrin beizustehen.

Teil 2 – September bis November 1631

Der Sommer neigt sich dem Ende zu. Anders als in anderen Teilen des Landes ist die Heimat noch nicht leer gefegt von den teuflischen Soldatentruppen. Die Bauern fahren das Korn ein und bringen es zu den Mühlen im Umkreis. Auch Margits Eltern haben viel zu tun, deshalb war es ihnen möglich, Martha nach Hause zu holen. Margit ist diesen Sommer 15 geworden.

Das Burgfräulein Hilde kümmert sich seit einigen Wochen um ihren verletzten Bruder Egon, der von Hilpoltstein mit der Kutsche auf die Burg Wartstein in ihre Obhut verlegt worden ist. Egon hat einen glatten Beindurchschuss erlitten und kann froh sein, dass er vom Wundbrand verschont geblieben ist. Trotzdem humpelt er noch. Hildes Bruder ist oft trübsinnig. Er hat lange genug als Soldat gekämpft, um den Wachmännern und Knechten seine grausamen Erlebnisse erzählen zu können. Manchmal, wenn Margit eine Pause von ihrer Arbeit hat und mit Albrecht zusammen sein kann, berichtet er ihr, was er von Egon erfahren hat. Seine Schilderungen lassen Margit trotz der vielen anstrengenden Tätigkeiten oft kein Auge zubringen, wenn sie nachts auf dem Boden neben Hildes Bett liegt. Ihrer Herrin scheint es ähnlich zu gehen. Immer wieder schreckt sie im Schlaf auf oder ruft nach ihrem Vater.

Margit weiß, welche Sorgen Hilde außerdem plagen. Der finstere Reiter aus Hilpoltstein, der den Namen

Harald Halbhand trägt, hat sich als entfernter Verwandter der Pfalzgräfin Dorothea Maria ausgegeben. Sie hat mit ihren Töchtern ihren Witwensitz auf Burg Hilpoltstein eingerichtet. Gerüchte gehen um, dass Halbhand sich in das Leben der Pfalzgräfin eingeschlichen hat und immer mehr Einfluss in der Umgebung gewinnt. Offenbar hat er ein Auge auf Hilde geworfen, die er als Dankeschön für die Pflege ihres Bruders ehelichen möchte.

»Am liebsten würde er mich gleich mitnehmen«, vertraut Hilde Margit an. »Aber er macht mir Angst. In seinen Augen sehe ich keine Liebe, sondern nur einen unstillbaren Machthunger. Dieser Mann geht über Leichen.«

Ein Trauerjahr habe ihr Halbhand zugesichert, aber dann wird er den Druck auf Egon und Hilde verstärken und zur Not andere Mittel einsetzen, um seinen Willen zu bekommen, da ist sich das Burgfräulein sicher.

An Allerheiligen wird in der Burgkapelle eine große Andachtsfeier für den verstorbenen Burgherrn gehalten. Der Priester aus Eckersmühlen ist angereist, ebenso zwei gute Freundinnen des Burgfräuleins und entfernte Verwandte der Familie. Zu Margits Missfallen ist auch Harald Halbhand unter den Gästen. Die Burg Wartstein platzt aus allen Nähten. Margit hilft beim Putzen, Bettenrichten, Kammerfegen, Kleiderflicken, Essenzubereiten und sorgt dafür, dass Hildes Frisur an diesem Tag perfekt sitzt. Es stimmt sie traurig, dass ihre Herrin nun für eine Totenandacht statt für eine Hochzeit so erstrahlt.

Der Pfarrer hält eine lange Rede über die Verdorbenheit der Sitten, über die schrecklichen Kriegsverbrechen, die im ganzen Land täglich begangen werden und unter denen vor allem das einfache Volk zu leiden hat. Er spricht vom

Zorn Gottes, der über die Menschen gekommen ist, weil sie sich in ihrem Glauben entzweit haben. Und von dem guten Burgherrn, der sein Leben viel zu früh lassen musste.

Abends muss Margit noch Feuerholz für den Kamin nachlegen. Draußen, wo die Scheite lagern, schlägt ihr ein eisiger Wind entgegen. Rasch zieht sie sich ihren Umhang enger um den Leib. Ein Mann steht in der Nähe und unterhält sich mit einem der Wächter. Margits Puls beschleunigt sich, als sie das vom Mondschein beleuchtete Gesicht von Harald Halbhand erkennt. Nachdem sich ihre Blicke kurz getroffen haben, gleiten seine Augen begierig über ihren Körper. Margit wird es kalt ums Herz. Rasch klaubt sie das Holz zusammen und eilt zurück.

Im Schlafzimmer hat Hilde ihre Freundinnen um sich geschart. Für Margit ist kein Platz mehr. Hilde bittet sie, bei den anderen Bediensteten in der Küche zu schlafen. Normalerweise würde Margit das nichts ausmachen, aber sie denkt an die glühenden Blicke des Mannes aus Hilpoltstein, an sein von Gier gezeichnetes Gesicht.

Zum Glück ist Albrecht noch unten. »Ist alles in Ordnung mit dir? Du hast so verzweifelt dreingeblickt«, sagt er.

Rasch erzählt sie ihm von ihren Sorgen.

»Dann komm mit mir in den Stall. Dort wird dich niemand finden, ich passe auf dich auf.«

Margit zögert nur kurz. Bis jetzt haben die beiden nur Küsse ausgetauscht, aber Margit ahnt, was unter dem Mantel der Dunkelheit passieren könnte.

Albrecht reicht ihr die Hand. Schweigend geleitet er sie in den Stall, wo es durch die Pferde viel wärmer ist als draußen. Er führt sie zu seinem Schlafplatz an der Bretterwand und bläst die Laterne aus. Margit fühlt sich klein und verletzlich, aber Albrecht nimmt sie in die Arme, küsst sie und sinkt mit ihr auf das Strohbett hinab.

Er streicht ihr die Haare hinter das Ohr, seine Hände sicher und ruhig. Sie kann kaum sein Gesicht erkennen, denn nur durch winzige Ritzen schimmert das Mondlicht hindurch.

»Ich werde dich heiraten, geliebte Margit, und für dich sorgen.« Sie spürt seinen warmen Atem auf ihrer Haut. »Und auch wenn es mir schwerer fällt als alles andere, schwöre ich, dass ich mich zurückhalten werde, bis du so weit bist.«

In der Nacht hat Margit einen Traum. Soldaten stürmen auf die Burg Wartstein zu. Sie stoßen Kampflaute aus, die Salven ihrer Kanonen hageln auf die massiven Steinwände herab. Die Pferde rollen mit den Augen, selbst Albrecht kann die Tiere nicht beruhigen. Er muss sie freilassen und rennt mit einer Mistgabel bewaffnet aus dem Stall hinaus. Doch gegen die Angreifer hat er keine Chance. Mit seinem letzten Atemzug sieht er Margit flehentlich an. Blut quillt aus seinem Mund. Oh, mein Geliebter!

Mit einem Schrei wacht Margit nass geschwitzt auf. Albrecht regt sich neben ihr. Er schlingt die Arme fest um sie, streichelt sie und beruhigt sie mit liebevollen Worten. Sie bringt es nicht über das Herz, ihm von dem grauenhaften Traum zu erzählen. Stattdessen presst sie ihren Körper näher an ihn heran. Nichts außer Albrechts Nähe ist mehr wichtig. Sie leben. Nie war sie sich einer Sache so sicher, während sie langsam Albrechts Umhang zur Seite schiebt und spürt, wie sich sein Puls beschleunigt, als sie beginnt, seinen Körper mit ihren Händen zu erkunden.

Teil 3 – Februar bis Juni 1632

Es war ein harter Winter, aber zumindest ist der Krieg so eingefroren wie das Land um die Burg Wartstein. Margit bringt ihrer Herrin ein weich gekochtes Ei mit etwas Käse und Brot. Es ist der erste Tag, an dem ihr nicht schlecht wird bei ihrer morgendlichen Pflicht. Seit jener Nacht mit Albrecht fürchtet sie das Schlimmste und jetzt, da ihr Bauch trotz der stetigen Rebellion gegen die Nahrungsaufnahme wächst, ist sie sich sicher. Wie wird Albrecht wohl reagieren? Und wird sie die Stelle bei dem guten Burgfräulein Hilde behalten können?

Die Verzweiflung treibt sie dazu, ihr Herz bei Emilia, der Köchin, auszuschütten.

»Ach, Liebes, das wissen wir doch längst schon«, sagt sie aufmunternd zu ihr. »Es heißt, dass der Schwedenkönig uns vor den Kaiserlichen bewahren wird. Wenn alles gut geht, wird der Albrecht dich sicher bald ehelichen können.«

Margit ist einerseits erleichtert, andererseits schlagen augenblicklich neue beängstigende Gedanken auf sie ein. »Du meinst, Albrecht weiß es auch schon? Und die Herrin?«

»Nein, der Albrecht ist blind wie ein toter Fisch, aber die Hilde, die ahnt etwas. Mach reinen Tisch mit ihr, denn sie ist eine äußerst anständige Herrin«, rät ihr die Köchin.

Margit fasst sich ein Herz und vertraut sich Hilde an.

»Das haben wir schon alle geahnt. Oder meinst du, deine Morgenübelkeit wäre uns nicht aufgefallen?«

Margits Puls schlägt höher. »Werdet Ihr mich jetzt entlassen?«

»Nein, keine Angst. Du hast dich sehr gut entwickelt. Vielleicht tut uns ein neues Leben gut«, sagt sie augenzwinkernd. Dann aber verfinstert sich ihr Gesicht. »Mein Bruder wird uns bald verlassen. Wie es scheint, will Gustav Adolf weiter in den Süden vordringen. Dann muss Egon wieder an die Front.«

Ein Schauer überkommt Margit. Sie weiß, dass der König bei Mainz sein Winterquartier aufgeschlagen hat und jeder seiner Schritte ihn näher an die Burg Wartstein bringt. Wie sehr hat sie doch gehofft, dass die Niederlage nach der Schlacht bei Breitenfeld Ende September letzten Jahres auch das Ende der Katholischen Liga bedeuten würde. Aber wieder war es nichts.

Doch Hilde fährt zögerlich fort. »Neues Leben wird uns aufheitern und die Protestanten sind erstarkt. Wenn wir Glück haben, zieht das Heer an uns vorbei in Richtung Österreich.«

Auch Albrecht ist glücklich, als Margit ihm die Schwangerschaft gesteht. Er freut sich auf das Kind und verspricht, sie noch vor der Geburt zu ehelichen.

Als Egon sich Ende März dem Heer von Gustav Adolf anschließt, lässt Hilde für Margit und Albrecht eine kleine Hochzeit in der Burgkapelle ausrichten. Margit kann ihr Glück kaum fassen, denn das Fräulein schenkt ihr sogar eines ihrer abgetragenen Kleider. Natürlich wollen beide ihren Platz auf der Burg Wartstein nicht verlassen. Das Burgfräulein braucht ihre helfenden Hände, und nach allem, was sie für sie getan hat, beschließen sie, Hilde weiterhin zu dienen. Zumindest bis der Krieg zu Ende ist und das Burgfräulein ebenfalls einen Mann gefunden hat, der sie glücklich macht. Margit darf fortan, wenn keine außergewöhnliche Arbeit ansteht, bei Albrecht übernachten.

Mitte April findet auf der Burg Wartstein ein weiteres ausgelassenes Fest statt. Das protestantische Heer hat unter Gustav Adolfs Führung die kaiserliche Armee bei Rain am Lech vernichtend geschlagen. Mit einem Jubelschrei ist Hilde dem Boten um den Hals gefallen, nachdem dieser ihr berichtet hatte, dass Egon unverletzt aus der Schlacht gegangen ist, während der schreckliche General Tilly schwer verwundet im Sterben liegt. Die Freude der Burgbewohner erhält lediglich einen kleinen Dämpfer, als der Bote von Gustav Adolfs Plänen, nach München vorzurücken, erzählt. Das bedeutet, dass Egon noch nicht heimkehren kann, sondern der Krieg im Süden weitergefochten wird.

Am 30. Mai erreicht ein weiterer Brief die Burg Wartstein. Ein Jahr ist vergangen seit jenem verhängnisvollen Tag, an dem Hildes Verlobter Ekkehard von Hohenfelde zusammen mit seiner Heimatstadt zugrunde gegangen ist. Margit ist damit beschäftigt, dem Burgfräulein ein Kleid zu flicken.

»Lass nur ab von deinen Näharbeiten und setz dich einen Moment zu mir. Hier ist ein Brief, der das Siegel meines Bruders trägt. Ich fürchte mich davor, dass er mich nun, da das Trauerjahr vorüber ist, mit dem finsteren Harald Halbhand verheiraten will.«

Margit stockt der Atem. Sie will nicht glauben, dass der Burgherr von Wartstein seine eigene Schwester an so ein Scheusal ausliefert, andererseits weiß auch sie, dass Egon sein Leben der guten Pflege auf Burg Hilpoltstein verdankt. Langsam lässt sie Nadel und Faden sinken und geht hinüber zu ihrer Herrin, die sich auf ihr Bett niedergelassen hat. Hilde ist ganz bleich. Ihre Hände zittern, während sie die Zeilen überfliegt.

Unruhig tritt Margit von einem Fuß auf den anderen. Endlich sieht Hilde sie an.

»Die Nachrichten sind schlechter als erwartet«, sagt sie niedergeschlagen. »München hat sich zwar dem Schwedenkönig ergeben, aber er hat die Stadt wieder verlassen. Mein Bruder schreibt …« Ihre Finger suchen die entsprechende Passage.

So hat der König darauf verzichtet, München dem gleichen Schicksal zu überlassen wie einst Magdeburg. Stattdessen hat er eine Brandschatzzahlung von 300.000 Talern erhalten und ist mit 119 erbeuteten Kanonen auf dem Weg nach Nürnberg.

Margit fährt zusammen. Nürnberg! Das ist die nächste große Stadt. Hilde scheint das Gleiche zu denken. Sie lässt den Brief sinken. Die Tinte verläuft unter den darauf tropfenden Tränen. »Das bedeutet, dass der Krieg doch noch zu uns kommt. Egal, auf welcher Seite die Soldaten stehen, sie plündern alles, was ihnen in den Weg gerät. Ganze Landstriche wurden von den Hufen ihrer Pferde platt getrampelt. Wenn man ihnen nicht freiwillig gibt, was sie fordern, dann nehmen sie es sich mit Gewalt.«

»Gibt es denn gar keine Hoffnung?«, fragt Margit.

»Egon schreibt, dass auch Halbhand in den Krieg eingezogen wurde. Wenn ich Glück habe, kehrt er nie wieder heim.« Hilde schlägt sich eine Hand auf den Mund. »Gott vergib! Das hätte ich nicht sagen dürfen.«

Margit lächelt. »Das wäre eine Erleichterung. Doch was machen wir, wenn die Soldaten kommen?«

»Die Königlichen von Gustav Adolf sind uns wohlgesonnen. Wir werden ihre Pferde tränken und die Männer mit Speis und Trank stärken, so wie es uns möglich ist.« Erneut nimmt Hilde den Brief zur Hand. Mit zitternder Stimme liest sie weiter vor:

> *... und wenn das Schlimmstauszudenkende geschieht und die Kaiserlichen sich erneut sammeln, um gegen Nürnberg zu ziehen, dann gib die Burg auf, wenn sie angegriffen wird. Auf dass die Soldaten dich und unsere Untergebenen verschonen.*

»Wird Euer Bruder uns zu Hilfe eilen?«, fragt Margit.
»Er muss Gustav Adolf folgen, aber sobald es ihm möglich ist, wird er um Unterstützung bitten.«

In den nächsten Tagen erreichen immer mehr Hiobsbotschaften die Burg. Der Feldherr Albrecht von Wallenstein, ein freier General mit einem riesigen Heer an Söldnern, ist vom Kaiser angeheuert worden. Seine Soldaten sammeln sich in Böhmen, während Gustav Adolf sich in der Kaiserburg zu Nürnberg verschanzt hat.

Margit und Albrecht liegen eng umschlungen auf dem Strohbett im Stall. Der fein gearbeitete Ehering, dessen Anblick ihr ein wenig Hoffnung für die Zukunft spendet, ziert ihre linke Hand. Albrechts Hand ruht auf ihrem Bauch. »Ich werde euch beschützen, meine Liebste.«

»Es heißt, sie schänden Frauen auf der Straße und töten alle, die ihnen in den Weg kommen. Die Herrin will Burg Wartstein aufgeben, falls uns Feinde erreichen, aber ob uns das vor ihren Gräueltaten bewahrt?«

»Dir und unserem Kind wird nichts geschehen, so wahr mir Gott helfe. Bis jetzt hat es das Schicksal gut mit uns gemeint. Wir sollten zuversichtlich sein.«

Margit seufzt. Wie gerne würde sie Albrechts Glauben teilen. Er küsst sie. Unter seinen Berührungen schmilzt sie dahin und vergisst für einen Moment ihre Sorgen.

Teil 4 – 2. Juli 1632

Seit Tagen färben die Leuchtfeuer der Front den Himmel in glühenden Farben. Rauch steigt von der nahe gelegenen Stadt Roth auf. Gerüchte erreichen die Burg Wartstein, dass Schwabach in Flammen steht und Tillys Soldaten sich den Nürnberger Mauern nähern. Auch wenn der Feldherr im April seinen Verletzungen erlegen ist, kämpfen die Männer weiterhin unter seinem Banner.

Hilde hat verkündigt, dass sie Burg Wartstein kampflos aufgeben wird, falls die Kaiserlichen ihre kleine Festung angreifen. Eine weiße Friedensfahne ist bereits gehisst. Ihren Wachmännern gefällt das gar nicht, aber sie müssen sich den Wünschen der Herrin fügen. Margit beobachtet, wie sie sich mit finsterer Miene an ihre Schwerter klammern. Sie zittert wie Espenlaub, während sie neben Hilde von der Burgmauer hinab auf die breite Straße starrt, die unterhalb der Burg Wartstein am Schöttleinsweiher vorbeiführt. In der Ferne glaubt sie, Schüsse zu hören. Hilde faltet die Hände und betet, als sie einen sich nahenden Soldatentrupp erkennen. »Lieber Gott, bitte steh uns bei, dass diese Männer uns verschonen«, murmelt die Herrin. Margit schließt sich ihrem Gebet an. »Amen«, sprechen sie beide gemeinsam.

Die Männer auf der Straße bleiben stehen. Sie haben die etwa 400 Meter höher liegende Burg im Blick. Noch scheinen sie zu zögern. Für einen Moment sieht es so aus, als würden sie ihren Weg fortsetzen, doch dann wendet der Anführer sein Ross und schlägt den Weg in den Wald ein.

»Sie kommen!«, schreit Margit. Kalter Schweiß steht ihr auf der Stirn. Sie will am liebsten zu Albrecht rennen, doch das ist unmöglich. Jeder hat genaue Anweisungen. Albrecht soll die besten Pferde verstecken, dann, wenn die Feinde eintreffen, ihre Reittiere versorgen und notfalls eintauschen, wenn diese das fordern. Der alte Kastellan Hubert soll den Kaiserlichen die Tore öffnen, Emilia wird sich um die Versorgung kümmern. So hoffen alle, dass die Angreifer sich mit der Kost sowie neuen Pferden zufriedengeben. Margit, hochschwanger, darf bei Hilde bleiben. Die Herrin streichelt ihr sogar über den Handrücken und flüstert ihr tröstende Worte zu. Hoffentlich wird Gott so eine großherzige Person von allem Leid verschonen. Der Gedanke tröstet Margit.

Es klopft an der Tür. Konstanze macht einen Knicks vor der Herrin. »Die Reiter kommen. Es ist alles so vorbereitet, wie Ihr es wünscht, mein Fräulein.«

»Danke, Konstanze. Wenn deine Mutter und Emilia in der Küche fertig sind, kommt hinauf zu uns. Wir Frauen bleiben zusammen.«

Mit aller Mühe versucht Margit, die Erinnerung an ihren Traum fortzuschieben.

Hilde sieht gefasst aus dem Fenster, wo sich die ersten Soldaten nähern. Margit wagt ebenfalls einen Blick, sie spürt, wie sich Gänsehaut auf ihrem Körper breitmacht. Die Mienen der Männer sind grimmig, die Augen des Anführers gleichen denen von Harald Halbhand. In seinem Blick steht etwas Kaltes, Brutales und Unbarmherziges. Tränen rinnen Margits Wangen hinunter. Sie umklammert ihren zitternden Körper. »Albrecht, ich muss sofort zu Albrecht!« Schon will sie aus dem Zimmer stürzen, doch Silvia und Konstanze halten sie zurück. Am Rande ihrer Not bekommt Margit mit, dass Hilde der Köchin einen Befehl gibt. Daraufhin eilt diese aus dem Raum.

Das Hufgetrappel wird lauter, harsche Stimmen sind vom Hof zu hören. Der Kastellan übergibt die Burg. Ein Schuss zerreißt die Luft, ein einzelner Schuss, der Margit in Panik versetzt. Sie stemmt sich gegen die starken Arme der beiden Frauen und schreit verzweifelt: »Albrecht! Albrecht!« Dann hört sie das Klirren von Waffen und Kampfschreie.

»Sie haben Hubert erschossen! Das heißt, sie werden auch uns andere nicht verschonen, meine Herrin!«, ruft Emilia, als sie mit einem Beutel unter dem Arm zurückkehrt. Als Margit erneut den Namen ihres Liebsten kreischt, schlägt Emilia ihr beherzt auf die Wange. »Willst du, dass uns die Wüteriche gleich finden?«

Die Ohrfeige bringt Margit zur Besinnung. Das und die ruhige Stimme ihrer Herrin. »Ihr müsst weg!«, sagt diese zu den verängstigten Frauen. »Sie werden ansonsten Schindluder mit euch treiben, euch entehren oder, wenn Gott es gnädig meint, euch gleich erschlagen. Fürchtet euch nicht!« Zu Margits Erstaunen schiebt sie mit Emilia eine schwere Platte vom Boden des Kamins. »Der geheime Gang zum Schöttleinsweiher! Folgt ihm leise und bleibt dicht beisammen. Emilia hat euch Vorräte gepackt. Verhaltet euch still, bis die Unholde weitergezogen sind.«

»Und Ihr, mein Fräulein?«, fragt die Köchin. »Ihr werdet die Frauen doch begleiten! Euer gutes Herz wird sie beschützen.«

»Mein Platz ist hier auf der Burg. Dort draußen gibt es nichts mehr für mich. Lauft, das ist mein letzter Befehl.

Und eilt euch, ich höre schon die Schritte der Soldaten herannahen.«

»Vergib mir, Liebster«, flüstert Margit. Ein letztes Mal sieht sie Hilde an, das tapfere Burgfräulein, das bereit ist, für ihre untergebenen Frauen das eigene Leben zu opfern. Sie quetscht sich zwischen Silvia und Konstanze und nimmt die wenigen Stufen hinab in den engen Gang. Emilia reicht Konstanze den Sack mit den Vorräten und mahnt sie: »Los!«

»Und du?«, fragt Konstanze verzweifelt.

»Jemand muss der Herrin beistehen. Ich bin alt, aber stark. Diese Schurken werde ich das Fürchten lehren. Beeilt euch jetzt und kommt nicht wieder zurück. Wir schließen die Luke hinter euch.«

Silvia zieht Margit mit sich. Die drei Frauen tasten sich durch die Dunkelheit den Gang entlang. Bald schon verhallen die Kampfgeräusche zu einem dumpfen Echo. Mit jedem Schritt werden sie leiser, aber Margit fühlt sich, als wenn ein Teil von ihr soeben gestorben wäre.

Erschöpft erreichen sie das Ende des Ganges. Es kommt Margit wie ein Wunder vor, dass sie mit ihrem dicken Kugelbauch hindurchgepasst hat. Gemeinsam warten sie auf die Dunkelheit, um sich wie durstiges Vieh am Wasser des Schöttleinsweihers zu laben. Kaum jemand spricht ein Wort, während das frisch gebackene Brot herumgereicht wird. Eine Träne fällt auf Margits Kanten, als sie an die Köchin denkt. Und an Albrecht. Noch hat sie Hoffnung, dass ihr Mann es geschafft hat, dass die Wachmänner stark genug waren, eine Zeit lang der Übermacht an Feinden zu trotzen. Versteckt unter einem Holzstapel schlafen die drei Frauen erschöpft ein.

Als der Morgen heraufzieht, ist der Himmel blutrot gefärbt. Margits ganzer Körper tut von der Nacht auf der harten Erde weh, aber als sie aufrecht stehend wie betäubt zu den rauchenden Überresten der Burg Wartstein hinüberstarrt, spürt sie ihre Schmerzen nicht mehr.

»Bist du verrückt! Runter mit dir.« Silvia zieht sie energisch zurück. »Was, wenn die Soldaten zurückkommen? Willst du, dass das Fräulein umsonst ihr Leben gelassen hat?«

Voller Trauer senkt Margit ihren Blick und hockt sich neben die ältere Frau, die es nur gut mit ihnen meint.

Zwei Tage verharren sie im Unterholz. Wagen sich nur bei Nacht aus ihrem Versteck. Margit lauscht voller Hoffnung auf die vertraute Stimme, auf ein Lebenszeichen ihres Liebsten. Doch nichts geschieht.

Am dritten Tag hören sie ein Knacken im Unterholz. Jemand nähert sich dem Weiher, an dem sie liegen. Vorsichtig lugt Konstanze zwischen dem Gestrüpp hervor. »Es ist ein einzelner Mann«, flüstert sie. »Er wäscht seine Hände am Ufer und ist ganz schwarz gekleidet.«

Ihre Mutter schiebt sie auf die Seite. »Lass mich sehen.«

Wer kann das nur sein? Margit wartet angespannt ab. Ob der Fremde einer der Kaiserlichen ist?

»Das ist der junge Mesner. Aaron Breitner.« Silvia sieht Konstanze und Margit fragend an. Dann nickt sie, wie wenn sie alle gemeinsam eine Entscheidung getroffen hätten. Leise pfeift sie, bis Aaron auf sie aufmerksam wird.

Nun krabbeln auch Konstanze und Margit aus dem Versteck. Aaron sieht sie überrascht an.

»Aaron! Bitte hilf uns. Die Soldaten haben uns ausgeraubt und die Burg zerstört«, fleht Silvia den jungen Mann an.

»Warst du oben auf Wartstein? Gibt es ein Zeichen der anderen Bewohner?«, fragt Margit gehetzt.

Der junge Mesner senkt traurig sein Haupt. Dann hebt er den Kopf und antwortet: »Es tut mir leid. Sie sind alle tot. Eingegraben haben wir sie, Freund und Feind im Sterben geeint. Wir wussten nicht, dass noch jemand überlebt hat.«

»Verrate uns nicht«, bittet Silvia. »Sonst werden wir einen neuen Herrn bekommen, der es nicht so gut mit uns meint wie die Hilde. Lieber wollen meine Tochter und ich in ein Kloster gehen und Gott danken, dass er uns verschont hat.«

Konstanze nickt. Aaron wendet sich an Margit. »Du bist die Frau des Stallburschen, nicht wahr? Der Pfarrer hat mir erzählt, dass er euch verheiratet hat. Es tut mir leid um deinen Mann.«

»Habt ihr ihn gefunden?«, fragt Margit zögerlich.

Aaron nickt. »Er hatte eine Mistgabel in der Hand und eine Kugel in der Brust. Wir haben ihn dort vergraben, wo der Stall lag.«

Margit schluchzt laut auf. Sie sinkt zu Boden, doch Konstanze fängt sie auf und nimmt sie in den Arm.

»Und Hilde und Emilia?«, fragt Silvia.

»Die Köchin war in der Kammer eurer Herrin. Neben ihr lagen ein toter Soldat und ein Schwert. Es scheint, dass sie tapfer gekämpft hat. Die Soldaten haben sich nicht an ihr vergangen, aber sie starb mit einem Dolch in ihrem Leib.«

»Was ist mit unserer Herrin? Mit dem Burgfräulein Hilde?«, hakt Silvia nach, während Margit die schrecklichen Nachrichten immer noch nicht fassen kann. Sie lässt sich von Konstanze trösten, doch irgendwie hat sie die

Hiobsbotschaft erahnt. Schon in dem Moment, als sie den Geheimgang betreten hat. Einzig der Gedanke an Albrechts Wunsch, dass sie und ihr gemeinsames Kind leben, gibt ihr Kraft.

»Vom Burgfräulein fehlt jede Spur. Es ist, wie wenn es sie nie gegeben hätte«, antwortet der Mesner und hebt die Schultern.

»Vielleicht haben die Soldaten sie verschleppt und fordern Lösegeld«, gibt Silvia zu bedenken.

Doch Aaron schüttelt den Kopf. »Einer der Kaiserlichen hat noch gelebt, als wir auf der Ruine ankamen. Seine Kumpane haben ihn zum Sterben zurückgelassen. Der Schmied hat ihn sofort nach dem Burgfräulein Hilde gefragt.« Eine unheimliche Stille legt sich über das Ufer des Weihers. Alle warten gespannt auf Aarons Worte. »Der Verwundete sagte, er hätte das Fräulein springen sehen. Von der obersten Burgzinne. Ich glaube nicht, dass er gelogen hat. Mit meinen eigenen Händen habe ich ihm das Kreuz Christi vor das Gesicht gehalten, und der Schmied hat ihm mit einer glutheißen Eisenstange gedroht. Er schwor bei unserem Vater im Himmel, dass er die Wahrheit sprach. Aber die Leiche der Hilde haben wir nicht gefunden.«

»Sie war zu rein, um zu sterben. Bestimmt hat Gott sie beschützt«, sagt Konstanze. Sie löst sich von Margit, um ein Vaterunser zu beten.

Aaron kratzt sich nachdenklich am Kopf. »Wie dem auch sei. Die Kaiserlichen sind weitergezogen. Und nun bahnt sich eine Schneise aus Blut und Verwüstung durch unser Land. Was immer dieser Krieg noch bringt, ich bin mir sicher, Gott hat das nicht gewollt.« Er seufzt, während er Margit die Hand reicht, um ihr aufzuhelfen.

Gemeinsam brechen sie auf. Margit wirft noch einen letzten Blick zurück. Der Krieg hat ihr die ganze Hoffnung, ihr ganzes Glück genommen, aber sie lebt, genau wie ihr Kind. Sie verspricht sich und Albrecht, tapfer zu sein, egal, was kommt. Aaron hält noch immer ihre Hand und stützt sie. Und so gehen die drei Frauen mit dem jungen Mesner einer ungewissen Zukunft entgegen und lassen die Geister der Vergangenheit hinter sich zurück.

Abspann:

Es ist Sommer. Nur einmal noch kehrt Margit zurück an den Ort, an dem früher ihr Zuhause stand. An der Hand hält sie die dreijährige Hildegard, die sie mit den dunklen Augen ihres Vaters ansieht. Das kleine Mädchen gibt ihr die Kraft, den Anblick der rußgeschwärzten Steine zu ertragen. Ein Schauer fährt ihr durch den Körper. Schnell sagt sie im Stillen ein Gebet auf, bevor sie Hildegard zu dem Platz führt, an dem Albrecht begraben ist. Eine einzelne lilafarbene Blume blüht zwischen den Steinen. Hildegard lächelt bei ihrem Anblick.

Margit lässt sich auf einen Stein sinken und betrachtet ihr Töchterlein. Im Stillen erzählt sie Albrecht, dass sie bei einer alten Hebamme in Roth geblieben ist, nachdem diese ihr bei der Geburt geholfen hat.

Ich will alles über die Heilkunst lernen, denn es gibt so viel Leid. Stell dir vor, der Krieg dauert immer noch an. Manchmal denke ich, dass dieser Fluch uns nie verlässt.

Ein zartes Gefühl stellt sich ein, dass Albrecht sie hören kann und bei ihnen ist. Gedankenverloren streichelt sie die Erde.

Das Haus meiner Familie ist abgebrannt und niemand hat meine Eltern oder Martha je wiedergesehen. Aber ich bin stark, vor allem wegen Hildegard. Ich werde gut für sie sorgen. Silvia und Konstanze sind nach Abenberg ins Kloster gegangen, auch ihnen habt ihr alle das Leben gerettet.

Nun blickt sie zum Himmel auf und hofft, dass sie eines Tages mit ihrem Albrecht wieder vereint sein wird. Zuerst aber warten das Leben, ihre kleine Tochter, die alte Hebamme und die Möglichkeit, von ihr zu lernen. Noch einmal dankt sie dem Burgfräulein Hilde. Zum Abschied darf Hildegard die Blume mitnehmen. Margit wird sie trocknen, in Erinnerung an ihre große Liebe, von der sie weiß, dass sie stärker ist als der Tod.

Niemand weiß, was wirklich auf der Burg Wartstein passiert ist. Bis heute hält sich die Legende, dass die fromme Hilde in einem weißen Gewand jedes Jahr zu Silvester um Mitternacht dem unterirdischen Geheimgang der Burgruine entspringt und mit ihrem Krug zum Schöttleinsweiher eilt. Dort holt sie frisches Wasser, bleibt an dem weißen Felsen stehen, um für das Seelenheil der Gemeuchelten zu beten.

Die Burg Wartstein ist an jenem schicksalhaften Tag von den kaiserlichen Truppen überrannt und dem Erdboden gleichgemacht worden. Die Angreifer ließen keine

Gnade walten. Sie haben jeden, der ihren Weg kreuzte, gemeuchelt.

Der Ort gilt seitdem als verflucht. Auch heute noch meiden die Menschen nach Anbruch der Nacht die Ruine, aus Angst vor den ruhelosen Toten, die hier ihren letzten Atemzug getan haben.

DER STEINERNE MANN UND DIE HEXE

VON MICHAEL BÖHM

Die bayerisch-schwäbische Metropole Augsburg ist die drittgrößte Stadt des Freistaates. Ihre Gründung liegt im Nebel der Geschichte. Für den ersten bedeutenden Eintrag in die Annalen sorgten die Römer, die ihre Provinzhauptstadt Augusta Vindelicum nannten. Augsburg liegt an den Flüssen Lech, Wertach und Singold.

Besucht der Leser die Fuggerstadt und denkt daran, den Spuren dieser Geschichte zu folgen, so findet er den Steinernen Mann in einer Nische der Stadtmauer am Unteren Graben. Die Figur erinnert an den Bäcker, der während einer Belagerung im Dreißigjährigen Krieg der Stadt helfen wollte und seinen Mut mit dem Leben bezahlte.

Der Barfüßerturm in der Altstadt, in dem der Sage nach die Hexe gefangen saß, die die Stadt vor Attila und den Hunnen rettete, ist schon vor langer Zeit abgerissen worden. An die finstere Zeit der Hexenverfolgung im 16. und 17. Jahrhundert in Augsburg erinnert jedoch der Hexenbrunnen bei der Wallanlage Lueginsland.

1

Der Weg, eher ein Pfad, kaum noch sichtbar, verläuft nahe dem Wasser des Lechs. Der Wanderer steht unter einem Baum, hält eine Karte in der rechten Hand, die er studiert. Sein Blick geht mehrfach von der Karte in die Umgebung. Der ältere Mann ist schlank, wirkt noch recht sportlich, ein leptosomer Typ mit dichten weißen Haaren, die in der beginnenden Abenddämmerung zu leuchten scheinen. Er trägt Jeans und einen leichten grauen Pullover mit V-Ausschnitt über einem bunten Hemd, auf dem Rücken einen grünen Rucksack, vor der Brust ein Fernglas und eine Kamera. Wieder hört er das Grummeln, das ihm jetzt so vorkommt, als würde es lauter, als zöge es heran. Seine Augen betrachten prüfend den Himmel, an dem dunkle Wolken dahinfliegen.

Der Wanderer setzt seinen Weg fort. Hier ist schon längere Zeit niemand mehr am Fluss entlanggelaufen. Der Wald scheint sich selbst überlassen zu sein. An manchen Stellen ist das Unterholz des Auwaldes so dicht, dass der Mann sich mühsam Schritt für Schritt vorankämpfen muss. Plötzlich zuckt ein Blitz, erhellt ganz kurz die Umgebung. Gleich darauf folgt ein krachender Donnerschlag. Das Gewitter ist bedrohlich nahe gekommen.

Der noch kaum sichtbare Pfad ändert seine Richtung, verlässt das Ufer des Lechs. Wieder bleibt der Mann stehen, betrachtet die Karte. Seine Augen sehen zum Fluss hin, seine Stirn legt sich in Falten, denn von dort zieht Nebel heran. Eselgrau scheint er wie aus einer Quelle zu sprudeln. Zugleich zucken Blitze, und das fast unmittelbar folgende Krachen des Donners ertönt. Die finstere Wolkenwand hat bereits große Teile des Himmels erobert. Noch regnet es nicht. Obwohl die Wolken fliegen, spürt er im Wald keinen Windhauch, dafür aber eine drückende Schwüle. Binnen weniger Minuten hat sich die Atmosphäre völlig verändert. Dennoch ist der Wanderer keineswegs beunruhigt. Er bewegt sich oft in der Natur, solch schnelle Wechsel sind ihm nichts Neues. Zudem wurde die Möglichkeit von lokalen Gewittern in den Nachrichten erwähnt. Was ihn allerdings verwundert, ja beinahe erstaunt, ist dieser Nebel, der wie aus dem Nichts kommt, die Umgebung wie in Watte packt. Die Sicht wird zunehmend schlechter, die Dunkelheit verstärkt das Grau noch. Der Mann muss immer mehr auf seine Schritte achten. Hoch über seinem Kopf tobt ein Gewitter ohne Regen. Auch das ist erklärbar, hat seine natürlichen Ursachen, ist aber dennoch für ihn im Moment bedrückend.

Der Wanderer schüttelt die leise Beklemmung ab. Streicht er doch nicht zum ersten Mal bei schlechtem Wetter am Fluss herum. Zwei solcher Phänomene wie ein heftiges Gewitter und dichter Nebel zur selben Zeit hat er jedoch noch nicht erlebt. Keine 500 Meter Luftlinie entfernt weiß er ungefähr die Landstraße, die er leicht erreichen kann.

Er marschiert weiter, ohne den Pfad erahnen, geschweige denn sehen zu können. Ihn umgibt immer mehr ein Dickicht, bei dem er manchmal das Gefühl hat, sich in einem Tunnel zu bewegen. Während der nächsten 100, vielleicht 200 Schritte wird es merkbar dunkler. Der Nebel wirkt wie ein zusätzlicher Vorhang. Ihn beschleicht das komische Gefühl, der Nebel sei hinter ihm her, wolle ihn umschlingen. Es ist ein eigentümlicher, schwerer und feuchter Nebel, der ihm auf der Brust liegt und ihm schlimmer vorkommt als das über ihm tobende Gewitter.

Tapfer stapft er vorwärts, hält sich als Wegweiser an die diffusen Schatten in seiner unmittelbaren Nähe, Dickicht, niedrigere und höhere Bäume. Noch meint er sich parallel zum Fluss zu bewegen, sicher ist er sich aber nicht. Die Karte hat er längst in seinen Rucksack gesteckt. Jetzt spürt er, wie ihm mulmig wird. Weshalb eigentlich? Gut, diese Seite – drüben das andere Ufer kennt er wie seine Westentasche – ist ihm nicht so geläufig, aber er weiß doch, wo er sich befindet. Jedenfalls ungefähr. In diesen Minuten merkt er, wie sich seine Gedanken, seine Gefühle spalten, eine Lücke entsteht zwischen Vernunft und aufsteigender Panik. Warum will dieses Gewitter nicht weiterziehen? Warum wird der Nebel, diese graue Suppe, immer dichter?

Ein Ast schlägt ihm gegen die Wange. Erschrocken fährt er herum, als hätte ihn ein Unsichtbarer geschlagen. Und was war das? Ein großer Vogel, ein schwarzer Vogel? Er fühlt sie mehr, als dass er sie sieht, diese Bewegungen in der Luft. Auf einmal fällt ihm ein, was es ist: Fledermäuse. Diese Gegend ist für eine ganz spezielle Art von ihnen bekannt. Er merkt nicht einmal, dass da für kurze Augenblicke die Vernunft den Finger gehoben hat.

Was ihn jetzt zutiefst verwirrt, ist die Zeit. Er vermag sie nicht mehr zu fassen. Am Handgelenk trägt er keine Uhr, sein Smartphone steckt im Rucksack. Sind ein paar Minuten vergangen oder eine halbe Stunde, seit das Gewitter ohne Regen tobt? Es ist kein Gehen mehr, es ist ein Vorwärtsstolpern in eine unbekannte Finsternis. Er darf die Orientierung nicht verlieren. Noch kann er seine innere Balance halten, kann der Angst Paroli bieten. Doch wie lange noch?

Er steht und schaut nach oben. Ist das Gewitter weitergezogen? Oder täuscht er sich? Die Blitze zucken im

Halbsekundentakt. Aber der Donner klingt anders. Der Himmel ist kaminschwarz. Der Nebel wabert wie ein ständiger Begleiter um ihn herum. Er senkt den Kopf und erschrickt. Neben ihm, nur zwei Schritte entfernt, steht ein Zaun aus schwarzen Eisenstäben. Ohne zu überlegen, geht er heran, versucht, dahinter etwas zu erkennen. Da liegen irgendwelche Brocken auf dem Boden herum. Was ist das? Sie sehen aus wie Totenschädel, es *sind* Totenschädel. Er schaudert bis ins Mark. Da, ganz am Rand seines Sichtbereichs, befindet sich eine dunkle Tafel. Ein Grabstein? Ist das ein Friedhof? Er weiß nichts von einem Friedhof, auch von keinem alten in dieser Gegend.

Welch eine skurrile Situation. Er reißt sich regelrecht von dem Zaun los, stapft an ihm entlang. Nach nur wenigen Schritten endet er, knickt weg in eine wabernde graue Dunkelheit. Ein feuchter Tropfen und gleich darauf ein weiterer treffen erst seine Stirn, danach seine Wange. Das Wasser tropft von einem Ast. Das ist etwas Greifbares, eine Realität, an der die Vernunft andocken kann. Was ihm neuen Mut gibt. Er stellt sich die Frage, warum er sich von den ungewöhnlichen Umständen so schwach machen lässt. Wo kommt diese Angst her? Er fürchtet sich doch sonst nicht vor Dunkelheit und Gewitter. Ist der Nebel das eine Faktum zu viel?

Er nimmt wahr, erfasst, dass das Gewitter tatsächlich weiterzieht. Ein nahes Wetterleuchten vor ihm und der rollende Donner zur Begleitung, mehr ist es nicht mehr. Nur der dichte Nebel, der mannshoch herumkriecht, ist noch da, schwimmt im kaum zu spürenden Windhauch. Er muss sich orientieren. Irgendwo schreit ein Tier, ein anderes antwortet. Warum jetzt? Denn vorher war es doch still. Oder? Hat er die Stimmen des Waldes gar nicht mehr gehört? Auch den Geruch nach Erde und Moder, der ihm jetzt süßlich in die Nase sticht, hat er bisher nicht wahrgenommen.

Vor ihm scheint der Weg frei zu sein. Ohne nachzudenken, marschiert er in die Richtung, wo er die Straße vermutet. Ein warmes Gefühl von Vertrauen steigt in ihm hoch. Er ist nicht in einem fremden Land, er ist nur etwas abseits geraten, und die Natur hat ihm einen Streich gespielt.

Im Moment kommt er gut voran, seine Schritte sind unbewusst eiliger geworden. Seine Augen fliegen umher. Außer dem grauen Vorhang sehen sie nichts. Jetzt merkt er plötzlich, dass ihm bei jedem Schritt die Kamera und das Fernglas gegen die Brust schlagen.

Abrupt bleibt er stehen. Was ist das dort drüben? Ein Zug von dunklen Gestalten, einer hinter dem anderen, immer im gleichen Abstand. Er lauscht, meint, ein undeutliches, unverständliches Murmeln, auch ein fernes Rauschen von Wasser zu hören. Die Spukgestalten setzen ihren Weg fort, auch der Wanderer geht weiter. Er fühlt sich wie in einem Zauberbann, eingeschlossen in einen surrealistischen Traum, aus dem es keinen Ausweg zu geben scheint.

Er ist den dunklen Gestalten nahe gekommen, lacht laut, hat er doch mal gelesen, Geister fürchten Humor, und tatsächlich löst sich der Spuk auf. Er hat eine Baumreihe, eine Allee vor sich. Wirklich zum Lachen. Er macht sich selbst zum Narren.

Vor ihm liegt eine offenbar größere Graslichtung. Er atmet durch, hat zu schnell geatmet, muss ruhiger werden. Es ist völlig still. Auch das Gewittergrummeln ist weg. Nur noch ganz in der Ferne das Wetterleuchten. Die dunkle Wolkenwand über ihm hat sich nicht verzogen, auch der

Nebel nicht. Plötzlich hört er einen Zug pfeifen, gefühlt nicht mal allzu weit weg.

Ein einziger stärkerer Windstoß lässt den grauen Vorhang kurz zur Seite weichen. In dem Moment sieht der Wanderer die dunklen Umrisse von Gebäuden auf der anderen Seite der Lichtung. Wo Häuser sind, sind auch Menschen, denkt er und geht sofort los. Seine Erleichterung lässt ihn beinahe fliegen. Er glaubt, den Ausgang aus dieser fatalen Situation vor sich zu haben.

Der Nebel wird durchsichtiger, ein gelblicher Schein flackert voraus, lockt ihn. Ein Fenster, hinter dem Licht brennt? Es sind zwei Gebäude, die vor ihm deutlicher werden. Dann ahnt er, dass er auf Ruinen zusteuert. Verfallene Reste eines Hofes. Er fühlt sich wie ein Luftballon, in den man eine Nadel gestochen hat. Aber was ist mit diesem flackernden Licht?

Er geht zwischen den zwei Häusern, deren Verfall nicht zu übersehen ist, hindurch. Er kommt in einen Innenhof. Drüben, vor einem dritten Gebäude, wohl das ehemalige Wohnhaus, brennt ein Feuer, das wilde Schatten in den Nebel wirft. Plötzlich hört er Stimmen. Er täuscht sich nicht. Angst steigt heiß in ihm hoch, kalter Schweiß bildet sich unter den Armen und auf der Stirn. Das Blut pocht bis unter die Schädeldecke.

Keine zehn Schritte entfernt sitzen schwarze Gestalten im Kreis, sehen für ihn wie große Raben aus. Das flackernde Feuer lässt die Szene grausig lebendig erscheinen. Der Mann beginnt die Geister zu zählen. Er kommt nicht weit, denn drüben sieht er ein riesiges schwarzes Pferd durch die Luft galoppieren. Ein schauerliches Lachen löscht das Bild aus.

Der Wanderer befindet sich in einer anderen Welt.

2

Auf der Steinbank des Backofens, der seit Tagen nicht mehr angeheizt wurde, hocke ich, schnaufe mühsam, stütze den schweren Kopf in die Hände. Mir war plötzlich schwindlig geworden, ich musste mich setzen. Ist es die große Angst oder doch der Hunger, der mich schwach macht? Die Angst kommt von dem Feind vor der Mauer, den Hunger leiden alle in der Stadt. Der Hunger ist die stärkste Waffe des Feindes. Auch mir, dem Bäcker, knurrt wütend der Bauch den lieben langen Tag, sogar in den finsteren, stillen Nachtstunden. Der endlose Krieg hat seit Wochen bei uns haltgemacht. Der Feind konnte uns nicht überraschen, nicht in die Stadt eindringen. Jetzt will er uns aushungern. Wir werden ihm schon irgendwann die Tore öffnen, so denkt er. Und so wird es wohl auch kommen. Unsere Lager sind leer, alle Vorräte verbraucht.

Vor wenigen Tagen ist meine Frau gestorben. An ihrem Lager habe ich mir die Augen ausgeweint. Musste ihre Qual mit ansehen. Als, welche Erlösung, ihre Seele den Leib verlassen hat, wickelte ich sie in ein Laken und brachte sie mit dem Karren zur Kirche, nur einige Gassen weiter. Der Pfarrer geleitete mich zum Gottesacker hinter der Kirche, deutete stumm auf die große Grube, in die ich gar nicht schauen wollte. Vorsichtig ließ ich meine große Liebe in ihrem letzten Kleid in die Grube sinken. Die begleitenden Gebete des Pfarrers, der so aussah, als würde er auch gleich in die Grube fallen, hörte ich nicht. Ich klammerte mich an den Trost, dass es unseren beiden Kindern, Sohn und Tochter, die verheiratet in anderen Städten leben, gut ging. Jedenfalls bis zu diesem Tag, an dem ihre Mutter an Hunger starb.

Seit dieser Stunde lebe ich in meiner Backstube, wo ich ohnehin den größten Teil meiner Zeit zugebracht habe. Aber was heißt leben? Ich lasse einfach die Zeit vergehen. Was war vor ein paar Stunden, gestern, vorgestern? Die Zeit ist ein unguter Gaukler. Die Stille, die mich umgibt, kann manchmal sehr laut sein.

Nachbar Jakob steht mitten in der Backstube. Ich habe ihn nicht kommen hören. Jakob ist ein netter Kerl, ein geschickter Maurer, einer, den ich gerne meinen Freund genannt hätte, wäre ihm nicht das Bier der treuere Freund.

Was will Jakob bei mir, frage ich mich.

Er will mir von der Bußprozession erzählen. Er fragt, ob ich mitgehen werde. Wovon spricht er eigentlich? Den Feind habe der Himmel gesandt, behauptet der Pfarrer. Nur tiefe Buße für unsere Sünden könne uns noch retten. Am frühen Abend beginne die erste Prozession bei der Kirche. Betend und sich mit Ruten schlagend würden sie sich durch die Straßen bewegen.

Nein, ich zöge nicht mit, erkläre ich. In meinem Kopf entwickle sich der Keim einer Möglichkeit, den Feind von einem Abzug zu überzeugen. Auf diese Weise könne ich die Stadt retten. Die Prozession werde das nicht tun. So rede ich daher.

Jakob schaut mich an, als wäre ich schon verrückt geworden. Auch mein lautes Magenknurren deutet er als Ablehnung. Er verzieht sich ohne ein weiteres Wort. Ich schließe die Augen, lehne den Kopf an die Wand, wende weiter meinen aberwitzigen Plan von einer Seite auf die andere.

Lautes Poltern, das Trappeln von Füßen, aufgeregtes Murmeln holt mich aus meinem Dämmern. Als ich die

Augen aufschlage, steht der Älteste unseres Viertels, Johannes, gebeugt durch seine vielen Jahre, vor mir.

»Wie willst du uns retten, Konrad?« Der kahlköpfige Alte scheint mich mit seinen feurigen Augen durchbohren zu wollen. Vorsichtig lehne ich mich, so weit es geht, zurück, will seinem schlechten Atem ausweichen. Was mich nicht davon befreit, ihm eine Lösung anbieten zu müssen.

Mein Keim im Kopf grünt unverhofft. Da ich gerne von meinen Mitmenschen als ein Komödiant angesehen werde, einer, der gerne Faxen macht, andere zum Lachen bringt, ist es jetzt wenig verwunderlich, dass mich der Hafer sticht und ich alle Bedenken einfach zur Seite schiebe.

»Hoher Alter«, sage ich zu Johannes, lege ihm meine Handflächen auf die magere, schwache Brust, »ich habe einen Vorschlag, in aller Bescheidenheit.«

»Sprich, Konrad.«

»Johannes, ich werde dem Feind vorspielen, wir hätten genug zu essen, litten keine Not, wir wären hinter unseren Mauern fidel. Das nimmt ihm den Mut und er wird abziehen.«

In Johannes' Glühaugen blitzt so etwas wie ein Lächeln auf. Wie ich das denn machen wolle, möchte er wissen.

Also sage ich es ihm. Und natürlich hören es auch alle anderen, die sich in meiner Backstube drängeln. Meine Worte wirken wie ein Sonnenstrahl mitten aus schwarzen Wolken. In den Gesichtern leuchtet Hoffnung auf. Hoffnung gibt neue Kraft, aus Kraft steigt Mut auf.

Johannes scheucht die Leute ihrer Wege. Alle müssen helfen, meinen Plan in die Tat umzusetzen. Die einen bringen in den nächsten Stunden die verschiedensten Zutaten, andere schaffen Holz heran, woher auch immer. Alle wollen danach in der Backstube bleiben, um mir zuzuschauen. Gemeinsam mit Johannes dränge ich sie jedoch hinaus. Auch Johannes muss schließlich gehen.

Als die Sonne am nächsten Morgen aufgeht, ich sehe es durch das kleine Fenster, ziehe ich das dicke, wunderbar anzusehende Brot aus dem Ofen. Und es sieht nicht nur gut aus, es riecht auch so. Na ja, fast, wenn ich daran denke, was ich da alles zusammengewalkt habe, bis es ein ansehnlicher Laib wurde: Kleie und Eicheln und Bucheckern und Baumrinde und Wurzeln, sogar Sägemehl, und nur ganz wenig Mehl, die winzigen Reste, die ich noch zusammenkratzte.

Dennoch, was da vor mir liegt, einen Duft und vor allem Wärme ausstrahlt, sieht nicht nur wie ein Brot aus, es ist tatsächlich ein Brot.

Wie ein Kleinkind halte ich es, mit einem Tuch umwickelt, behütet im Arm, als ich vor das Haus trete, wo ich von den Nachbarn schon erwartet werde. Seit wann harren sie dort aus? Alle sind sie da. Erwartungsvoll starren sie mich und den Laib Brot an. Es ist wohl so, wie der alte Johannes sagte: Die Rettung kommt aus unserem Viertel.

Ich halte das Brot etwas nach vorne und alle brechen in Jubel aus. Zwei Frauen stimmen ein frommes Lied an und alle singen mit. Ein Kirchenlied wird zum Kampflied.

Sie geben mir den Weg frei, als ich den ersten Schritt in Richtung der Stadtmauer mache. Den warmen Laib in den Armen, den verlockenden Duft in der Nase, einen lärmenden Bauch, der nach Nahrung schreit, setze ich meine Schritte.

Ich lenke meinen Kopf vom Bauch ab, denke an den Feind vor der Mauer. Wird er auf das Schauspiel hereinfallen? Das Brot sieht wie ein Brot aus – dass es nur ein beschränkter Gaumenschmaus ist, wird keiner dort drüben merken.

Hinter mir drängen sie dicht an dicht durch die engen Gassen. Sie singen – von Johannes, der direkt hinter mir ist, dazu aufgefordert – keine frommen, sondern jetzt lustige, ja zum Teil sogar frivole Trinklieder, und zwar so laut es nur geht. Der Feind wird es hören, und genau das ist die Absicht.

Vom Wehrgang schauen die Wachen erstaunt zu uns herunter. Sie können nicht verstehen, was sich da unter ihnen tut. Vor allem wegen des Brotes und der Lieder.

Unser Zug bewegt sich noch ein ganzes Stück an der Mauer entlang. Ich werde erst an der Stelle nach oben steigen, an der die Auwiesen gegenüberliegen.

»Warum dort, Konrad?«, will Johannes wissen. »Wegen des Generals?«

»Nein«, sage ich über die Schulter, »weil der Lech unser Symbol für das Leben ist. Der Lech ist heiliges Wasser. Auf einer der Inseln ist die heilige Afra für den Glauben und uns zum Vorbild gestorben. Und dort, wo das Zelt des Generals steht, stand einst das von Attila, als die Hunnen unsere Ahnen fressen wollten. Bis die Hexe ohne Namen durch die Luft ritt, die wilde Reiterhorde aus der Steppe in Angst und Schrecken versetzte und diese sich gleich aus dem Staub machte.«

»Und jetzt soll das Brot ein ähnliches Wunder verrichten, Konrad?«

Ich kenne den, der da aus dem Hintergrund fragt. Er meint es nicht böse, er ist verzweifelt und hat Hunger und eine schlimme Angst.

Schon steht mein Fuß auf der untersten Sprosse der Leiter zum Wehrgang, auf meiner Zunge liegt die Aufforderung, mir zu folgen, als ich verharre und mich zu Johannes umsehe, der im Schatten der Mauer steht. »Johannes, erzähle von der Hexe ohne Namen!«, rufe ich ihm zu.

Johannes schaut mich groß an.

»Die Geschichte macht Mut. Mir und allen anderen.«

Sofort rufen einige der Umstehenden, Johannes solle erzählen.

Der kleine und krumme Johannes tritt zu mir hin, hebt eine Hand. Plötzlich breitet sich Ruhe aus. Schritte auf dem Wehrgang sind zu hören, sogar das Leben drüben im Feldlager des Feindes.

»Wie kann dieser General mit seiner Söldnertruppe unser armes Augsburg bedrohen?«, fragt Johannes. »Schon damals gelang es nicht. Damals vor Hunderten und Hunderten von Jahren, als diese Geißel Gottes, Attila, mit seinen krummbeinigen Reitern dort drüben stand. Attilas Drohungen, was er mit der eroberten Stadt anstellen wollte, waren so schlimm, dass später die wildesten Kinder zahm wurden, nur bei Nennung seines Namens.

Mit Feuer und scharfen Schwertern, gnadenlos und beutegierig war das Steppenvolk auf ihren kleinen Pferden unerbittlich über die Länder hinweggefegt, hinterließ Tod und verbrannte Erde. Am Lech standen sie mit dem festen Willen, die Stadt dem Erdboden gleichzumachen. Der Reiterkönig lehnte jede Verhandlung ab, er wollte völlige Unterwerfung, sonst nichts. Die Verzweiflung hinter den Mauern war groß, Schmalhans war der Küchenmeister, sogar die Mäuse und Ratten verhungerten. Wie heute sah der Tag unsägliche Traurigkeit, die Finsternis der Nacht die Tränen der Verzweifelten. Hoffnung war ein Wort, das niemand mehr auszusprechen wagte.

Da flammte ein heller Strahl ins Dunkel, und der auch nur, weil es sonst nichts gab. Zu normalen Zeiten hätten alle, auch der Dümmste innerhalb der Mauern, lauthals gelacht über den völlig ernst gemeinten Vorschlag einer alten Frau. Sie war vor längerer Zeit als Hexe erkannt und in den Barfüßerturm gesteckt worden. Diese Alte nun hatte einem der Wächter gesagt, sie würde mit leichter Hand den schrecklichen Feind vor den Toren der Stadt vertreiben. Als Lohn wolle sie allein ihre Freiheit. Der Wächter lachte nicht, denn er glaubte an Hexen und ihre Zauberkraft. Was die Alte ihm geflüstert hatte, sagte er seinem Hauptmann weiter, der es einem Ratsherrn sagte, der die Worte an einen anderen Rat weitergab. Als die Ratsherren zu ihrer nächsten Beratung zusammenkamen – schon wenige Stunden später, denn sie beratschlagten ständig –, dauerte die Disputation über das Angebot der Hexe keine Minute. Wer wollte es denn sicher sagen, ob die Alte nicht ein Werkzeug des Himmels war?

Die betagte Frau wurde aus ihrem elenden Loch herausgeholt. Kaum stand sie auf wackligen Beinen vor dem Barfüßerturm, als aus dem Nichts ein kohlrabenschwarzer Hengst aus einer Gasse stürmte. Zeugen behaupteten später, aus seinen Nüstern seien Flammen gezüngelt. Mit Leichtigkeit schwang sich die Alte auf den Rücken des Pferdes, und wie die Wilde Jagd ging es zum nächsten Tor. Dass es geschlossen war, bedeutete für die beiden kein Hindernis, der Hengst galoppierte einfach hindurch.

Schon sahen die Torwächter die beiden auf das Hunnenlager zujagen. Konnten sie ihren Augen trauen? Unglaubliches spielte sich vor ihnen ab. Auch die Hunnen standen starr, als sie bemerkten, was auf sie zukam. Ein schwarzer Hengst mit einer nackten Reiterin. Nackt? Tatsächlich hatte sich die hässliche Alte beim Durchreiten des Tores in eine schöne, nackte junge Frau mit im Wind fliegenden schwarzen Haaren verwandelt. Der Hengst raste auf die Hunnen zu, jeden Augenblick musste er in die aufgerichteten Spieße der wilden Gesellen rennen. Doch auf einmal hob das Pferd seine Vorderhufe an und flog mitsamt der Reiterin über die Krieger und die näher am Fluss stehenden Zelte und die Bäume hinweg, begleitet von einem schrillen Heulen und einem wirbelnden Sturmwind.

Nachdem sie sich aus der Erstarrung gelöst hatten, ergriff Attila und seine Reiter ein solches Grausen – waren sie als Naturvolk doch sehr dem Aberglauben zugeneigt –, dass sie Hals über Kopf abzogen und sogar versäumten, ihr Lager vollständig zu räumen.

Erst die Wächter auf der Mauer, dann die ganze Stadt brachen in unbändigen Jubel aus. Schon drei Tage später wurde dieses wundersame Vorkommnis in einem Fresko an der Wand des Barfüßerturms festgehalten.

Wir Augsburger kennen dieses Bild«, sagt Johannes und beendet damit seine Erzählung. Alle haben atemlos zugehört. Ein Seufzen geht durch die Menge. Auch ich bin ganz in der Geschichte aufgegangen, fühle meine Augen im Wasser schwimmen.

»Vielleicht vollbringt das Brot ein ähnliches Wunder wie die Hexe und ihr Pferd«, murmle ich. Nur Johannes versteht meine Worte.

Oben werde ich von den Wächtern erwartet. »Singen, Nachbarn!«, rufe ich hinunter. »Fröhliche Lieder und so laut, wie ihr es vermögt.«

Johannes stimmt sofort an und schon braust der Chor auf, nicht eben schön, aber laut genug, um vom Feind gehört zu werden.

Ich trage den mächtigen Laib Brot vor mir her, sehr theatralisch, bin ein Angeber des Überflusses, marschiere laut singend auf der Mauer ein ganzes Stück in die eine Richtung, ein ganzes Stück in die andere. Immer gut vom Angreifer zu sehen und natürlich zu hören. Einer spontanen Eingebung folgend, breche ich das Brot und verteile es mit großer Geste an die in meiner Nähe Stehenden und nicke ihnen aufmunternd zu. Sie verstehen und fangen an zu essen, tun jedenfalls so. Ich bete stumm zum Himmel, dass diese Gaukelei auf der anderen Seite richtig ankommt.

Natürlich lasse ich den Feind nicht aus den Augen. Eine gewisse Unruhe ist zu erkennen. Ist das schon die Wirkung meiner Schauspielerei? Ärgern sie sich, haben vielleicht Wut? Ich hoffe sehr, dass ich nicht auf Wunschgedanken hereinfalle.

Hinter mir hat einer damit begonnen, in seine Hände zu klatschen, und sofort geht es auch unten in der Gasse an der Mauer damit los. Die Hände begleiten den Takt des lustigen Liedes, dessen Text und Melodie durch die Luft segelt.

Ich bleibe einen Moment stehen, schaue in die Weite, denke an die Hexe und an das Martyrium der heiligen Afra. Meine Augen blicken in das Grün der Bäume. Sie hätten darauf achten sollen, was zu meinen Füßen geschieht. Unten hat sich ein Trupp Schützen vorgewagt. Sie legen ihre Armbrüste an, zielen und schießen.

Mir fällt das Brot aus den Händen, ich sinke in die Knie. Ich meine, mir selbst zuzusehen. Drei Pfeile stecken in mir. Einer im Arm, zwei in der Brust. Ich blicke nach oben. Blauer Himmel.

3

Der weißhaarige Mann sitzt auf der Parkbank, hat starke Schmerzen im Arm, und auf seiner Brust liegt ein heftiger Druck. Auch sein Hinterkopf pocht. Nur ganz allmählich kommt er zu sich. Es ist wie ein Erwachen aus einem tiefen Schlaf, und es dauert eine ganze Weile, bis ihm klar wird, wo er sich befindet. Wie kommt er auf diese Parkbank? Erneut dauert es eine Zeit, bis er sicher ist, wo diese Bank steht. Damit wird jedoch auch nichts klarer. Er sitzt unter einer Eiche neben dem Kräutergarten des Parks am Roten Tor.

Mühsam richtet er seinen Oberkörper auf. Die Schmerzen lassen fast unmittelbar nach, kommen also von dem unbequemen Liegen auf der Bank. Nur der Hinterkopf pocht weiterhin. Er verzieht das Gesicht, erinnert sich, sieht Bilder vor sich. Ja, er hat diese Raben und auch das springende schwarze Pferd gesehen. Und er ist Konrad, der Bäcker, gewesen. Hat Johannes von der nackten Hexe auf ihrem Hengst erzählen gehört. Und dann ist mit Armbrüsten auf ihn geschossen worden. Nur wie er auf diese Parkbank gekommen ist, davon hat er keinen Schimmer.

Er atmet tief durch. Ruhe, sagt er sich, immer der Reihe nach. Ich bin Moritz. Moritz Sorgenfrey. Oberstudienrat für Latein und Geschichte. Seit Jahren im Ruhestand, eher Unruhestand. Mitglied der Geschichtswerkstatt. Mein Steckenpferd sind die Sagen und Legenden meiner Stadt Augsburg. Mit Eifer spüre ich ihrem wahren Gehalt nach. Ich war auf der Suche, wie so oft. Da hat mir einer der Raben eins auf die Rübe gegeben. Kein Geist, einer der zuschlagen konnte und wusste, wie man das macht. Die Raben müssen mich hierhergeschafft haben.

Moritz Sorgenfrey fasst sich an den Hinterkopf, schaut dann seine Finger an: kein Blut. Was ist mit meinem Rucksack, meinem Fernglas, der Kamera? Er schaut sich um. Hinter und halb unter der Bank findet er das Gesuchte. Er atmet auf. Als er die Sachen holen will, sich bückt, wird ihm schwindlig. Endlich sitzt er wieder auf der Bank, überprüft mit klopfendem Herzen den Inhalt des Rucksacks. Es fehlt nichts. Oh doch, es fehlt die Speicherkarte der Kamera. Die Raben waren also keine Raben, wenn sie Angst davor hatten, auf einem Foto zu sehen zu sein. Sein Humor ist zurück.

Der ehemalige Lehrer ruft ein Taxi, lässt sich nach Hause fahren. Er wird seine Nichte Lis anrufen, ihr eine Kurzfassung seines Abenteuers erzählen, es ihr überlassen, was sie damit macht. Er ist sicher – fast sicher –, sie wird Roth, ihren Freund, informieren.

Zu Hause macht er diesen Anruf, duscht dann, legt sich auf das Sofa, schläft beinahe auf der Stelle ein.

Läuten an der Tür weckt ihn auf. Da hat einer länger den Finger auf dem Drücker.

Vor der Tür steht Roth.

»Onkel Moritz, Sie haben gerufen. Hier bin ich.«

Es hat also geklappt. Auf Lis ist einfach Verlass.

Er lässt Roth eintreten.

Sie gehen in die Küche, wo Sorgenfrey Tee bereitet, eine kleine Zeremonie. Dabei beginnt er schon seinen Bericht, viel ausführlicher als am Telefon für Lis.

Roth hört genau zu.

Als sie im Wohnzimmer sitzen, Tee trinken, geht die Erzählung dem Ende zu. Der Onkel schweigt, lehnt sich zurück. Roth fragt ihn, was er eigentlich an diesem späten Nachmittag am Lech suchte. »Was gibt es heutzutage noch an alten Sagen nachzuforschen? Sind sie nicht von der Zeit dicht überwuchert?«

»Gerade darum«, sagt Moritz und redet sich in Begeisterung.

Das nutzt Roth, Hauptkommissar beim LKA, um über die Geschichte des alten Mannes nachzudenken. Er versucht, sie auf ihren Kern zu reduzieren. Dieser Kern ist ohne jeden Zweifel der alte Hof und die Raben, die den alten Mann rabiat aus dem Spiel nahmen. Keine Geister, keine Spukgestalten.

Roth wird seinem Gespür, das ihn noch nie getrogen hat, folgen. »Wo kann ich telefonieren, Onkel Moritz?«

»Im Arbeitszimmer.«

An drei Seiten raumhohe Bücherregale, der Schreibtisch mit Papieren und Büchern belegt. Roth setzt sich an den alten Schreibtisch, nimmt sein Smartphone zur Hand.

Als Roth zurückkommt, sitzt der Onkel bequem im Sessel, blickt seinem Gast fragend entgegen.

»Wir, was meine Augsburger Kollegen heißt, werden den Hof unter die Lupe nehmen. Wir beiden warten erst mal ab.«

Roth lässt sich von der Geschichtswerkstatt erzählen, von den Sagen, denen der Onkel auf der Spur ist. Von der heiligen Afra und von Attila und der Hexe und vom Steinernen Mann und von der Göttin Zisa und der Gründung der Stadt und von den Römern und den Geschichten um Luther in Augsburg. So vergeht die Zeit wie im Flug.

Roths Smartphone meldet sich. Roth hört zu. »Ja, tut das«, sagt er dann.

Er wendet sich an Moritz Sorgenfrey. »Auf Google Earth findet sich kein Friedhof, Onkel, jedoch eine Kapelle. Den Hof, wohl eher die Reste eines ehemals großen Gutshofes, gibt es. Die Kollegen haben eine Drohne gestartet, die die Gegend unter ihr elektronisches Auge nehmen wird.«

Moritz holt eine bemalte Dose mit Gebäck aus einem Schrank. Während sie beide knabbern, erzählt Moritz von seinem so seltsam lebendigen Traum, seinem virtuellen Besuch in einer Vorzeit.

Gerade berichtet Moritz von dem Moment, in dem er als Konrad dem Feind das Brot präsentiert, da meldet sich Roths Smartphone erneut. Wieder hört er zu und wünscht zum Schluss viel Glück.

»Was hat die Drohne gesehen, Roth?«

Es war eine Feldkapelle, die der einsame Wanderer für einen Friedhof hielt. »Davor liegt, aus welchem Grund auch immer, eine größere Anzahl faustgroßer Bachkiesel, die in der Dunkelheit wie Totenschädel aussehen könnten. Der verfallene Hof ist ein Räubernest, Onkel Moritz.« Im Augenblick laufe ein größerer Polizeieinsatz. Im Innenhof, dort, wo die Raben saßen, stehe ein Lastwagen, der in aller Hektik beladen würde. Es handle sich wahrscheinlich um die Bande, hinter der die Kripo schon länger her sei. Sie stehle sehr geschickt und penibel geplant von Baustellen Kupfer im großen Stil. Der abgelegene Hof diene ihr offenbar als Zwischenlager.

Bei diesen Worten leuchtet das Gesicht des alten Mannes immer mehr auf. Dann hat sich sein Grausen also gelohnt und er hat sich von der schaurigen Szene nur zum Teil täuschen lassen.

»So ist es. Ein offizielles Lob wird es sicher geben, Onkel Moritz.«

Der winkt lässig ab, fragt, ob sie wohl Lis bitten sollen zu kommen. Er lade sie beide zum Essen ein und danach ins Kulturhaus in der Barfüßerstraße. Der Kabarettist Gianni Vapore spiele dort sein neues Programm »Flasche leer – Kanne voll«. Der Onkel versucht das Radebrechen des Künstlers, der behauptet, aus Sizilien zu stammen, nachzuahmen.

Roth lacht Tränen über diese gelungene Parodie.

DEM HERRGOTT SEI' SCHLANKLDOG

VON INA RESCH

In Tann, einem kleinen Marktflecken im Rottal, lebten einst die Grafen von Leonberg auf einer Anhöhe über dem Marktplatz – dem Rahmenberg oder Bergbauernberg, wie man heute sagt. Von dort führte ein Steg über den damals noch sumpfigen Grund des Tannenbachs in die jetzige Seilergasse hinein, um den Schlossherren den täglichen Gang zu der auf der gegenüberliegenden Anhöhe stehenden Kirche zu erleichtern.

Von einer Italienreise brachte einer der Grafen ein mirakulöses Kruzifix als Heiligtum mit und ließ es in der Mitte des Steges als Schutzkreuz aufstellen, um Unheil fernzuhalten. Die Leonberger starben dennoch aus, und als die letzten beiden sehr frommen Edelfräulein das Zeitliche segneten, soll der Teufel das Schutzkreuz, das ihm seit Jahren ein Dorn im Auge war, ins Moos hinabgestoßen und den Steg hinfortgefegt haben.

Um die hundert Jahre später, als das Moos zwischen den Anhöhen trockengelegt war und die Tanner nach den Schrecken des Dreißigjährigen Krieges ihre Häuser wieder aufbauten, tauchte das Kreuz beim Legen eines Holz-

bodens in zwei Fuß Tiefe wieder auf – verdreckt, aber fast unversehrt. Und nicht nur das: Nach einigen Jahren wuchsen dem Jesus am Kreuz Bart und Haupthaare und er bewirkte außerdem einige Wunder, was eine der größten Wallfahrten Bayerns – die Wallfahrt zum Herrgott von Tann in der Kirche Sankt Peter und Paul – auslöste, die zwar ihre einstige Bedeutung verloren hat, aber immerhin seit nunmehr über 325 Jahren besteht.

Ungefähr genauso lange findet traditionell am Donnerstag vor Mariä Lichtmess der Tanner Wachsmarkt statt. Lichtmessmärkte gibt es nur noch wenige in Bayern, und die meisten kämpfen mit Besucherschwund und damit ums Überleben. Im niederbayerischen Tann jedoch sind die Wirtshäuser beim Wachsmarkt heute wie damals bummvoll. So auch an einem eiskalten Wintertag Ende des 19. Jahrhunderts ...

Luz schlängelt sich durch das Gedränge, schlüpft unter Armen durch und weicht zweideutigen Blicken aus. Die Gaststube beim Grainer Bräu ist brechend voll. Die Stimmen überschlagen sich, Trümpfe knallen auf Tische, Krügl werden in die Höhe gerissen, aneinandergedroschen und ausgesoffen. Raue Hände klatschen auf Hintern, stibitzen sich vorlaut höher, ehe die dicken Finger doch lieber nach den brühwarmen Würsten greifen, sie in den Senf tunken und in gefräßige Mäuler stopfen. Noch bevor die Brocken ganz hinuntergewürgt sind, geht es von vorne los mit den kracherten Sprüchen, die zwischen den Tischen hin und her schießen wie die Schankmägde, die mit Bieraustragen kaum hinterherkommen.

»Hint', im Stall!«, hört Luz die bekannte Stimme am Ohr, reißt den Kopf herum und sieht die Sorge in den grünen Augen glimmen, ehe das Basl ihre Krüge auf dem nächsten Tisch ablädt und die allzu gierigen Finger wegschlägt.

Jessas, Maria und Josef! So schlimm?

Eine Gänsehaut kriecht Luz den Hals hoch, sie drückt den Korb mit den gekauften Kerzen fest gegen ihren Bauch und kämpft sich forscher als zuvor durch die Gaststube, ignoriert die Beschimpfungen, erreicht die Hintertür, taumelt über die Flez in den Stall, drückt sich an Pferdehintern und Gäuwagerl vorbei und bleibt alle paar Schritte stehen, um zu horchen.

»Malli?«, ruft sie verhalten, um nur ja keine Neugierigen anzulocken. Das kann man nicht brauchen, wenn man wie sie zur Rotsch-Sippschaft gehört.

Ein Wiehern kommt als Antwort, Hufe stampfen in den Boden. Heu und Stroh rascheln.

»Malli? Wo bist denn, Herrschaftszeiten? I bin's.«

Ein ersticktes Aufschluchzen weist den Weg. Luz eilt darauf zu, muss erst einen gewaltigen Kaltblutfuchs zur Seite schieben, ehe sie vor der Schwester in die Knie sackt. »Was is'n los? Dir geht's ned guad, hat's g'heißen.«

Malli kauert an der rauen Bretterwand. Ihre dürren Arme sind wie Lederriemen um die Knie gezurrt. Sie zittert.

»Hast was Schlecht's gessn? Bist krank?«, fragt Luz und zupft das Heu fort, das stetig aus dem Pferdemaul auf die Schwester herabfällt. »In Herrgotts Nam, jetz sag halt!«

Ein gurgelndes Wimmern kommt aus Mallis Mund. Luz tastet nach ihrer Stirn, fühlt eiskalte Nässe. Im nächsten Moment zuckt die Schwester nach vorn, stützt sich mit den Armen auf und speit ins Stroh.

Himmel, Arsch und Zwirn!

»Steh auf!«, zischt Luz grantig und zerrt an Mallis Arm. »Dein Rausch schloffst g'fälligst dahoam aus!«

Doch schon die paar Schritte hinaus auf den Marktplatz sind eine hundsmäßige Strapaze. Malli knickt immer wieder in die Knie, das Würgen nimmt kein Ende. Die kaum 250 Meter vom Gasthaus Zur Post bis zum unteren Marktplatz, wo Luz mit der kranken Mutter und den jüngeren Brüdern in einer feuchten Kammer hinterm Weideneder Bräu haust, kommen ihr vor, als müsste sie den Watzmann übersteigen. Sie hat's in einer alten Zeitung gelesen, dass es eine schier unmenschliche Anstrengung braucht, um das zu schaffen.

Zum Glück wundert sich niemand, als Malli zwischen den zum Verkauf aufgereihten Viechern und den Ständen der Fieranten immer wieder würgt. Beim Kaiser-Wilhelm-Brunnen müssen sie rasten. Am Marien-Brunnen noch einmal. Aus Malli ist kein Wort herauszubringen, sie braucht all ihre Kraft und Konzentration, um auf den Beinen zu bleiben, und je öfter Luz in das schmale, leichenblasse Gesicht der Schwester mit den übergroßen, glasigen Augen schaut, umso tiefer fährt ihr die Angst in alle Glieder. Sie spürt Schweiß in der Rinne am Rücken laufen, obwohl die klirrend kalte Luft den Atem der Menschen in hellen Fahnen aus Nasenlöchern und Mündern aufsteigen lässt. Die letzte Typhus-Epidemie liegt keine zehn Jahre zurück, auch die Cholera spukt noch in den Köpfen der Älteren herum. »Da Doud« lauert überall, und manchmal braucht es nur einen eitrigen Zahn oder einen eingezogenen Schiefer, um das Leben zu verlieren.

»Obacht!«

Erschrocken fährt Luz herum. Malli taumelt auf einen bis obenhin mit Kerzen und Wachsstöckeln gefüllten

Handkarren zu. Ehe sie alles zum Einsturz bringt, reißt Luz die Schwester zurück, dirigiert sie an einigen Kindern, die zwischen den Wachsmarktflaneuren Räuber und Gendarm spielen, vorbei zum König-Ludwig-Brunnen, wo sie ihren schweren Korb abstellt, Malli an den Schultern packt und sie zwingt, sie anzusehen. »Jetz sag halt endlich, was d' hast!«

Doch Malli kann nicht sprechen, die Augen quillen ihr schier aus den Höhlen. Adern, dick wie Regenwürmer, schlängeln sich über ihren dünnen Hals. Sie krallt die Finger in Luz' Unterarme und geht schon wieder in die Knie. Dieses Mal nicht, um sich zu übergeben, nein, sie hockt sich hin, als würde sie …

»Kreiz, Birnbam und Hollerstauern!« Luz befreit sich mit einem Ruck. »Reiß dich g'fälligst zam! Du kannst ned mitten auf'm Marktplatz …« Sie bricht ab. Auf einmal schauen die Leute doch. Alle starren sie in ihre Richtung, zeigen mit dem Finger auf sie. Luz will Malli mit ihrem Körper gegen die Gaffer abschirmen. Vergebens. Wie Pendel an einer Uhr – nur verkehrt herum – kippen sie in einem eigentümlichen Rhythmus hin und her. Und her und hin. Damit ihnen nur ja nichts auskommt. Wäre das Becken nicht mit Brettern winterfest eingehaust, Luz würde die Schwester eigenhändig im Brunnen ertränken – und sich selbst gleich mit.

Doch zum Glück geraten beim Rosswurststand ein paar Meter weiter zwei junge Burschen aneinander. Luz schickt ein Dankgebet gen Himmel, denn so eine Rauferei ist weitaus unterhaltsamer als eine Bauerndirn, die an den Schlankltagen jeden Anstand missen lässt.

Herrschaftszeiten!

Die Schwester kommt wankend auf die Beine. Luz packt

sie am Ellbogen. »Auf geht's, gemma!« Doch etwas stimmt nicht. Etwas stimmt ganz und gar nicht. Mallis Augen sind so leer wie die vom Bayernkönig Ludwig II., der in der Brunnensäule über ihnen Ausschau hält. Die Schwester kippt vornüber und hebt den Rock.

Heilige Maria, Mutter Gottes, steh uns bei!
Da ist Blut.
Und Wasser.
Und dazwischen ein Kind.
Ein winziges Kind.

Die Brüder sind ausgeflogen. Die Mutter näht im Bett Perlmuttknöpfe auf Gold- und Silberpapier. Einer von den besseren Tagen also. Knochenfraß. Luz weiß nicht, was das genau für eine Krankheit ist, aber nicht mehr lang, dann wird die Muadda beim Vadder auf dem Friedhof liegen, sagt der Doktor. »Das Geld für die Medizin könnt's eich sparn!«, sagt er auch. Aber sie haben eh keines.

»Wieso seids 'n scho wieda do?«

Luz zuckt mit den Schultern, schleppt die Schwester in die hintere Kammer. Die Enge, die Dumpfheit und die Feuchtigkeit in den Wänden kann sie heute kaum ertragen. Malli hat bis jetzt kein Wort von sich gegeben. Luz hat auch nicht gefragt. Wozu? Ist doch immer das Gleiche, wenn die Röcke allzu leicht in die Höhe rutschen.

Als Malli endlich auf ihrer Schlafbank liegt, deckt Luz sie zu und setzt sich zu ihr. Auch hier drinnen ist es eiskalt. Sie haucht in ihre hohlen Hände, an denen noch ein Rest Blut klebt, weil sie das kleine Wesen in ihrer Not einfach zu den Kerzen in ihrem Korb gelegt hat.

»Iatz schaud er mi g'wiss nimma o!«, flüstert Malli, damit die Mutter nichts hört.

»Wer?«

»Der Karl.«

»Der Schickenhofer Karl?«

Malli nickt.

Auf einen Schlag ist alles noch um ein ganzes Trumm schlimmer geworden. Luz läuft eine Gänsehaut über die Arme.

Die Schwester langt in ihre Rocktasche und zieht ein in Zeitungspapier eingedrehtes Etwas heraus. »Des hoda mia g'schenkt. Heid in da Friah.«

Ein Wachsstöckl. Ein besonders schönes sogar. Der Herrgott von Tann mit seinem schweren goldenen Herz ist drauf. Luz' Herz ist auch schwer.

»Er wollt mich heiraten.«

»Heiraten?«

»Weng dem Kind.«

Jessas, Maria und Josef! So dumm kann die Schwester doch nicht sein? Luz würde am liebsten die Hände über dem Kopf zusammenschlagen. Die Knechte schenken ihren Aufbetterinnen zum Dank fürs ganze Jahr Betten- und Wäschmachen an Lichtmess ein Wachsstöckl – nicht die Bauernsöhne. Denen wird umsonst aufgebettet, und wenn es ihnen einfällt, schieben sie den Mägden in den Nächten auf ihren Schlafbänken die Röcke hoch, aber die Ehe versprechen sie deshalb noch lange nicht, wenn dann ein Bankert auf die Welt kommt. Erst recht keiner Rotsch-Tochter. Und der Schickenhofer Kalle schon dreimal nicht.

»Host dein' Lohn wenigstens no griagt?« Erst seit gestern weiß Luz, dass die Schwester nicht länger als Magd am Rahmenberg droben bleiben kann. Deswegen hätte sich die Malli heute, am Lichtmessmarkt, um eine neue Stellung schauen sollen. Unbedingt! Luz muss an die Madam denken, die in aller Herrgottsfrüh durch den Markt marschiert ist. Haben die Schickenhofers etwa schon eine neue Dirn gedungen? Von auswärts?

»Da Kalle hod g'sogt, an Lohn brauch i nimma, wenn mia erst g'heirat hom, weil ...«

»Ja freilich! Wer's glaubt«, pflatscht es Luz derart grob aus dem Mund, dass die Schwester sich zusammenrollt und von ihr wegdreht. Sie rutscht hinterher, schlüpft zu ihr unter die Decke und drückt sich an ihren Rücken, um sie zu wärmen.

»G'freid hod er se, dass d' as woaßt!«, sagt Malli nach einer Weile mit tränenschwerer Stimme. »Jedn Dog hod er mia a b'sondere Mixtur aus Oa und Milc und Henne bracht. Zur Stärkung. Er woid, dass sei Stammhalter kräftig und g'sund auf d'Welt kommt.«

Stammhalter? Alles, was recht ist! Allmählich spürt Luz die Wut im Bauch brodeln. Die Schickenhofers sind in der Gegend verschrien. Nur deshalb hat Malli eine Stellung am Rahmenberg droben bekommen. Wie Luz vor ihr. Erst als Haus- und Kindsmagd für die Bäuerin, dann als Unterdirn und Mitteldirn. Luz und Malli gehören zu den Fleißigsten und bekommen doch nur halb so viel Lohn wie die anderen. Weil eine Rotsch für jeden Pfennig dankbar sein muss, den man ihr hinwirft. Weil sie nämlich so leicht keine andere Stellung findet.

Doch auch sonst ist die Schickenhoferin ein knickertes Luder. Spart beim Schmalz, beim Fleisch, sogar minderwertige Magermilch nimmt sie statt Rahm, obwohl sie mehr Stückl Vieh im Stall stehen hat als jeder andere Bauer im Umkreis. Dasselbe Essen am selben Tisch wie die Bauernfamilie hat es für das Gesinde beim Schickenhofer droben noch nie gegeben. Deshalb bleibt kein Knecht und keine Magd länger als ein Jahr. An Lichtmess schnüren sie alle ihre Bündel, nur die Schratzen vom Rotsch Martin nicht, der zwar eine Hiesige geheiratet hat, aber für die Tanner trotzdem immer der Musiker und Marionettenspieler aus Straßburg geblieben ist, den sie niemals beim Namen nannten, weil sich bei »da Zigeina« ein jeder auskennt hat.

Luz dreht eine Strähne von Mallis dicken schwarzen Haaren um ihren Finger. Vielleicht hätten die Tanner nach dem frühen Tod des Vaters vergessen, was sie für welche waren, wenn sie und die Geschwister mehr der Mutter nachgeraten wären. Aber die Haare, die schwarzen Augen und die braune Haut. Dazu das ovale Gesicht. Nirgends eine Spur von der sahneweißen Blässe und den blonden Locken der einst so begehrten und angesehenen Tuchmacher-Tochter. Fast spürt Luz die eingebrannte Inschrift auf Mutters vom vielen Drüberfahren abgewetzter Schatulle: Wir Tuchmacher sind die Herren von Tann. Kein Weber, kein Brauer, kein Stand kann uns an.

Seit Luz vor gut einem halben Jahr die ungeschriebenen Regeln des Dienstein- und Dienstaustrittes verletzt hat und dem Schickenhofer mitten unterm Jahr davongelaufen ist, gilt sie erst recht als Aussätzige. Niemand gibt ihr mehr richtige Arbeit, das Geld langt hinten und vorne nicht, und wenn Malli nun auch nichts mehr heimbringt und noch dazu durchgefüttert werden muss, dann ... dann können sie und die Mutter noch so viele Knöpfe auf Papier nähen, es wird niemals reichen. Auf Knien müssen sie dem Herrgott danken, dass wenigstens das Kind abgegangen ist, denn ein Pflegegeld hätten sie niemals aufbringen können.

Luz atmet tief ein und setzt sich auf. Es ist wie verhext. Sogar der Schnee lässt heuer auf sich warten, obwohl sich die Brüder beim Wegräumen dieses Himmelsbrotes wenigstens ein paar Pfennige dazuverdienen könnten.

Sie schaut unter das Tuch in den Korb. Auch Malli hebt mühsam den Kopf, bringt es aber nicht über sich, hinzusehen. Sie atmet flach, drückt ihre Hände auf den Bauch und stöhnt. »Was wär's denn g'wesn?«, fragt sie kraftlos.

»A Dirndl, glaub ich«, antwortet Luz. »Ich bring's fort, bevor's noch die Muadda oder die Buben sehen.«

»Wohin?«

Sie zuckt mit den Schultern. Ihr wird schon was einfallen. Ist ja nicht mehr als ein Fröschchen. Luz will es hinter sich bringen, sie steht auf, doch Mallis Hand greift nach ihrer und legt das Wachsstöckl hinein. Luz weiß, was das bedeuten soll.

Wenig später steht sie vor dem Hochaltar in der Kirche Sankt Peter und Paul. Wie es sich gehört, hat das wundertätige Kruzifix einen Ehrenplatz über dem Tabernakel. Sämtliche Guttaten stehen im Mirakelbuch niedergeschrieben, Hunderte von Votivtafeln zeugen von seiner Kraft.

»O mein Jesu, liebster Jesu! Sei gegrüßt an diesem Ort, wo deine Gnaden fließen und sich in die Welt ausgießen«, flüstert Luz und blickt über die Schulter. Etliche alte Weiber sitzen mit Rosenkränzen um die von der Gicht dick gewordenen Finger in den Bänken. Ein verirrter Wachsmarktbesucher schnarcht leise vor sich hin. Luz wagt es, holt das Wachsstöckl hervor und schlägt das Tuch gerade so weit auseinander, bis das winzige Gesicht zum Vorschein kommt. Auf den Stufen vor dem Altar kniet sie nieder.

»Ganz demütig ruf ich zu dir, anklopfe bei dem Gnadenthron, weil niemand ohn' Trost geht davon.« Nach einem weiteren Blick über die Schulter wickelt Luz Mallis Kind ganz aus dem Tuch und bettet es auf das Wachsstöckl. Wenn sie nicht wüsste, dass es vor nicht einmal einer Stunde aus der Schwester herausgerutscht ist, sie würde glauben, es wäre ebenfalls aus Wachs.

»Herr Jesu Christe! Sei gnädig uns armen Sündern ...« So ganz genau kann sie sich nicht an das Gebet vom wundertätigen heiligen Kreuz zu Tann erinnern. Malli rennt zwar mit jedem Kummer zu ihm und hat ihr die Worte tausendmal vorgesagt, aber Luz glaubt nicht an Wunder. Schon lange nicht mehr, denn für sie und ihre Sippe hat der Herrgott von Tann bislang keines vollbracht. Der Vater ist an der Schwindsucht gestorben und die Mutter folgt ihm bald nach. Um ein leichteres Auskommen und ein wenig Anerkennung traut sich Luz von Haus aus schon nicht zu bitten, aber für das kleine Wuzerl muss sie beten, der Schwester zuliebe, auch wenn die Pfaffen für ledige Kinder nicht viel übrighaben.

Sie schlägt das Kreuz auf Stirn, Brust und Schultern, wickelt nun Wachsstöckl und Kind zusammen in das Tuch, steht auf und verlässt die Kirche.

Ganz hinten, im letzten Eck des Friedhofes, ist das Grab des Vaters. Hierher verirrt sich selten jemand. Mit dem großen Nagel, den Luz sich daheim eingesteckt hat, lockert sie die beinhart gefrorene obere Erdschicht auf. Das Loch gräbt sie mit bloßen Händen und bettet das Buzerl zum Großvater. Der Herrgott wird schon nichts dagegen haben, hofft sie, und macht sich auf den Heimweg.

Beim Schuhmachermeister Köck in der Kirchgasse steht einer von den fünf Gesellen vor der Tür und raucht. Von früh bis spät hört man dort die Schusterhämmer klopfen.

Sogar heute. Am Wachsmarkttag. Er schaut Luz an, als wüsste er haargenau, was sie getan hat. Ihr wird ganz bang.

Auf der Kochtreppe weiter unten sitzen ein paar Rauschige. Luz drängelt sich zwischen ihnen durch und denkt daran, was die Urgroßmutter erzählt hat. Dass bei der Jubiläumsfeier zum hundertjährigen Bestehen der Wallfahrt zum Herrgott von Tann 40.000 Pilger gezählt und 29.000 Hostien ausgeteilt wurden. Dass einst elf Priester nötig waren, um dem Ansturm der mit wehenden Fahnen einziehenden Prozessionen Herr zu werden. Dass man die Wallfahrt angesichts dieser Massen sogar einem Orden übertragen und den Pfarrhof in ein Kloster umwandeln wollte. Und dass nur deshalb die beiden Metzgereien links und rechts der Treppe zur Kirche hinauf die Erlaubnis erhielten, ein Auskochgeschäft zu betreiben, weil die Gasthäuser die vielen Wallfahrer nicht mehr sattkriegen konnten.

Luz kriegt auch niemanden mehr satt. Die Brüder schießen wie junge Birken in die Höhe und leiden ständig Hunger. Sie stehlen, wenn sie es gar nicht mehr aushalten können. Luz weiß es, auch wenn Martl und Willi das Gegenteil behaupten.

Sie gibt sich einen Ruck, geht erst in die eine, dann in die andere Metzgerei am Fuß der Kochtreppe. Bittet um die Anscherzl, um abgefieselte Knochen, sogar um das, was andere als Hundsfutter heimtragen. Wenn die Erna im Laden ist, kredenzt sie manchmal eine halbe vertrocknete Wurst. Aber Erna ist nicht da. Luz geht mit leeren Händen.

Wenigstens das Basl hat beim Grainer Bräu das Wurstwasser für sie aufgehoben. Sie will wissen, ob es Malli schon besser geht, und Luz faselt von einem Mordstrumm Rausch, den die Schwester nun ausschlafen müsse. Sie mag keine Lügen, das schlechte Gewissen drückt, aber der Duft, der aus der blechernen Kanne aufsteigt, ist himmlisch, und als die Cousine zwinkert und sagt, dass auch ein paar Zerrissene drin schwimmen würden, spürt Luz Tränen in den Augen. »Vergelt's Gott«, sagt sie tonlos und schleicht mit ihrem Schatz hinaus in die anbrechende Nacht.

Wie von allein tragen ihre Füße sie am König-Ludwig-Brunnen vorbei, denn ans Aufwischen hat sie vorhin nach dem Malheur nicht gedacht. Da war sie viel zu aufgeregt. Doch sie sorgt sich umsonst. Kinder rennen um den Brunnen, haben mit ihren dreckigen Schuhen längst jede Spur zertrampelt.

Aus den Augenwinkeln nimmt Luz etwas anderes wahr. Ein schwaches Leuchten. Grünlich. Ungefähr dort, wo sich Malli ein letztes Mal übergeben hat.

»Muss ein g'scheid großer Funkenkäfer g'wesen sein«, sagt das vielleicht fünfjährige Mädchen, als Luz hinter sie tritt, und stochert mit ihrem Stöckchen weiter im Leuchten herum.

Funkenkäfer? Glühwürmchen gibt es im Winter nicht, will Luz die Kleine belehren, lässt es aber sein und geht weiter.

Daheim angekommen, wundert sie sich, wo die Mutter hin ist. Sie stellt die Kanne mit dem Wurstwasser auf den Tisch. Da werden sich die Brüder freuen, wenn sie das Brät im Teller finden. Auch Malli wird schneller wieder zu Kräften kommen, wenn sie etwas Richtiges zwischen die Zähne bekommt.

Als Luz ihr Schultertuch an den Haken hängt und die Hände in die Waschschüssel taucht, hört sie es.

»Jesus, der für uns Blut geschwitzet hat. Jesus, der für uns gegeißelt worden ist. Jesus, der für uns mit Dornen…«

Sie stößt die Tür zur Kammer auf. Weihrauch steigt ihr in die Nase. Mallis Hände sind über ihrer Brust gefaltet. Jemand hat sie mit einem ausgefransten Strick zusammengebunden. Willi reißt gerade ein Streichholz an und hält die Flamme an den Docht der Totenkerze, die Luz am Morgen von ihrem letzten Geld eigentlich für das Aufbahren der Mutter gekauft hat.

Zwischen den Brettern auf dem Steg lauert im Mondschein unsichtbar der Abgrund. Luz weiß es, weil sie und Malli als Kinder jedes Blatt, jeden Stein hier heroben auf dem Rahmenberg umgedreht haben. Weil sie die Großeltern mütterlicherseits in ihrem unvorstellbar herrschaftlichen Haus wenigstens aus der Ferne betrachten wollten. An dessen Giebel heute noch derselbe Spruch prangt wie auf Mutters Schatulle. Am Tuchmacherhaus. Von dem Luz und Malli damals glaubten, es müsse sich um das ehemalige Schloss handeln, von dem ihnen die Urgroßmutter, die als Einzige aus der Tanner-Verwandtschaft noch mit der Zigeunerbraut und ihren Kindern sprach, erzählt hat.

Luz schluckt schwer. Ihre kindliche Fantasie hatte schier unerschöpflich viele Farben. Im Mondschein steigen die Konturen einer verblassten Version des Schlosses in Luz' tränennassen Augen auf. Die Lage mit den steil abfallenden Hängen nach Süden und Westen und dem Graben gen Norden hin ist perfekt. Wie die beiden frommen Burgfräulein, von denen in der Sage die Rede ist, sind Luz und Malli über den Steg hinweggeschritten. Malli hat sogar ein Kreuz zusammengezimmert und es in der Mitte hingenagelt, wo einst der Herrgott von Tann alles Böse fernhielt, ehe der Teufel ihn in einer stürmischen Nacht in die Tiefe stieß, das Kruzifix im Moos versank und erst viele Jahre später wieder auftauchte.

Der Teufel.

Luz wischt sich über ihre Augen. Als die Schickenhofers das Tuchmacheranwesen der bankrotten Großeltern ersteigerten, kehrte der Teufel nach Tann zurück. Und noch ehe die neuen Herren großspurig durch den Markt zum Rahmenberg hinaufzogen, machte ein Gerücht im Ort die Runde. Es hat sich seither hartnäckig gehalten und heute, als Luz vor der toten Schwester niederkniete und die Worte »O Herr, gib ihr die ewige Ruhe, und das ewige Licht leuchte ihr!« sprach, fiel es ihr wie Schuppen von den Augen.

Es ist kein Gerücht.

Es stimmt.

Kalle hat es schon einmal getan.

Der g'scheid große Funkenkäfer, das geheimnisvolle Leuchten, ist der Beweis dafür.

Über Luz wird der Himmel grau. Auch wenn der wackelige Steg nicht derselbe ist, auf dem der Herrgott von Tann einst stand, so ist es doch der, über den Malli und sie als Kinder gelaufen sind und geträumt haben.

Lachend.

Fast unbekümmert.

Hier ist genau der rechte Ort für das, was Luz tun muss, und der Kalle wird nicht ausgerechnet heute, nachdem er einen ganzen Tag und eine Nacht im Wirtshaus sein Geld versoffen hat, den längeren Heimweg nehmen. Nein. Der Kalle wird kommen. Er nimmt die Abkürzung über den Steg.

Todsicher.

Luz holt die kleine Flasche aus ihrer Rocktasche und zieht den Verschluss heraus. Der raße Geruch nach Schnaps steigt ihr in die Nase. Sie hustet. Schnell schiebt sie den Stopfen wieder in die Öffnung.

Eine halbe Stunde später wackelt Karl pfeifend auf den Steg zu, hält sich mit beiden Händen am Seilgeländer fest, ehe er auf die rutschigen Planken tritt. Inzwischen ist es hell geworden. Im ersten Morgenlicht kommt er Luz unbandig fesch vor. Viel fescher noch als sonst. Sie denkt an sein Lächeln. Das ihre Knie hat weich werden lassen. Das jeder Frau ins Herz fährt wie eine gut gedengelte Sense, ehe er sein wahres Gesicht zeigt. Karl Schickenhofer muss keinen Rock mit Gewalt hochschieben, der kriegt sie alle umsonst. Nur Luz hat hinter der glänzenden Fassade das Böse gesehen, weil in ihr drinnen dieselbe verderbte Saat aufgegangen wäre, hätte Malli es nicht verhindert. Die Schwester hat Luz herausgeholt. Aus ihrer Bitterkeit. Aus ihrem Hass. Denn Malli ist eine unverbesserliche Träumerin. Gewesen. Sie glaubte an das Gute. Immer. Deshalb hat Luz die Schwester so geliebt.

Als Kalle zwei Drittel des Weges hinter sich hat, kommt Luz aus ihrem Versteck und geht ihm von der anderen Seite entgegen. Sie zittert. Vor Kälte. Und Angst. Sie muss sich zusammenreißen. Sie muss sich konzentrieren, muss alles genau so machen, wie sie es sich ausgedacht hat.

Er braucht einige Atemzüge, ehe er den veränderten Rhythmus des Wankens wahrnimmt, ehe sich die Nebel aus seinen bierdasigen Gedanken verziehen und er erkennt, wer auf ihn zukommt.

»Da schau her! Die Rotsch Luzia. Wos machst'n du in aller Herrgottsfriah da heroben bei uns auf dem Rahmenberg? Schaust wieder noch, was verlorn ganga is?«

Sie hätte ihm nie von den kindischen Erkundungstouren erzählen dürfen.

»Zu dir wollt ich«, sagt sie keck.

»Zu mia?« Er bleibt stehen, muss ein paarmal austarieren, ehe er festen Stand erlangt. »Host doch no Zeitlang griagt?«

Luz macht den letzten Schritt, schlingt die Arme um ihn, fährt mit den Händen unter seine Joppe, hoch zu seinen kratzigen Wangen, streicht mit den eiskalten Fingerspitzen über Hals, Schultern und Bauch abwärts und lehnt ihre Stirn mit einem tiefen Seufzer an seine Brust. Sie wartet, bis er anbeißt, dann duckt sie sich weg, holt die Flasche aus ihrer Rocktasche, zieht den Stopfen ab und trinkt.

Kalle hält die Nase in den Wind wie ein Jagdhund auf Fährte. »Is des ebba no oana vom ... vo deim Vadda?«

Vom Zigeina, wollte er sagen. Luz weiß es. Der Zigeina-Schnaps war heiß begehrt bei den Tannern und er hat die Rotsch-Sippe über Wasser gehalten. Auch nachdem der Vadda längst auf dem Friedhof lag. So lange, bis die letzte Flasche verkauft war.

Luz trinkt noch einmal und wischt mit dem Handrücken über ihren Mund. »Des is da ollerletzde.«

Kalle will ihr die Flasche aus der Hand nehmen, Luz ist schneller, hebt den Arm und streckt ihn in die Höhe. Doch Karl Schickenhofer ist ein groß gewachsener Kerl, der sich nicht gern zum Narren halten lässt. Erst recht nicht an diesem klirrend kalten Morgen an Mariä Lichtmess. In einem Zug trinkt er die Flasche leer und verzieht das Gesicht. »Der hod a scho moi besser g'schmeckt«, sagt er und wirft das Flaschl in die Tiefe.

Als Luz das Glas zerschellen hört, zwängt sie sich an Kalle vorbei, sagt so leise »Verrecken sollst!«, dass er es unmöglich hören kann, und schiebt ein lauteres »Scheena Feierdog wünsch ich!« hinterher.

Für einen kurzen Moment fällt sie zurück in der Zeit, ist wieder die fleißige Magd auf dem Rahmenberg droben, die an Mariä Lichtmess mit der Bäuerin und allen anderen Hausbewohnern in der guten Stube kniet. Die zwischen Lichtmesskerzen und Wachsstöcken den Rosenkranz betet, bis die Kerzen heruntergebrannt sind. Die in den Schein der Pfennigkerzen starrt, die unter dem Tisch für verstorbene Angehörige brennen. Sie sieht Weihwasserkessel und die aus den angesengten Spänen gebastelten Drudenkreuze, die später in den Ställen aufgehängt werden. Um das Vieh vor Unheil zu bewahren. Die übrig gebliebenen Dochte essen die Bäuerin, der Bauer, Kalle, seine Geschwister und alle Mägde und Knechte in dem Glauben, sich damit gegen Halskrankheiten schützen zu können.

Luz auch. Sie betete und glaubte. Manchmal sogar daran, dass aus ihr etwas werden könnte, wenn sie nur fleißig genug ist. Doch dann hat der Kalle angefangen, ihr schön zu tun. Mit leeren Worten und seinem klebrigen Lachen. Im Kuhstall ist er aufgetaucht. Beim Heu-Herunterschmeißen. Sogar in ihre Kammer hat er sich geschlichen. Weil sie ihn ganz narrisch mache, wie er sagte. Deshalb musste Luz mitten unterm Jahr ihren Dienst aufkündigen.

Sie geht weiter. Heim zu ihrer toten Schwester, die immer noch in der hinteren Kammer liegt. Zu einer todgeweihten Mutter. Und zu den kleinen Brüdern, die bald niemanden mehr haben. Außer ihr.

Luz werden die Schritte schwer. Sie dreht sich nicht um, hofft, dass Kalle einfach seinen Rausch heimträgt und sich in ein paar Stunden vielleicht gar nicht mehr an die Begegnung erinnert. Doch der Steg ändert erneut seinen Rhythmus. Diesmal muss Luz sich auf der Suche nach Gleichgewicht am Seil festhalten. Genug Zeit für Kalle, sie am Arm zu packen und herumzureißen.

»Wos brr... bressiert's 'n so?«, lallt er ihr mitten ins Gesicht. »Hob g'moant, du hosd Zeitlang nach mia.«

»Nimm deine Bratzen weg!«

»Und vorhin? Wos war des?«

»Nix.«

»Nix?« Er lacht. Seine Hand streicht über Luz' Hals. »Was zierst di denn allerweil so? Is doch nix dabei.«

Sie tritt ihm gegen das Schienbein.

Er zieht scharf die Luft ein. Lässt los. Einen Moment lang fürchtet Luz, er könnte zurückschlagen. Doch das tut er nicht. Kalle braucht nie Gewalt. Nicht er. »Dann hoid ned«, sagt er auch schon, winkt ab und torkelt davon.

Luz schaut hinterher. Ein eiskalter Wind fährt ihr unter ihr wollenes Tuch, sie legt es enger um die Schultern und will sich ebenfalls auf den Heim...

»Dei ... dei Schwesta hod koa so a G'stei vabrocht wia du. De hod's gar ned dawartn kinna, bis i me ihra dabarmt hob.«

Luz erstarrt. Zum ersten Mal denkt sie an das Messer, das sie für alle Fälle unter ihren Kleidern versteckt hat.

»Und dann moant des Dapperl a no, i dad's heiradn.«

Luz' Finger schließen sich um den Griff.

»Dass i ned lach!« Kalle macht seinen Hosenstall auf und bieselt in den Abgrund. »Sagst ihra an Gruaß vo mia, i heirad koa Schlampn.« Er packt ein und geht weiter. »A Zigeinaschlampn scha dreimoi ned. Und jetz schau, dass d' di schleichst, du Mistbritschn. G'sindl wia du hod da heroben bei uns nix verlorn.«

Luz dreht das Messer, lässt es durch ihre Hand gleiten, bis sie die Spitze an den Fingern spürt.

Wir Schickenhofers sind die Herren von Tann. Kein Weber, kein Brauer, kein Stand kann uns an.

So heißt es heute, auch wenn es noch anders auf dem Giebel steht. Aber Luz kann dem Kalle an. Kinderleicht sogar. Denn der Vater hat ihr beigebracht, wie man mit dem Messer wirft. Sie trifft auf zehn Meter ein Knopfloch. Erst recht die Brust eines Mannes. Oder seinen Kopf. Sie kann auch ein Herz treffen. Mit schlafwandlerischer Sicherheit sogar. Deshalb haben die anderen Kinder Luz in der Schule niemals Luzia, auch nicht Luz, sondern Luzifa genannt. Der Deife sei in sie reing'fahren, hat's g'heißen, nachdem sie vom frischen Grab des Vaters ihr Messer auf den nächsten Baum geworfen hat. Weil sie ihm am Sterbebett versprochen hat, weiterhin fleißig zu üben. Aber danach hat niemand gefragt. Nicht einer.

Luzifa packt die Messerspitze fester, sieht kurz die kleinen Brüder, wie sie bei Malli am Totenbett knien, und zielt.

Im selben Moment taumelt Kalle nach links, Luz muss neu ansetzen, senkt kurz den Blick und sieht den rostigen Nagel.

Hält er wirklich noch das Kreuz? Mallis selbst gebastelten Herrgott von Tann? Der den Teufel fernhält? Der nun auch Luzifa davon abhält, noch mehr Unheil über die Familie zu bringen?

Wie vom Blitz getroffen lässt Luz das Messer fallen. Das einzige Andenken, das ihr vom Vater geblieben ist, stürzt durch die Planken in die Tiefe. Aber es ist egal. Die kleinen Brüder haben nur noch sie. Luz darf sie nicht im Stich lassen. In ihnen lebt der Vater fort. Und die Mutter. Und am Ende auch Malli.

Luz sieht auf. Kalle hat die andere Seite erreicht. Morgen wird er das Wachsstöckl finden. Mit seinem Kind. Das er getötet hat. Dessen Mutter er getötet hat. Luz hat ihm beides vorhin auf dem Steg in die Joppe gesteckt. Als letzten Gruß. Er wird die Nachricht verstehen. Spätestens wenn das Blutbrechen losgeht.

Um das Buzerl tut es Luz leid, es sollte nicht bei einem solchen Vater sein, aber jetzt, da der Totengräber beim Rotsch-Grab ein neues Loch ausheben muss, kann es dort nicht länger bleiben. Luz musste Mallis Kind holen.

Sie hat außerdem noch etwas anderes getan. Das Leuchten. Der Funkenkäfer. Auch davon hat sie in der Zeitung gelesen. Die Notiz stand direkt unter der von der Watzmannbesteigung. Es ging dabei um einen Bauernsohn aus Burghausen, der eine junge Wirtstochter vergiftet haben soll. Mit Zündhölzlköpfen. Der letzte Beweis fehlte, um ihn zu verurteilen, deshalb kam er ungeschoren davon.

Luz hat an Mallis Totenbett doppelt so viele Zündholzköpfe im letzten Zigeunerschnaps aufgelöst, wie für eine letale Dosis nötig sind.

Letal.

So stand es in der Zeitung. Das Wort hat Luz gefallen. Sie hat es nachgeschlagen und ihr gefiel auch, dass der Phosphor von den Zündhölzlköpfen im Dunkeln leuchtet. Wie ein Funkenkäferlein. Nur grünlicher. Bei ihr wird nichts leuchten, sie hat ihre Lippen fest verschlossen, als sie die Flasche an den Mund geführt hat, aber für den Schickenhofer Kalle wird das letzte Zigaina-Schnapsal reichen.

Ganz leicht sogar.

Als Luz im ersten Licht des Tages vom Rahmenberg hinuntersteigt, lässt sie ihren Tränen freien Lauf.

Malli.

Es ist nicht recht, dass sie hat sterben müssen. Auf diese Weise. Es ist auch nicht recht, was Luz getan hat, aber der Kalle darf nicht noch einmal davonkommen.

Wenig später liegt der Marktplatz verlassen vor ihr. Die leeren Stände sehen aus wie Gerippe, die ausgerissenen Stoffbahnen flattern leise im Morgenwind.

Wieder überläuft Luz eine Gänsehaut. Sie überquert den Platz, geht über Seiler- und Kirchgasse noch einmal hinauf zum Herrgott von Tann, schreit ihm ihre Wut stumm ins Gesicht. Am liebsten würde sie ihn von seinem Postament reißen, ihn irgendwo im Sumpf versenken. Für immer und ewig diesmal. Weil er nie auch nur einen Finger für die treue Malli gerührt hat.

Stattdessen holt sie das selbst gebastelte Kreuz der Schwester aus der Rocktasche. Sie hat es mitgenommen, steckt es dem echten Herrgott von Tann mit dem rostigen Nagel über die rechte Schulter. Damit er es anschauen kann. Wie eine Mahnung. Weil Mallis unscheinbare, verwitterte Version des Herrgotts von Tann weitaus mehr für die Rotsch-Sippe getan hat als er.

In Luz' tränennassen Augen und dem hellen Licht, das durch die großen Fenster fällt, verschwimmen die Konturen. Alles wird eins.

Bewegen sich die Haare?

Ist der Bart gewachsen?

Luz geht noch einen Schritt näher heran.

Hat der Herrgott seine Augen geschlossen?

Drückt er sie beide zu?

Luz muss daran denken, was Malli immer gesagt hat, wenn wieder mal ein Unglück über die Rotsch-Familie hereingebrochen ist und Luz von ihr wissen wollte, warum ihr mirakulöser Herrgott von Tann, vor dem sie in einem fort auf den Knien rutscht, das nicht verhindert hat. Mallis Antwort war immer dieselbe:

Sogar da Herrgott hat seine Schlankldog.

Erst recht um Mariä Lichtmess herum, wenn es an den Scharniertagen, den Schlankltagen, zwischen dem alten und dem neuen Bauernjahr bei Knechten und Mägden sowieso nicht so genau geht und dazu die heidnischen Bräuche in den katholischen Feiertag hineinfahren.

Wie heute.

Dann zahlt der Kalle endlich für seine Taten und Luz kommt vielleicht ungeschoren davon.

DIE PHANTOME DES PHYSIKERS

VON ALEXANDER MEINING

Der Ort der Handlung ist ein noch heute genutztes Gebäude der Universität Würzburg. Das Haus liegt am Röntgenring, dem früheren Pleicherring, nahe der Innenstadt.

Was sich dort genau in den 50 Tagen und Nächten bis zum 28. Dezember des Jahres 1895 ereignet hat, ist nicht genau bekannt. Man kann nur mutmaßen.

Erwiesen ist, dass die Isolation in abgedunkelten Räumen unser Denken beeinflusst. Der Mensch verändert sich und begibt sich in Gefahr – auch wenn am Ende etwas ganz Wunderbares dabei entsteht …

Ein unerwarteter Besuch

Der Physiker saß im Halbdunkel in seinem Laboratorium. Die Fenster waren durchgehend mit schwarzer Pappe verdunkelt. Das einzige Licht seit Wochen war das spärliche Glimmen einer Glühbirne, die von der Decke des Labors baumelte. Der Mann wusste nicht mehr, welche Tageszeit gerade herrschte. Nicht mal mehr der Wochentag war ihm bekannt. Es war ihm auch egal. Er musste arbeiten, viel arbeiten, wie ein Besessener arbeiten. Seine Institutsmitarbeiter hatte er schon vor Wochen nach Hause geschickt. Niemand sollte ihn stören. Er wusch sich nicht mehr, trank nur etwas Wasser, wenn er daran dachte, und kaute gelegentlich ein Stück trockenes Brot und salzige Würste.

Der Beginn seiner selbst erwählten Isolation war ein dunkler Novembertag sechs Wochen zuvor gewesen. Es war bereits spätabends, und er war nur mehr die einzige Person im Labor. Wie immer am Ende des Tages stellte er die Röhre in eine schützende schwarze Pappschachtel. Gerade als er den Schalter der Röhre ausmachen wollte, bemerkte er etwas Seltsames: Obwohl es dunkel im Raum war, sah er am Ende des Tisches etwas leuchten. Es war ein mit Bariumplatincyanür bestrichener Papierschirm. Der Schirm leuchtete wie eine eigene Lichtquelle. Er schaltete die Röhre aus. Das Leuchten verschwand. Sobald der Strom wieder angestellt wurde, begann der Schirm jedoch erneut zu leuchten. Es musste also etwas die Abdeckung der Röhre durchdrungen und das beschichtete Papier zum Leuchten gebracht haben. War das eine neue Form des Lichts? Strahlen, die bisher so nicht bekannt waren? Der Physiker wollte der Sache nachgehen.

Aber die Experimente liefen nicht wie gewünscht. Außer denselben Papierschirm immer wieder zum Leuchten zu bringen, gelang ihm nichts.

An diesem Wintertag des Jahres 1895, kurz vor Weihnachten, war er frustriert und am Ende seiner Kräfte.

Das Klopfen an der Tür hörte er erst, nachdem es schon aufdringlich geworden war. Zuvor, bei den ersten paar

Malen eines eher dezenten Klopf-Klopf, war er zu vertieft in seine Arbeit gewesen, um zu reagieren. Jetzt war der Lärm an der Tür laut und andauernd.

Genervt ging er zur Eingangstür. »Ja, ich komme ja schon«, rief er noch im Flur.

Er blickte an sich hinab. Es fiel ihm auf, dass er lediglich ein Nachthemd trug und seine Füße in Filzpantoffeln steckten. »Auch egal«, murmelte er vor sich hin. »Ich lass sowieso niemanden rein.«

»Wer ist da?«, rief er, als er direkt an der Tür stand.

»Ich bin es«, klang gedämpft die Stimme seiner Frau durch das Holz des Hauseingangs. »Bitte, lass mich rein. Ich mach mir Sorgen um dich.«

Er rieb sich eine Weile nachdenklich den Bart.

»Das geht nicht«, sagte er schließlich.

»Warum?«, erwiderte seine Frau. »Ich habe Essen und Kleidung dabei.«

»Das. Geht. Nicht!«, wiederholte er. »Stell den Korb einfach vor der Tür ab.«

»Ich bitte dich«, fuhr sie fort. »Bald ist Weihnachten. Mach eine Pause!«

»Ich habe es dir doch schon gesagt«, rief der Mann. »Das hier ist wichtiger als Weihnachten.«

»Was machst du denn da drinnen so Geheimnisvolles, dass nicht mal ich, deine Frau, in das Labor darf?«

»Ich mache etwas, von dem die Leute, wenn sie es erfahren, sagen würden, dass ich wohl verrückt geworden bin«, antwortete er. »Und wahrscheinlich bin ich es auch schon«, murmelte er leise hinterher.

Seine Frau klopfte jetzt erneut laut und unangenehm an die Tür. »Bitte, lass mich rein!«, drängte sie. »Ich mach mir Sorgen.«

Der Physiker fuhr sich mit den Fingern durch die Haare. Misslaunig grunzte er, dann bewegte er sich, so nah es ging, zu der verschlossenen Tür. »Wenn du noch einmal klopfst, kann ich für nichts mehr garantieren. Ich warne dich!«, schrie er jetzt. »Stell den Korb ab und verschwinde! Hast du mich verstanden?«

Einen kurzen Moment herrschte Stille auf beiden Seiten der Tür.

»Ach, mach doch, was du willst«, wimmerte schließlich die Frau, stellte den Korb ab und ging.

Der Physiker presste sein Ohr gegen das Holz und horchte eine Weile. Dann drehte er sich um. »Sie versteht es nicht – hat es noch nie verstanden«, nuschelte er, während er über den Flur zurück ins Labor schlurfte.

»Warum hast du sie dann geheiratet?«, hörte er plötzlich eine männliche Stimme aus dem Ohrensessel in der Ecke seines Laboratoriums zu ihm dringen.

Der Physiker erstarrte. »Was? ... Wie? ... Wer?«, stammelte er.

»Hast mich schon verstanden!«, erhielt er als Antwort. »Die dumme und hässliche Tochter eines Gastwirts als Gattin zu nehmen. Das konnte ja nichts werden. Aber der Herr Sohn hat es ja so gewollt. Na, ich kann mir schon denken, warum du sie dir ausgesucht hast.«

Der Physiker näherte sich langsam seinem Stuhl. Vorsichtig beugte er sich nach vorne. Im Sessel saß bequem zurückgelehnt mit übereinandergeschlagenen Beinen sein Vater, der ihn süffisant angrinste.

»Vater? Du? Hier? Bin ich jetzt endgültig irre geworden? Du bist tot! Schon seit ein paar Jahren. Ich habe dich als Leiche im Sarg liegen sehen.«

Der Vater des Physikers erhob sich langsam aus dem Sessel, zog sich Weste und Jackett glatt, ging an seinem Sohn vorbei und warf einen Blick auf die Röhrenapparatur. »Dass ich tot bin, bedeutet doch nicht, dass ich dir nicht meine Meinung sagen darf«, erwiderte er, ohne hochzublicken. »Und nein, du bist nicht irre geworden, du warst es schon immer.«

Nun ließ sich der Physiker in den Sessel plumpsen und atmete tief durch. »Mein toter Vater ist in meinem Labor und redet Unsinn. Ich bin verrückt, durchgedreht, irre, nicht bei Sinnen«, murmelte er. Erneut atmete er tief aus. Er streckte sich und gähnte. »Oder ich muss vielleicht einfach mal wieder ausschlafen. Schlafen – in einem richtigen Bett.«

»Du warst schon immer gut darin, nach Ausreden zu suchen«, fuhr sein Vater fort. »Gesteh dir doch endlich ein, dass du ein Versager bist. Sieh dich an, wie du aussiehst: schmutzig, ungekämmt, nur mit einem Nachthemd bekleidet – und das im Winter. Du solltest dich schämen. Außerdem stinkst du bestialisch.«

Der Physiker hob seinen linken Arm hoch und schnupperte an der Achsel. Angewidert rümpfte er die Nase. »Na und?«, sagte er schließlich. »Ich habe eine Aufgabe zu erfüllen. Da kann die Körperpflege schon mal warten.«

Sein Vater schüttelte den Kopf, bewegte sich von der Röhre weg und ging im Zimmer auf und ab. »X-Strahlen, was für ein Blödsinn. Man wird dich auslachen, Sohnemann. Du hast die Erwartungen, die man in dich gesetzt hat, nicht erfüllen können. Wieder mal wirst du scheitern.«

Wütend erhob sich nun der Physiker aus dem Sessel. »Das stimmt nicht. Eine bahnbrechende Entdeckung steht bevor. Sieh dir doch die Ergebnisse meiner bisherigen Versuche an. Ich ...«, er hielt inne und nahm wieder Platz. Frustriert fuhr er sich durch die Haare. »Ich ... ich bin verrückt ... Ich fange an, mit einem Geist, einem Phantom zu diskutieren.«

Dann schüttelte er heftig den Kopf und stand auf. »Mein Vater ist tot, und ich brauche einfach Schlaf. Oder ich schaffe es endlich, die Strahlung sichtbar zu machen, sodass jeder weiß und versteht, was die X-Strahlen sind und was sie können.«

»Du redest so wie damals, als man dich aus der Schule geworfen hat«, fuhr sein Vater unbeirrt fort. »Was willst du eigentlich? Du hast nicht mal einen Schulabschluss, geschweige denn Abitur. Du mogelst dich mit Tricks an eine Universität, schmeichelst dich ein und triffst auf diesen ...«

»Hör auf!«, schrie der Physiker nun. »Spar dir deine Worte! Hör auf und verschwinde! Geh zurück in die Hölle, aus der du gekommen bist!« Er bebte jetzt vor Wut.

Dann rieb er sich mit zittriger Hand die Augen. »Lass mich doch einfach in Ruhe. Bitte!«, flehte er nun mit weinerlicher Stimme. »Nie hast du geschätzt, was ich gemacht habe. Hast nie an mich geglaubt. Aber heute, hier in Würzburg, bin ich Professor, Vater! Ein ordentlicher Professor an einer deutschen Universität.«

»Das sieht man dir nicht an, so wie du hier vor mir stehst und wie ein Kind wimmerst. Das wird nichts mehr mit dir. Du kannst halt doch nichts ohne diesen Kundt!«

»Lass August aus dem Spiel!«, schrie der Physiker. Sein Kopf wurde rot. Weit riss er die Augen auf. »Das hier hat nichts, aber auch gar nichts mit August Kundt zu tun.«

Sein Vater ging mit schmalem Lächeln ein paar Schritte auf ihn zu. »Ach ja? Ist das so?«, fragte er leise. »Ich dachte eigentlich, dass du diesem Junggesellen alles zu verdanken hast. Dass du studieren durftest, dass du Assistent wurdest und dass du letztendlich hier gelandet bist. Du warst mit ihm in Zürich, Straßburg und Gießen. Mittlerweile siehst du sogar aus wie er – der gleiche Bart, die gleiche Frisur. Hat er dich etwa nicht als seinen Schützling betrachtet? Er hat dir doch damals in Zürich deine Gemahlin verschafft, damit du mit einer hässlichen, dummen Kuh an der Seite sorglos dein bisheriges Leben mit ihm weiterführen konntest. Deiner Frau ist das egal, sie hat ja Albert von Kölliker als Ersatz.«

»Albert?«, fragte der Physiker nach.

»Natürlich!«, erwiderte sein Vater. »Tu doch nicht so, als ob du es nicht wüsstest. Aber dir kann das ja egal sein. Du hattest ja Kundt an deiner Seite. Hat er dich nicht unter seine Fittiche und weiß Gott noch wo überall hin mitgenommen? War er etwa nicht dein Mentor, dein Vertrauter, dein Lieb…«

»Hör auf mit diesen Lügen!«, unterbrach ihn schreiend der Physiker. Er presste die Augen zusammen und hielt sich mit den Händen die Ohren zu. »Bitte, Vater«, wimmerte er nun wieder. »Bitte, bitte, hör auf damit.«

Nach einer Weile öffnete er wieder die Augen. Sein Vater war verschwunden.

»Vater?«, fragte er zögerlich. Er nahm die Hände von den Ohren, drehte sich um und blickte auf den Sessel. »Vater? Bist du noch da?«, fragte er erneut. Dann schüttelte er den Kopf.

Langsam ging er zu der Glasröhre und betrachtete einige Augenblicke nachdenklich die Apparatur. »Ich muss die Spannung erhöhen«, murmelte er vor sich hin. »Der

Kathodenstrahl muss eine höhere Leistung haben. Mehr Strom, mehr Leistung – immer mehr, immer mehr ...«

Aus einem Schrank kramte er einen Transformator hervor. Er hievte das schwere Gerät – ein u-förmig gebogener Eisenquader mit zwei Kupferspulen, die unterschiedlich stark gewickelt waren – auf den Tisch neben die Röhre. Dann schloss er ein Kabel an und schaltete den Strom ein.

Ein tiefes Brummen entstand, die Luft begann scharf nach Ozon und verbranntem Staub zu riechen.

»Noch mehr Spannung«, murmelte er, nachdem er das Ganze eine Weile betrachtet hatte, und holte einen weiteren Transformator.

»Soll doch das ganze Institut niederbrennen«, quasselte er kichernd vor sich hin. »Alles brennt, alles brennt, der Raum, das Haus und ich.«

Nachdem der Stromkreis geschlossen war, betätigte er erneut den Schalter. Das Brummen war nun ohrenbetäubend laut, die Röhre strahlte eine Gluthitze aus. Er rückte einen Stuhl so nah es ging an die Apparatur heran, beugte sich mit geschlossenen Augen nach vorne und presste Stirn und Wangen auf die Röhre. »Ah, das tut gut«, sagte er und grunzte zufrieden. Sein Gesicht wurde rot, die Haare standen ihm zu Berge, und kleine Lichtblitze entluden sich an den Haarspitzen. Dann verfiel er in einen monotonen Singsang: »Die Strahlung, die X-Strahlen, die Strahlung soll mich treffen. Nichts kann die Strahlung aufhalten. Und meine Gedanken werden vertrieben – böse, schlechte Gedanken, quälende Gedanken – weg, weg, weg ...«

Nach etwa zehn Minuten wurde die Gesichtshaut dunkelrot, der Schmerz der Verbrennungen war nun unerträglich. Wie aus einer Trance erwachend öffnete er seine Augen, schaltete den Strom für die Röhre aus, stand auf, setzte sich in den Ohrensessel, auf dem ihn zuvor das Phantom seines Vaters begrüßt hatte, schloss erneut die Augen und fiel in einen tiefen, komatösen Schlaf.

Die Wirkung der Strahlen

Am nächsten Tag – war es frühmorgens, mittags oder schon wieder Abend? – wurde er wach. Unbewusst kratzte er sich das Gesicht. »Aua!«, stieß er aus. »Was zum Teufel ...?«

Dann fasste er sich vorsichtig an Wangen und Stirn. Die Haut war überwärmt und sehr schmerzempfindlich. »Die Strahlen«, murmelte er vor sich hin. »Die X-Strahlen, meine Strahlen, eine andere, eine unbekannte Form des Lichts. Stärker als Licht, keine Reflexion an Gegenständen. Nur sehr harte Materialien halten die Strahlen auf. Die Haut ist weich. Und Knochen? Knochen sind hart – ähnlich wie Blei oder Eisen.«

Nachdenklich verharrte er und sah auf seine Hände. Dann stand er auf und ging zur Röhrenapparatur. Er warf einen Blick auf die beiden Transformatoren, die er am Tag zuvor genutzt hatte. »Gut so«, murmelte er. »Je höher die Spannung, desto stärker die Strahlung.« Dann schaltete er den Strom an. An das laute Brummen und den seltsamen Geruch hatte er sich gewöhnt. Er genoss es mittlerweile sogar.

Er streckte die linke Hand aus und hielt sie so nah es ging vor die Röhre, ohne sich dabei zu verbrennen. »Durch weiche Gegenstände dringt die Strahlung, harte Materialien halten sie auf. Haut und Muskel sind weich, Knochen sind hart.« Lange betrachtete er seine Hand. »Wenn Knochen die Strahlung bremst, Haut und Muskel aber nicht, dann müsste der Knochen doch einen Schatten darstellen?« Er hielt die Hand in unterschiedlichen Winkeln vor die laut brummende Röhre. Was er sah, war nichts!

»Ich weiß, dass die Strahlen die Materie unterschiedlich durchdringen«, sprach er mit sich selbst. »Ich weiß es, ich weiß es, ich weiß es ... Nur kann ich sie nicht sichtbar machen.«

Dann setzte er sich wieder in den Sessel und dachte nach.

»Ich muss wieder zurück, zum Anfang zurück«, sprach er mit sich selbst. »Wie habe ich die Strahlung entdeckt? Der Schirm neben der Röhre fluoreszierte. Wenn die Strahlung das beschichtete Papier zum Leuchten bringt, dann ...« Abrupt sprang er aus seinem Sessel hoch. Er holte den Schirm aus einer Ecke, stellte ihn auf den Tisch neben die Röhre und schaltete das Raumlicht aus. Wie einige Wochen zuvor leuchtete der Schirm. Dann hielt er seine Hand vor den Schirm. Das Leuchten nahm etwas ab. Ansonsten bemerkte er nichts. Eine Kontur der Knochen, so wie er es sich erhofft hatte, sah er nicht.

»Das kann auch nicht funktionieren!«, schrie er. »Warum sollte man eine Hand auf einem leuchtenden Schirm sehen? Was bin ich für ein Idiot.« Wütend stand er auf. Er riss die Stromkabel aus der Röhre und warf die gläserne Apparatur auf den Boden, sodass sie klirrend zerbarst.

»Kein Mensch wird mehr an mich glauben. Niemand! Ich habe versagt.«

»Das ist richtig! Du bist und bleibst ein Versager«, ertönte wie tags zuvor die Stimme seines Vaters hinter dem Sessel. »Eine Null bist du. Du bist nichts ohne diesen Kundt«, fuhr sein Vater fort. »Schäm dich, Sohnemann, schäm dich.«

»Hör auf damit, Vater. Halt deinen Mund!«, schrie der Physiker. Dann stand er auf, eilte über den mit Scherben bedeckten Boden zur Tür des Labors. Kurz zuckte er vor Schmerzen, als sich das zersplitterte Glas in seine Fußsohlen bohrte. Dann schaltete er das Licht an.

Ohne sich umzudrehen, warf er sich im Flur seinen Mantel über das schmutzige und stinkende Nachthemd, steckte seine blutigen Füße in die Stiefel und verließ das Physikalische Institut.

Draußen dämmerte es bereits. Über den Pleicherring ging er durch die Klinikgasse in Richtung Barbarossaplatz. Jeder Schritt schmerzte an den aufgeschnittenen Füßen. Ein kalter Wind blies ihm um die nackten Unterschenkel. Mit hochgezogenem Mantelkragen, eingezogenem Hals und verschränkten Armen versuchte er, sich warm zu halten.

Er teilte sich den Weg mit Familien in Sonntagskleidung auf dem Weg zur abendlichen Messe. Der schmutzige Mann mit unfrisiertem Haar und Bart passte so gar nicht in die weihnachtlich geschmückten Straßen der Würzburger Innenstadt. Dem Physiker war das egal. Er musste nur weg. Wollte sich von den Stimmen und Bildern entfernen, die ihn im Laboratorium erwarten würden.

Am Barbarossaplatz, vor dem Juliusspital, wurde an einem Stand Glühwein ausgeschenkt. Er ging in Richtung der dampfenden, nach Alkohol und Gewürzen riechenden Wolke. »Glühwein, bitte«, wies er den Verkäufer mit knappen Worten an.

Der Verkäufer, ein dicker Mann mit rosa Gesicht und dunkelrot leuchtender Nase unter einer dicken Wollmütze, sah an ihm hinab. »Kannst du dir das überhaupt leisten? Auch wenn bald Weihnachten ist, von mir kriegst du nichts geschenkt.«

»Hören Sie mal, wie reden Sie mit mir?«, erwiderte der Physiker erbost. »Ich bin Professor an der Universität!«

»Soso, ein Professor«, spottete der Verkäufer. »Ein Professor magst du sein? Ohne Hose und Hut? Ehrlich gesagt ist mir auch wurscht, wer oder was du bist. Nur eines ist gewiss: Glühwein gibt es nur gegen Geld.«

Genervt öffnete der Physiker seinen Mantel und tastete nach seiner Geldbörse. Die Innentasche war leer.

»Also, was ist jetzt?«, fragte der Verkäufer nach. »Ich möchte nicht, dass du mir die Kundschaft vergraulst.«

»Gleich«, erwiderte der Physiker und steckte die Hände in die vorderen Manteltaschen. Erfreut zog er aus der rechten Tasche ein paar Münzen heraus und knallte diese auf das Brett des Verkaufsstands. »Reicht das?«, fragte er trotzig.

Mit dem speckigen Zeigefinger seiner rechten Hand schob der Verkäufer die Münzen auseinander und rechnete. »Langt sogar für drei Tassen«, sagte er schließlich.

»Dann bitte drei Glühwein«, wies ihn der Physiker mit triumphierendem Lächeln an.

Der heiße Wein auf nüchternen Magen erfüllte rasch die erwartete Wirkung. Nach der ersten Tasse waren die Bilder und Stimmen in weiter Ferne. Nach der zweiten Tasse fühlte er sich in eine angenehm warme Nebelwolke eingebettet. Er begann, vergnügt zu kichern. Die dritte Tasse bewirkte, dass er die Kontrolle über sich verlor und sich nur mehr mühsam auf den Beinen halten konnte.

Langsam schleppte er sich zu einer Bank, ließ sich darauf fallen und starrte auf die an ihm vorbeiziehenden Passanten. »Ich habe sie gefunden«, lallte er. »Die Strahlen ... In eure dämlichen Köpfe schaue ich damit ... Ich sehe alles mit meinen Strahlen ... Alles ... All eure verruchten und schändlichen Gedanken sehe ich ... Alles ... Meine X-Strahlen machen sie sichtbar.«

»Kommt, Kinder, geht schnell weiter«, rief eine besorgte Mutter ihren beiden Söhnen zu, die verwundert auf die lallende Person ohne Hose starrten.

»Eine Unverschämtheit!«, beklagte sich eine ältere Dame.

»Unmöglich. Nicht mal an Weihnachten hat man Ruhe vor dem Pack«, wurde sie von einem Mann bestätigt.

»Ich kann durch die Strahlen Gedanken lesen, in eure Köpfe schauen. Ich sehe alles, alles sehe ich«, brabbelte der Physiker weiter. »Aber jetzt brauche ich meine Ruhe.« Dann machte er eine abfällige Handbewegung, stand auf, versuchte, sein Gleichgewicht zu halten, und tapste langsam mit kleinen, schmerzhaften Schritten wieder zurück in Richtung Klinikgasse.

Nachdem er etwa 50 Meter torkelnd in der dunklen, einsamen Gasse zurückgelegt hatte, meinte er, hinter sich auf ihn zueilende Schritte zu hören. Er wollte sich gerade umdrehen, als er einen harten Schlag auf seinen Hinterkopf spürte. Dann verwandelte sich der Nebel in seinem Kopf in dunkle Nacht.

Der Durchbruch

Am nächsten Morgen wurde er durch einen Lichtblitz, der mit einem lauten, zischenden Geräusch einherging, geweckt. Langsam öffnete er die Lider.

»Sehe ich da eine Bewegung?«, hörte er leise eine männliche Stimme. »Ich dachte schon, dass du tot bist und ich eine Leiche fotografiere.«

Verbunden mit einem stöhnenden Schmerzlaut hob der Physiker langsam den Kopf. Er setzte sich mühsam auf und rieb sich die Augen. Kaum versuchte er, die Quelle der Stimme zu identifizieren, wurde er ein zweites Mal geblendet: der gleiche kurze Blitz, das zischende Geräusch dazu.

»Arrgh! Was zum Teufel …?«

»Stört dich das Magnesiumblitzlicht?«, fragte die Stimme weiter. »Nun, ohne ausreichende Beleuchtung keine gute Fotografie. Das solltest du doch wissen.«

Der Physiker rieb sich erneut die Augen. Jetzt sah er etwas klarer. Vor ihm stand eine Kamera. Eine Person hatte den Kopf hinter dem schwarzen Vorhang des Apparats versteckt. In der linken Hand hielt der Mann den Auslöser, in der Rechten hob er einen Stock hoch, an dessen Ende ein Blech befestigt war – der Magnesiumblitzstab.

Langsam versuchte der Physiker aufzustehen. Erst jetzt merkte er, wie sehr ihm der Kopf und die Füße schmerzten. Eigentlich tat ihm sein ganzer Körper weh. Er hatte schrecklichen Durst.

»Du kannst froh sein, dass du noch lebst«, sagte der Fotograf, entfernte die belichtete Bildplatte aus dem Gehäuse der Kamera und legte diese in eine Kiste.

Der Physiker blinzelte, um die Person vor ihm besser fixieren zu können. »August?«, fragte er schließlich unsicher. »Bist du es? Wie kommst du hierher?«

»Das tut nichts zur Sache«, antwortete der Mann, griff sich aus einer anderen Kiste eine ungeöffnete Bildplatte und legte diese in die Kamera ein. »Ich habe dich hier im Flur liegen sehen – quasi nackt, mit aufgeschnittenen Fußsohlen, bibbernd und nur mehr schwer atmend. Man hat dich niedergeschlagen. Hat dir Mantel und Stiefel geklaut. Irgendwie musst du es geschafft haben, dich in dein Laboratorium zu retten. Ansonsten wärst du sicher da draußen erfroren.«

Der Physiker schüttelte langsam den Kopf. »Ich habe keine Ahnung, was wann gestern Abend passiert ist«, antwortete er. »Mir tut nur alles weh.«

»Na ja, ist vielleicht auch gut so«, fuhr der Fotograf mit breitem Lächeln fort. »Manche Dinge muss man nicht wissen. Jetzt sieh nur zu, dass du dich etwas frisch machst und dir wärmere Kleidung anziehst. Ich räume währenddessen die Kamera wieder auf.«

»Mach ich«, erwiderte der Physiker. Mühsam und unter scheinbar großen Schmerzen stand er auf.

Etwa fünf Minuten später – er hatte inzwischen etwas getrunken, sich notdürftig gewaschen, ein frisches Hemd und eine Hose angezogen – schlurfte er in seinen Pantoffeln in das Labor. »August?«, fragte er leise. »Bist du noch da?«

»Na klar. Ganz so schnell wirst du mich nicht los«, erwiderte dieser. Er hatte es sich mittlerweile in dem Ohrensessel bequem gemacht.

Langsam schritt der Physiker auf ihn zu. »Aber ... aber ... August, du ... du bist tot«, stammelte er jetzt. »Du bist vor über einem Jahr gestorben.«

»Ich weiß«, erwiderte der andere mit sanftem Lächeln. »Aber tut das etwas zur Sache?«

»Was ... warum ... bist du dann hier?«, fuhr der Physiker fort. Es sammelte sich ein Tränensee in seinen Augen.

»Na, um dir zu helfen, mein Lieber – so wie ich es schon Hunderte Male zuvor gemacht habe. Schau dich doch an.

Du wärst letzte Nacht fast gestorben, obwohl du kurz davor bist, eine der wohl größten Erfindungen des gesamten Jahrhunderts zu tätigen. Für das, was du hier schaffen wirst, wird man dich verehren. Dein Name wird niemals vergessen werden. Nicht in 100, nicht in 200 Jahren, niemals, glaub mir das.«

Der Physiker schüttelte ungläubig den Kopf, wischte sich mit dem Handrücken über die Nase und schob ein paar der Scherben auf dem Boden mit seinen Pantoffeln zur Seite. Dann setzte er sich auf den Stuhl vor dem Labortisch. Lange sah er auf die Stromkabel und den Platz, wo zuvor die Röhre gestanden hatte.

»Ich weiß, wie die X-Strahlen erzeugt werden und was man mit ihnen machen kann. Ich kann beweisen, dass die Strahlen Gewebe durchdringen können, dass man mit ihnen in den Körper sehen kann«, sprach er mit sich selbst.

Dann drehte er sich um. »Aber eines kann ich nicht, August. Ich bin unfähig, den Effekt der X-Strahlen darzustellen. Ohne den bildhaften Beweis bleiben die X-Strahlen ohne Sinn und Zweck. Kein Mensch wird mir glauben. Mein Vater hatte recht. Ich bin und bleibe ein Versager. Und nicht nur das: Mittlerweile bin ich auch verrückt geworden.«

August beugte sich aus dem Sessel nach vorne. »Mein Liebster«, sagte er sanft. »Spar dir dein Selbstmitleid. Denk doch einfach nach. Die Lösung ist so nahe.«

Verwirrt blickte der Physiker auf das Trugbild seines Mentors und rieb sich nachdenklich den Bart. Dann schüttelte er erneut den Kopf. »Aber was ist die Lösung? Sag es mir«, sprach er kaum hörbar.

»Was habe ich vorhin gemacht, als du blutbesudelt, verschmutzt und bibbernd auf dem Flurboden gelegen hast?«, fragte August.

»Du … du … hast … mich fotografiert«, antwortete der Physiker zaghaft.

August nickte. »Und was ist der Sinn einer Fotografie?«

»Bilder dauerhaft zu speichern? Augenblicke zu erhalten oder zu dokumentieren?«

»So ist es. Das ist genau der Zweck. Den Rest musst du nun selbst herausfinden. Meine Zeit hier ist vorbei.«

Im selben Moment, in dem er den Satz beendet hatte, löste er sich in Luft auf.

»Warte, August!«, rief der Physiker und stand auf. Er ging ein paar Schritte näher. Der Ohrensessel blieb leer. »August, bitte komm zurück«, schluchzte er nun.

Dann rieb er sich erneut den Bart und fuhr sich durch die Haare. »Augenblicke, Momente, Ereignisse dauerhaft zu dokumentieren«, murmelte er nachdenklich vor sich hin. »Natürlich! Das ist die Lösung! Wie konnte ich nur so dumm sein!«

Er ging zu einem Schrank, holte vorsichtig eine neue Röhrenapparatur hervor und schloss diese an die frei liegenden Kabel an.

Die nächsten drei Tage verbrachte er damit, sein neu durchgeführtes Experiment zu dokumentieren. Mehrfach wiederholte er den Versuch, er wollte jeden Zufall vermeiden. Dann schrieb er seine Erkenntnisse auf.

Das Bild einer Hand

Nach mehr als 50 Tagen verließ der Physiker sein selbst gewähltes Gefängnis. Dieses Mal nicht im Nachthemd, sondern in Hose und Hemd, mit Hut und Jackett. Unter seinen Arm hatte er eine Mappe geklemmt, in der die Aufzeichnungen der letzten Tage untergebracht waren, die er bei der Physikalisch-Medizinischen Gesellschaft als Vortrag einreichen wollte.

Er hatte in den letzten Wochen viel Gewicht verloren. Das Jackett war zu weit und die Hose wäre ihm ohne Hosenträger bis auf die Knie heruntergerutscht. Aber er fühlte sich gut. Die wenigen Schritte vom Labor des Physikalischen Instituts bis zu seiner Privatwohnung waren zwar schmerzhaft, dennoch ging er mit einem genießerischen Lächeln auf den Lippen. Die Arbeit war vollbracht. Jetzt freute er sich auf sein Zuhause, auf eine Mahlzeit und ein weiches Bett, das später am Abend auf ihn wartete.

Als er die Wohnung betrat, fand er seine Frau gemeinsam mit Albert von Kölliker im Salon sitzend. Der große Tisch war mit einer Schale Weihnachtsplätzchen, Porzellanservice und einem Stövchen mit einer Kaffeekanne gedeckt. In der Mitte des Tisches stand ein angeschnittener Hefezopf. Die beiden schlürften Kaffee und schienen sich angeregt zu unterhalten.

Der Physiker begrüßte sie ohne viele Worte, setzte sich zu ihnen, griff sich einen Teller und eine Tasse und begann gierig zu trinken und zu essen.

Die beiden sahen ihn verwundert an.

»Na, wenn das keine Überraschung ist«, begann schließlich von Kölliker. »Bertha, dein Gatte ist von den Toten auferstanden.« Dann wandte er sich an den Physiker. »Sind deine Forschungen abgeschlossen?«

Er nickte und schob sich ein Stück Kuchen in den Mund. »So ist es«, antwortete er kurz und zeigte mit dem Finger auf die am anderen Ende des Tischs liegende Mappe. »Da steht alles drin.«

Irritiert sah Bertha zunächst auf die Mappe und dann auf ihren Mann. »Und dafür hast du dich fast zwei Monate in dein Labor eingesperrt? Wie geht es dir überhaupt?«

»Mir geht es blendend«, antwortete der Physiker mit vollem Mund. »Wie geht es dir mit – ich meine dir und Albert?«

»Eigentlich gut«, erwiderte Bertha zögerlich. »Nur war ich die letzten Tage sehr einsam. Albert war hier, so wie jetzt auch. Wir haben …«

»Ich habe deiner Gattin Beistand geleistet. Die Zeit ohne dich hat sie gerade an den Adventssonntagen sehr belastet«, ging Kölliker dazwischen. »Meine Maria war ebenfalls mehrmals dabei. Die beiden Damen kommen gut miteinander aus.«

Der Physiker blickte beiden tief in die Augen. Bertha wich seinem Blick aus. »So? Ist das so?«, fragte er mit einem süffisanten Grinsen. »Das ist sehr nett von dir gewesen, Albert. Danke, dass du Bertha nicht im Stich gelassen hast, nachdem ich mich so egoistisch in die Arbeit gestürzt hatte.«

Er leerte seine Kaffeetasse und verschlang einige Plätzchen. Dann erhob er sich und machte eine einladende Handbewegung. »Aber jetzt kommt mit. Ich muss euch etwas zeigen.«

»Wir beide? Jetzt? Wohin?«, fragte Bertha nach.

»Ja, ihr beide, jetzt, zu mir ins Labor«, antwortete er und verließ den Salon.

Nur Minuten später kamen die drei im Physikalischen Institut an. Zielstrebig führte der Physiker die beiden in das Labor. Er schob zwei Stühle vor die Röhrenapparatur. »Hier, setzt euch hin«, sagte er lächelnd.

Etwas missmutig folgten Bertha und von Kölliker seinen Anweisungen.

Dann schaltete er den Strom für die Röhre an. Es begann laut zu brummen. »Ist besser, wenn die Röhre schon etwas warm wird«, sagte er grinsend und verließ den Raum.

Einen kurzen Augenblick später kam er mit einer Fotoplatte zurück. Er stellte sie auf ein hölzernes Gestell, ähnlich einer Malerstaffelei, in einem halben Meter Abstand zur Röhre.

»Bertha, jetzt bist du dran«, sagte er zu seiner Frau. »Halte deine rechte Hand bitte vor die Bildplatte.«

Zögerlich hob sie ihre Hand. »So?«, fragte sie unsicher.

»Genau so«, erwiderte er. Nun begab er sich zu dem Schalter an der Wand und löschte das karge Licht im Raum. »Jetzt nicht bewegen, Bertha«, fuhr er fort und ging langsam im Dunkeln zu der Staffelei. Er öffnete die Abdeckung der Bildplatte. Nach gut zehn Minuten bedeckte er sie wieder. Dann nahm er vorsichtig die Fotoplatte und machte wieder Licht im Raum. »Albert, du kannst den Schalter der Apparatur ausschalten«, sagte er lächelnd. »Wartet auf mich. Ich bin gleich wieder da.«

Etwa fünf Minuten später kam er mit der entwickelten Platte zurück und legte sie auf den Tisch. »Berthas rechte Hand – mit meinen X-Strahlen aufgenommen. Seht sie euch an«, sagte er mit einem stolzen Grinsen.

Die beiden standen auf und sahen mit offenen Mündern auf die Abbildung: Haut und Muskeln waren nur als Silhouette zu sehen. Eindeutig erkennbar waren jedoch die einzelnen Knochen der Finger, der Mittelhand und des Handgelenks.

»Das ist eine Geisterhand – die Hand eines Toten«, sprach Bertha als Erste.

»Nein, Bertha«, erwiderte der Physiker. »Schau genau hin. Es ist deine Hand. Du siehst doch sogar den Ehering auf dem Finger stecken.«

Bertha warf erneut einen Blick auf die Abbildung. Dann sah sie auf den Ringfinger ihrer rechten Hand. Mit der linken Hand bewegte sie den Ring und schüttelte ungläubig den Kopf.

»Das ... das ... das ist unglaublich«, stammelte jetzt von Kölliker, der seinen Blick nicht von der Abbildung lösen konnte. »Alle anatomischen Eigenschaften sind vollständig abgebildet. Jeder einzelne Knochen ist sichtbar. Das ist ... ein Wunder.«

»Kein Wunder, Albert«, gab der Physiker zu verstehen. »Das sind die X-Strahlen. Weiches Gewebe wird durchdrungen. Harte Strukturen wie Knochen oder Metall bilden einen Schatten, der auf herkömmlichen Fotoplatten abgebildet werden kann.«

Von Kölliker schüttelte langsam den Kopf. Dann sah er hoch. »Nein, Conrad«, sagte er nun laut und deutlich. »Das sind nicht X-Strahlen, das ist eine Sensation. Das sind ... Röntgen-Strahlen. Eine Entdeckung, die immer mit dir und deinem Namen verbunden bleiben wird.«

Der Physiker wurde rot. Mit einem verschämten Grinsen sah er sich im Raum um, bis sein Blick bei dem Ohrensessel nahe dem weiterhin abgedunkelten Fenster verharrte.

Da war etwas. Er beugte sich nach vorne, um mehr zu sehen. Schlagartig wich die Farbe aus seinem Gesicht. Für einen kurzen Moment meinte er, zwei übereinandergeschlagene Beine zu erkennen. Dann hörte er die Stimme seines verstorbenen Vaters: »Bild dir darauf gar nichts ein. Du bist und bleibst ein Versager.«

ARME SEELEN

VON ROLAND KRAUSE

Um 1880 herum soll am Landshuter Viehmarktplatz ein Mann namens Kraus von unbekannter Hand erschlagen worden sein. Genächtigt habe er in der Ländgasse 111 auf dem Heuboden. In der folgenden Zeit soll sein Furcht einflößender Geist als »Weiz« im Haus und auf der Straße die Menschen in Angst und Schrecken versetzt haben. Die wiedergehende, arme Seele des Toten musste »weizen«, also herumgeistern, und der gruselige Spuk habe erst ein Ende gefunden, als das Gebäude durch den Benefiziar des Heilig-Geist-Spitals benifiziert worden sei.

Ein guter Rat: Für die nächtliche Begegnung mit einer armen Seele in der Landshuter Ländgasse oder an anderen schaurigen Orten empfiehlt der Volksmund folgendes Sprüchlein: »Alle armen Seelen loben den Herrn, sag an, was ist dein Begehren.«

Falls die Spukgestalt sanftmütiger Natur ist, wird sie Auskunft geben, wenn nicht ...

Er hatte es vor Augen, gestern Abend, all das Blut. Die Lache ist groß gewesen wie ein Wagenrad. Auf die Zehenspitzen hat er sich stellen müssen und zwischen zwei breitschultrigen Burschen hindurchgespitzt. Von der Leiche hat er nur die Füße gesehen. Magere, blasse Beine mündeten in abgetragene Lederstiefel mit schief gelaufenen Absätzen, es muss ein armer Schlucker gewesen sein, genauso einer wie er selbst. Irgendwann kamen die Gendarmen und haben die Gaffer grob weggescheucht. Großes Murren allerseits, dazwischen auch Gelächter und Geschäker unter den Knechten und Mägden.

Ein Herr im Reitmantel hat das Gedränge genutzt, um sich an einem jungen Madl zu reiben. Die hat ihm eine Watschn verpasst, ihm ihren leeren Korb um die Ohren gehauen, dass ihm die Wange aufgeschlitzt wurde, und ihn einen »dreckigen Saubären« geheißen. Recht so. Mit eingezogenem Kopf hat er sich geschlichen.

»Sauber erschlagen, die arme Haut«, hat neben ihm ein alter Zausel gebrummt, »auf dem Viehmarkt bist du auch nicht mehr sicher.«

Manchmal bist du auch lebendig eine arme Haut, hat er sich gedacht und sich verdrückt, vom Viehmarkt bis zum Postplatz mit seinem prunkvollen Gebäudekoloss und dann weiter an der Isar entlang flussaufwärts.

Gestern ist er in Landshut angekommen. Im strömenden Regen, und er hat einen Unterschlupf gebraucht. Von einem Burschen, der gerade Pferdeäpfel aufgeklaubt und in einen Handkarren geworfen hat, kam der Rat, es in der Ländgasse zu probieren. Er hat nicht ahnen können, dass der Tote da gehaust hat, und vorgesprochen bei dem imposanten Stadthaus mit der Nummer 111. Sie haben ihn auf den Heuboden gelassen, nachdem er bewiesen hatte, dass trotz seines armseligen Äußeren ausreichend Münzen im Beutel klimperten. Dazu sollte er mit anpacken, dann hätte er hier einen Schlafplatz.

»Das Zeug kannst du haben«, hat der schlaksige Bursch gemeint, der ihn hinaufgeführt hat, zum Heuboden, zu einem Bretterverschlag, dem Alkoven. Auf eine schäbige Holzkiste hat er gezeigt und gemeint, »das holt bestimmt niemand mehr ab.«

Als er allein ist, klappt er den Deckel der Kiste auf. Ein graues Hemd, eine geflickte Hose aus grobem Tuch, haltbarer als seine Fetzen, ein Klappmesser mit abgewetztem Horngriff und abgegriffene Papiere. Eine Kriegsdienstbescheinigung aus Passau, die er nicht berühren mag. Einen gleichlautenden Fetzen haben sie ihm in Landau in die Hand gedrückt, die aus Bronze geprägte Gedenkmünze ist längst eingetauscht. Vielleicht hat er sogar Seit an Seit mit dem Burschen in Coulmiers den Wahnsinn des Gemetzels durchlebt, das feurige »Hurra!« brennt ihm noch immer auf den Lippen. Ja, solcherart Prägung wurde ihm mit dem Bajonett in die Stirn getrieben, und das Blut würde er sich nie mehr von der schrundigen Haut schrubben können.

Er probiert die Hose an. Sie passt, als wäre sie für ihn genäht worden. Einen klobigen Ring aus Messing erfühlt er im Hosensack und steckt ihn sich auf den kleinen Finger der linken Hand, um ihn zu betrachten. Er glänzt wie frisch poliert, und auf der geplätteten Oberseite sind Zeichen eingekerbt. Mit zusammengekniffenen Augen erahnt er ein »P«. Statt klingender Münze würde er nur Hohngelächter ernten, sollte er das wertlose Gelump einem Tandler anbieten.

An einem Lederband zieht er einen geschwärzten Anhänger des St. Martin aus der Kiste. Warum der geschundene Kerl ihn nicht um den Hals getragen hat, den Schutzpatron der Habenichtse, an seinem gewaltvollen Sterbetag, fragt er sich. Ob er dem Glauben abgeschworen hatte?

Mit seinen 27 Jahren hat er viele erlebt, die tödlich verwundet und qualvoll darniederliegend bis zum letzten Röcheln zu allen Heiligen geflehtt haben. Niemand bleibt am Ende davor gefeit.

Das Messer und den Anhänger schiebt er ein, falls doch noch jemand daherkäme, der Anspruch auf den Inhalt der Truhe erhöbe. In die wirft er jetzt seine alte Buchs und haut den Deckel zu.

Daneben befindet sich sein »Bett«, er streckt sich probehalber auf dem Strohsack aus. Die Beine gilt es anzuwinkeln, weil er sich da höchstens als kleiner Hosenscheißer hätte langlegen können, im winzigen Bretterverschlag. Schnell ruckt er hoch. Er weiß von der Mutter, dass die Lebenden nicht auf dem Rücken liegen dürfen, so wie es den Toten geschieht. Schlechter hat er schon geschlafen, viel schlechter, als er sich beim Schienenverlegen abgerackert hat, die Strecke von München bis nach Landshut. Seitdem spürt er sein Kreuz, als würde ein Aufhocker ihm im Nacken sitzen und ihn mit geschärften Sporen triezen.

Die Matratze muffelt nach Schweiß. Er wird sich daran gewöhnen. Immer gewöhnt man sich daran. Auch an die Flohbisse, denkt er beim Betrachten der zahllosen Blutsprenkel auf dem grauen Stoff. Er hofft, dass die Läuse sich nicht festkrallen, in seinen blonden Strähnen, die er zum Zopf gebunden hat. Nie mehr will er sich den Schädel kurz scheren müssen.

Er zieht witternd die Luft ein. So hat er also gerochen, der Tote vom Viehmarkt, zu Lebzeiten. Das ist es, was übrig bleibt. Zähflüssiges Blut, das in morastige Erde einsickert, eine Kiste mit Lumpen und ein Geruch, der sich langsam verflüchtigen wird. Bald wird das Sackleinen nach ihm, Jakob, riechen, bis …

Ein Schauer durchfährt ihn, als er an die blanken schmutzgrauen Füße des Toten denkt, die in diesen schäbigen Stiefeln gesteckt haben mussten. Herumgeschlurft ist der mit denen hier heroben, vorgestern noch, bis er sie abgestreift hat, neben dem Strohsack, gerade so wie er selbst eben. Er fährt in die Höhe und schließt die Faust um den St.-Martin-Anhänger in seiner Hosentasche. Aufs Dasein musst du immerfort deine Gedanken richten, ermahnt er sich, nicht auf den Sensenmann, der allerweil seine blutige Ernte einbringt, wo und wie es ihm gefällt. Der fragt dich nicht, ob du bereit für den Schnitt bist. Gestern hat er wieder die blutrote Fratze gezeigt.

Seine Glieder beginnen zu zittern, die Zähne schlagen aufeinander, als er so verharrt, neben dem Strohsack, die Augenlider zusammengepresst. Er kennt es und weiß, dass es kommt und geht, er muss nur ein Weilchen warten und durchschnaufen.

Er steigt durch die Luke auf die erste Sprosse der Leiter und lauscht auf die Geräusche. Ruhig ist es. Bedächtig kraxelt er nach unten. Es erwartet ihn ein düsterer, steingefliester Schlauch, der an einer knarzenden Stiege endet, die zum Gang in den Hinterhof führt. Allerweil geht es nach hinten in den Hof, für einen Burschen wie ihn. Vorn hinaus ist er das letzte Mal, als er vor zehn Jahren sein Elternhaus verlassen hat. Er zieht sich die braune Mütze tief ins Gesicht.

Eine Stimme ruft ihn. »Bene, komm mal her!«

Jakob, sagt er, heiße er, weil er auf den Namen getauft sei. Aber zur Antwort bekommt er, dass es »gehupft wie gesprungen« sei, wie man so ein hergelaufenes Mensch wie ihn benennen würd. Der Knecht würd sich nicht umgewöhnen wegen so einem, einer sei ja doch gleich dem anderen. Die kämen und gingen oder würden eben enden in der Holzkiste. Sogar dieselbe Hose hätte er an, und die gleichen blonden Zotteln, sodass er akkurat ausschauen tät wie ein Zwillingsbruder. Und hüpfen müsst er hier auf jeden Namen, selbst wenn er Haderlump geheißen würd.

Jakob fügt sich still. Das Widerreden ist nicht seine Sache. Einer wie der andere, denkt er. Was hätte er ein Recht, hier zu fordern? Schlafen kann er, und er hat ein Dach über dem Kopf. Das Weitere wird sich fügen. Vielleicht in eine der neuen Manufakturen oder wieder zu den Geleisen? Arbeit an den Eisenbahnstrecken gäb es zu Genüge. Vom Knecht würd er sich nicht schinden lassen. Ein Strohsack wäre woanders zu finden, wenn erst genug Münzen in seiner Tasche klimpern.

Er geht dem Kerl zur Hand, die Zweispännige zu wienern, bis die Finger schmerzen, und packt mit an, die störrischen Haflinger ins Geschirr zu bekommen.

Den Kopf gesenkt, die Hände im Hosensack, macht er sich dann auf, die Stadt zu erkunden. Bene hat er also geheißen, der Unglückliche vom Viehmarkt. Benedikt. »Bene«, wird zuallererst die Mutter gehaucht haben, während sie ihn in den Armen gewiegt hat. Und wie seine Mutter wird sie voller Stolz gelächelt und gehofft haben, dass aus ihm ein wohlgeratener, anständiger Bursch würde, der es weit bringen wird und ihr propere Enkel schenkt. Jakob räuspert sich und spuckt aus, als könnte er den Gedankenstachel mit aufs Pflaster speien.

Unbewusst lenkt er seine Schritte zum Viehmarkt, bis zu der Stelle, an der die Leiche geflackt hat. Sand haben sie über den Blutfleck gestreut. Achtlos strawanzen die Leut darüber hinweg. Heftig angerempelt wird er, »bist du festgewachsen, du Depp?«, als er da verharrt und glotzt. Tot, feuchte Erde über dir, vergessen. So wird's bei dir ebenso seinen Lauf nehmen. Er dreht den Ring des Toten am Finger und scharrt mit der Schuhspitze im Staub, bis ein rostbrauner Fleck zum Vorschein kommt.

»Besoffen oder was, ha?«, wird er von einer ausladenden Fuchtel angeraunzt, die einen klapprigen Leiterwagen hinter sich herzerrt. In seinem Kopf dröhnt ein Echo. »… oder was? Ha!« Rasch dreht er sich um und hatscht davon. Beim Laufen presst er sich die Hände an die Ohren, bis die Wörter im Schädel verstummen.

Als er zurückkommt in die Ländgasse, ist es dunkel. Der Vollmond erleuchtet die Bürgerhäuser mit ihren reich mit Zierrat versehenen Eingangsportalen. Ein paar Mark täglich könnte er aushandeln, wenn er für den Gleisbau schuften tät. Fürs Essen ziehen sie ordentlich ab, obwohl die Brennsuppe samt harter Schwarzbrotkante kaum Wert hat. Im Magen hat er nicht viel, nur für ein Griebenschmalzbrot und eine dünne Halbe Bier hat er Pfennige abgeknapst.

Durch den Hof zurück schlappt er ins Gebäude. Der Knecht steht rauchend neben der Tür. Der starrt Jakob an, der Stumpen in seinem Mundwinkel glüht auf. »Sei leis, Bene«, zischt er ihm zu. Die Boshaftigkeit umhüllt ihn, dick wie Morgennebel.

»Jakob bin ich«, murmelt er, oder geht es ihm nur durch den Kopf? Was willst du dich mit dem Kerl anlegen? Bist doch bloß einer, der kommt und wieder verschwindet, wie ein blasser Geist. Er presst die Lippen aufeinander und zieht die Schultern nach oben.

Funzel braucht er keine, die Gänge entlang und Stiegen hinauf. Seine Augen gewöhnen sich an die Dunkelheit, an die Schatten. Die altersschwache Leiter ächzt und knarzt unter seinen Tritten. Auf dem Heuboden schlurft er die acht Schritte bis zum Alkoven. Dann steht er wie festgenagelt. Er kann nicht hineinkriechen. Erst fangen die Knie an zu zittern, dann bebt sein Leib. Der Tod steckt dort drinnen. Er kann ihn wittern, wenn er die stickige Luft durch seine Nüstern zieht. Kann diesen Bene riechen, der jetzt unter der Erde verwest, im Armengrab, wo sie ihn auf längst vermoderte Gebeine geworfen haben. Ein gräulicher, stinkender Berg von Knochen mit immer der frischesten Leiche auf dem Gipfel.

Er schleudert die Stiefel weg. Zur Ruhe finden muss er. Der Schweiß rinnt ihm über die Wangen. Er fasst nach dem Heiligen in seiner Tasche. Kühl fühlt sich der Anhänger an. Er holt ihn hervor und presst ihn fest gegen die Stirn.

Er weiß nicht, wie lange er einfach nur so dagestanden hat, mit aufgerissenen Augen, die in die Dunkelheit starrten. Eine halbe Stunde oder die halbe Nacht? Seine Kehle ist ausgedörrt, sein Leib schweißnass.

Leise öffnet er die Luke und steigt barfuß die Leiter hinunter. Im Dunkeln schleicht er den Gang entlang, bis zur Stiege. Er sucht die Kuchl. Vielleicht könnte er sich neben dem Wasser etwas zu schnabulieren organisieren. Hauptsache, nicht erwischen lassen.

Als er die Küchentür öffnet, scheppert es. Eine Schüssel ist zu Boden gefallen und in tausend Scherben zerbrochen. Im Eck beim Ofen steht ein schwarz gelocktes Madl und hat sie bei seinem Anblick fallen lassen. Auch sie wollte wohl heimlich naschen. Im Mondlicht, das zum Fenster hereinleuchtet, sieht er ihre aufgerissenen Augen und die vor Entsetzen verzerrte Miene. Seine Gestalt bleibt von Dunkelheit verhüllt. Sie schlägt die Hand vor den Mund

und starrt auf seine Hand mit dem Ring, die noch die Tür aufhält. Einen gellenden Schrei stößt sie aus. Er prallt zurück.

»Pssst!«, faucht er und gibt ihr den Weg frei. Die Schwarzhaarige jagt mit gerafftem Rock an ihm vorbei, als wär der Beelzebub hinter ihr her. Sie schreit noch einmal auf.

Aus dem Gang hört er das Geräusch von Schritten. Da sollte er jetzt nicht zurück. Himmelherrgott! Er jagt los, reißt eine Tür auf und findet sich im Salon wieder. Eine Vase stößt er um, als er über einen Schemel stolpert. Der Länge nach schlägt er hin. Stimmengewirr dringt an sein Ohr. Sie kommen näher! Hier kann er nicht bleiben.

Jakob rappelt sich auf und hetzt weiter, bis er vor dem Eingangsportal steht. Er reißt die schwere Eichentür auf und torkelt ins Freie. Blut läuft ihm aus der Nase. Er wischt sich mit dem Hemdsärmel übers Gesicht.

Auf der Straße sieht er sich plötzlich Aug in Aug mit einem feisten Kerl. Fast wäre er mit ihm zusammengebrummt. Er trägt einen schwarzen Zylinder und einen Zweireiher; er wird von einer eleganten Gesellschaft gekommen sein. Jetzt strafft der sich und macht zwei Schritte von ihm weg. Seinen Gehstock reckt er Jakob entgegen, wie einen vermaledeiten Degen. Hinter dessen Rücken krallt sich sein Weib in die breiten Schultern.

Jakob beugt stöhnend den Rücken und streckt die blutverschmierten Handflächen aus, um den Herrn zu beschwichtigen.

Der fuchtelt mit dem Stock vor seinem Gesicht herum. »Weg mit dir, Hundsfott!«, blökt er, »hinweg, sag ich!«

»Alle armen Seelen loben den Herrn«, hört Jakob die Frau brabbeln.

Er dreht sich um und rennt los. Steine bohren sich schmerzhaft in seine Fußsohlen. An den Pflastersteinen stößt er sich die Zehen wund. Er humpelt ums Gebäude, bis er zum Hinterhof kommt. Die Hoftür ist nicht verriegelt. Unbemerkt schafft er es, sich ins Gebäude zu schleichen und auf den Heuboden zu klettern. Er verschwindet im Alkoven.

Die Magd kann ihn nicht gut gesehen haben, im Halbdunkel. Womöglich sollte er alles abstreiten? Er könnte behaupten, geschlafen zu haben, und sie bräuchte nur eine Ausrede. Schließlich hat sie sich nachts in die Kuchl geschlichen, um zu naschen, und dabei eine Schüssel zerdeppert. Das wird sie teuer zu stehen kommen. Aber wem würden sie am Ende Glauben schenken? Er wartet darauf, dass jemand auf den Heuboden kommt, um ihn aus dem Haus zu jagen.

Aber niemand schaut herauf. Er kauert auf dem Strohsack. Wie einem Ratz in der Falle geht es ihm. Als könnte ihn augenblicklich die schwielige Pratze des Knechts im Nacken packen und ihm den Garaus machen. Die zerschundenen Füße brennen wie Feuer, die angeschwollene Nase pocht. Er japst, kaum Luft bekommt er. Sein ganzer Leib zittert. Schlafen sollte er und sich wegschleichen am Morgen. Weg von diesem vom Herrgott verlassenen Unglücksort.

Er wankt über ein Feld mit offenen Gräbern. Er weiß, er muss jenes finden, das für ihn bestimmt ist, sonst müsste er ewiglich durch den Morast stapfen. Die Hügel aus aufgeschütteter Erde erstrecken sich bis zum Horizont. Er lugt in eines der Gräber und sieht die Füße des Toten vom Viehmarkt. Haben sie sich bewegt?

Jakob stapft bis zum Rand, um die ganze Gestalt betrachten zu können. Plötzlich ist da niemand mehr, nur ein gähnendes schwarzes Loch. Ist das sein Grab? Er rudert mit den Armen, kippt nach vorn.

Mit einem Schrei fährt er aus dem Traum.

Auf allen vieren kriecht er aus dem Alkoven. Zerschlagen fühlt er sich, als wären die beiden Haflinger aus dem Stall über ihn hinweggetrampelt. Neben der Bodenluke steht ein Haferl mit Milch. Wer hat es da hingestellt? Die Magd? Bestimmt aus Gewohnheit. Hat Bene morgens gern Milch getrunken? Er schleppt sich zur Luke und greift sich das Haferl. Auf einen Zug lehrt er es. Die kühle Flüssigkeit tut ihm gut.

Am liebsten würde er sich hinlegen, aber er scheut sich davor, erneut einzuschlafen. Als wären sie ihm fremd, befiehlt er seinen widerstrebenden Gliedern, sich auf den Weg in den Hof zu machen.

»Krank bin ich«, krächzt er, als er den fragenden Blick des Knechts bemerkt. Der Klang seiner Stimme hört sich fremd an.

»Schleppst uns die Schwindsucht ein, Bene? Wenn du morgen noch malad daherkommst, verschwindest du aus dem Haus, verstehst?« Der Knecht schlägt eine Schuppentür krachend zu und wendet sich ohne ein weiteres Wort ab.

Jakob zuckt mit den Schultern. Er hat schon die Münzen für eine Woche hingelegt. Er weiß, er würde nichts zurückbekommen.

Du kannst mir im Stall helfen«, hört er den Knecht, »das wirst du schon können.« Er dreht sich noch mal um. »Hast wohl nix gehört heut Nacht?«, will er wissen.

Jakob reißt die Augen auf. »Geratzt wie ein Säugling«, murmelt er. »War was?«

Der Knecht spuckt aus und lacht. »Die Pauline will eine Erscheinung gehabt haben. Dabei ist sie bloß eine verfressene Matz.«

»Eine Erscheinung?«, fragt Jakob, während er sich zwei leere Eimer schnappt und zu den Stallungen hinkt.

»Ja, der Tote will ned gehen, behauptet sie steif und fest.« Der Knecht lacht wieder rau und kratzt sich am Schädel. »Anfallen hätte er sie wollen, totenbleich ist die Pauline gewesen und hat geschlottert wie nur was. Auf der Straße hätte er auch die Leut verschreckt. Narrisch sind sie alle. Warum sollte so ein Hergelaufener weizen? Aber was frag ich dich, Bene, bist ja derselbe geschruppte Hungerleider.«

»Jakob«, beharrt Jakob tonlos. Er schüttelt den Kopf. »Derselbe«, schießt es ihm ins Hirn. Nein, er ist nicht derselbe. Lebendig ist er, aus Fleisch und Blut. Und so wird es bleiben. Das kann ihm niemand ausreden.

»Vielleicht ist er wegen der Pauline wiedergekommen«, brummt der Knecht und greift nach dem Kreuz, das auf seiner Brust baumelt, »der wird mit ihr rumpoussiert haben.«

Jakob denkt an das morgendliche Haferl Milch. Die Pauline wird es hingestellt haben, wie es der Bene gewohnt war. Sie muss doch wissen, dass jetzt ein anderer im Alkoven haust, oder?

Ihn schaudert. Nach der Stallarbeit macht er sich weg vom Hof. Er sollte das Geld lieber abschreiben. Geheuer ist es ihm nimmer. Als er auf die Straße tritt, kommt die Sonne hervor. Er stellt sich einen Moment hin und lässt die Strahlen ihm den Leib durchwärmen.

Warum ist er wieder hergekommen? Es ist ja nix mehr zu sehen vom Fleck. Als wär nie was geschehen. Ein Durcheinander von Leibern, ein jeder und eine jede hat Geschäfte zu besorgen. Er schließt sich dem Strom an, wird mal hierhin und mal dahin gedrängt. Sein Magen knurrt. Er zählt das Geld in seiner Hosentasche. Für die Wirtschaft wird es noch zwei oder drei Tage reichen, wenn er sparsam ist.

»Kraus?« Jemand packt ihn von hinten grob bei der Schulter. Er fährt herum, bereit, sich zu wehren. Seine Fäuste schließen sich. Der Schreck ist ihm in die Glieder gefahren, sein Herz pocht bis zum Hals.

Ein grobschlächtiger Kerl, bärtiges Gesicht, forschende Augen. »Naa, du kannst es ja nicht sein, oder? Jetzt hättest du mich fast getäuscht …«

Der Mann grient und betrachtet ihn von oben bis zu den Füßen. Seine Mundwinkel zucken, als möchte er noch etwas sagen. Er dreht ab. Ohne ein weiteres Wort schiebt er sich an Jakob vorbei in die Menge.

Was hat der Kerl zu schaffen gehabt mit dem Toten, dessen Sachen Jakob trägt? Hat er nicht gewusst, dass der erschlagen worden ist? Eine freudige Begrüßung war das nicht. Den Namen hat er ausgespuckt, als hätte er in einen fauligen Apfel gebissen.

Um die finsteren Gedanken abzuschütteln, schlendert Jakob hin zum Isarufer. Als er ins Wasser schaut, glaubt er den Griff des groben Klotzes auf seiner Schulter zu spüren. Bist du es, Kraus? Ihn schaudert, zu schlottern fängt er an. Er haut sich ins Gras und umklammert die zuckenden Beine.

Ein junges Paar schlendert vorbei, der Bursch deutet auf ihn, sie prusten los. Ja, lacht, ihr wisst ja nicht! Ihr habt es nicht erlebt! »Kennt ihr mich denn? Ich bin bloß der Jakob, nichts weiter!«, will er schreien, aber die Kehle bleibt stumm.

Er wartet, bis seine Glieder zahmer werden, dann trabt er los. Weg von den Leuten, er hält sie nicht mehr aus. Immer wieder schaut er sich um, ob da wer heranschleicht.

Einmal marschiert ihm ein Bursch mit schweren Stiefeln und Militärkappe forsch entgegen. Was glubscht der ihn so an? Er starrt zurück und schlägt einen großen Bogen. Als er sich umschaut, sieht er, dass der Kerl stehen geblieben ist und ihm, die Fäuste in die Hüften gestemmt, hinterherglotzt.

Bis zur Ländgasse hatscht er, den Kopf eingezogen, die Augen auf den Boden gerichtet. Er windet sich von Balken zu Balken durch den Hof wie ein Dieb, will dem Knecht nicht über den Weg laufen. Erst auf dem Heuboden kommt er wieder zu Atem. Er stapft im Kreis umher, um sich zu beruhigen. Dann setzt er sich und klappt die Holzkiste auf. Er wühlt in den muffigen Sachen ohne Zweck. Die tattrigen Hände brauchen etwas zu tun. Später lässt er sich auf den Strohsack nieder. Er lauscht dem Rascheln der emsigen Mäuse. Durst quält ihn. Dunkelheit senkt sich über das Haus, und ihm fallen die Augen zu.

Blut. Voller Blut ist er, ganz allein steht er im kniehohen Dreck. Eine Stimme hat ihn angerufen, »Bene?« Er kann sich nicht bewegen. Jemand schnauft hinter ihm, aber er steht wie festgewachsen. Die Angst schießt ihm ein.

Mit einem Schrei fährt er aus dem Traum. Ein Geräusch hat ihn geweckt. Die Bodenklappe! Sie hebt sich langsam. Mit einem Satz ist er bei ihr und tritt wuchtig auf die Holzplanken. Ein lautes Kreischen und Gepolter. Herrjemine, was hat er angerichtet? Er reißt die Klappe auf und starrt nach unten. Am Fuß der Leiter macht er einen liegenden Körper aus. Reglos. Hastig steigt er hinunter. Pauline liegt vor ihm, der Laib ist verdreht wie bei einer weggefeuerten Puppe. Lebt sie noch? Wenn sie sich bloß nicht das Genick gebrochen hat! Er fasst nach ihrem Kopf, und seine Finger fühlen die Nässe. Beim heiligen St. Martin, das ist Blut! Mit einem Ächzen hebt er die schlaffe Gestalt auf und trägt sie auf den Armen den Gang entlang und die Stiege hinunter. Er wankt mit seiner Last bis zur Stube und bettet die Frau auf das Kanapee. Der Schweiß läuft ihm über die Wangen, das Hemd ist blutgetränkt. Seine Augen kleben an der Gestalt, deren Brust sich kaum merklich hebt und senkt. Gott sei Dank, sie lebt also! Was zum Henker wollte sie mitten in der Nacht auf dem Heuboden? Hat sie nach Bene gesucht, ob er ihr wieder erscheint? Er nimmt den Ring ab und steckt ihn ihr an den Finger. P wie Pauline. Den St. Martin hängt er ihr um den Hals.

Einen Moment kniet er vor ihr und schaut ihr ins Antlitz. Sein Körper ist heiß, wie im Fieber. Die Lippen der Frau formen ein Wort: »Bene.«

Nein, nein, nein! Er springt auf und macht einen Schritt zur Tür. Ein sich bewegender Schatten auf der Schwelle lässt ihn zögern. Was, wenn sie ihn hier fänden, mit der verletzten Magd? Sie würden denken, er hätte sie so hergeschunden. Sich die wirren Strähnen raufend, stürzt er zum Fenster. Aufreißen und hinausspringen auf die Straße ist ein Gedanke.

Draußen wäre er beinahe auf einen Burschen geprallt, der mit zwei Begleiterinnen unterwegs ist. Die Frauen schreien auf, Jakob brüllt vor Schreck. Wie er ihnen wohl vorkommen mag, mit Blut besabbert, die langen Haare wirr, das Gesicht eine verzerrte Fratze? Der Bursch nimmt die Füße in die Hand und rennt den Madln voraus das Pflaster entlang, sie folgen, so geschwind sie in den Röcken können.

Jakob lugt hoch zum Stubenfenster, hinter dem jetzt ein Lichtschein sichtbar ist. Er presst sich an die Mauer, die Fingernägel graben sich in die Handballen. Tief atmet er durch, um seine Erstarrung zu lösen. Mit einem Aufstöhnen reißt er sich das blutige Hemd und die Hose vom Leib. Benes Haut! Er kann sie nicht mehr tragen. Tod und Verderben stecken in ihr!

Er schiebt sich die Mauer entlang bis zum Hofeingang. Als er um die Ecke will, sieht er eine Bewegung. Einem alten Zausel auf der gegenüberliegenden Straßenseite quellen die Augen aus dem Schädel. Keinen Mucks bringt der hervor. Nackt und ungeschützt fühlt Jakob sich. Er stiert zurück und fletscht die Zähne, bevor er sich in den Hof schleicht. Hier bleibt alles dunkel. Sie werden sich in der Stube um die Magd versammelt haben. Ob sie sagen kann, was ihr widerfahren ist?

Er taumelt den Gang entlang, die Stiegen nach oben, und erkraxelt die Leiter zu seinem Alkoven. Drinnen rafft er, ohne nachzudenken, sein Hab und Gut zusammen. Bei Tagesanbruch wird er losmarschieren, am besten, ohne jemandem zu begegnen.

Jakob, beschwört er sich, du bist und bleibst Jakob, und dieses Haus wird dich nicht um deinen Verstand bringen!

Kaum ist es hell, huscht er nach unten. Er hört Stimmen im Hof und verharrt an der Tür.

»Sie hat den Ring getragen, den sie ihm geschenkt hat«, hört er den Knecht brummen.

»Und draußen ist er den Leuten erschienen«, ergänzt eine ältere Bassstimme, die Jakob dem Hausherrn zurechnet. »Zwei Nächte schon! Furchterregend soll er gewesen sein, nackt, blutbesudelt, mit wilder Mähne, wie der Beelzebub selbst hat er ausgeschaut. Hörner und Feueratem will ein Madl sogar gesehen haben!«

»Da müsste was geschehen«, meint der Knecht. »Die Pauline schwört bei allen Heiligen, dass er es gewesen sei. Er und kein anderer! Sogar den Ring hat sie jetzt wieder am Finger.«

»Es wird was geschehen, verlass dich drauf, Franzl. Ich werde beim Benefiziat vom Heilig-Geist-Spital vorsprechen. Ich will, dass er das Haus benefiziert, auch wenn Kirchendiener dafür gern beide frommen Hände aufhalten. Eine Ruhe will ich haben! Das Weizen wird ihm schon vergehen, dem Malefizkerl.«

»Eine Segnung hat noch jede Weiz vertrieben, hört man.«

»So soll's sein. Die arme Seele wird Frieden finden.«

Jakob bleibt reglos stehen. Er wartet, bis die Stimmen sich entfernen. »Schau uns an, Bene«, flüstert er. »Niemand will uns haben, gut ist man für nix. Vor dem Tod nicht, und wenn man verreckt ist, noch weniger. Unsereins ist und bleibt eine arme Seele.«

Er späht in den Hof. Niemand ist zu sehen.

Davon muss er sofort, es braut sich was zusammen! Die Luft bleibt ihm weg, für einen Moment presst er die Augenlider zusammen, fühlt, wie ein Schauer nach dem anderen ihn durchläuft, von den Füßen bis hinauf zu den Haarspitzen. Er ballt die Fäuste und harrt aus, bis die Glieder ihm wieder gehorchen. Japsend hastet er los.

Hin zum Isarufer und dann immer weiter flussabwärts schleppt er sich voran. Keine Rast. Nur raus aus Landshut, immer weiter und weiter, Wege und Pfade entlang, bis sich die Dunkelheit über den Isarauen ausbreitet. Er sucht sich eine Weide, an deren Stamm ihn die Erschöpfung niederwirft. Ein paar Stunden schläft er unruhig, bis er sich wieder aufmacht. Alle Glieder schmerzen ihn, die geschundenen Füße machen jeden Schritt zur Quälerei. Mit gesenktem Kopf schlurft er voran, begleitet vom stetigen Plätschern des Flusses. Er beachtet Leut und Viecher nicht, die ihm begegnen, sogar das Wort an ihn richten wollen, er stiert nur auf die dreckverschmierten Schuhspitzen und hatscht voran. Wo seine finstere Gestalt auftaucht, weichen ihm die Leut aus, sie scheinen zu ahnen, dass dort eine arme, gepeinigte Seele unterwegs ist. Immer weiter zwingt er sich, ohne Aufschub, ohne Mahlzeit, als würde er von einem Fuhrmann vorangepeitscht.

In den frühen Abendstunden wähnt er sich am Ziel. Er kennt den Weg, der zum Trampelpfad wird, weg vom Fluss, durch ein Fichtenwäldchen und über den matschigen Rübenacker. Wie ein Jagdhund erschnuppert er den vertrauten Geruch in der Luft. An einem verwitterten Holzzaun macht er halt. Ein schlichtes, schmutziggrau verputztes Haus kann er sehen, inmitten einer Streuobstwiese.

Sein Blick ruht auf einer gebückten Frauengestalt, die neben der Holztür mit einer Harke Unkraut aus dem Boden rupft. Als sie seiner gewahr wird, richtet sie sich auf.

»Jakob? Jakob, bist du das?«, fragt sie und wischt die erdbraunen Hände an der Schürze ab. Sie zwinkert gegen die tief stehende Sonne an und kommt mit geneigtem Kopf näher. Zögerlich, Schritt für Schritt, als wär er nur ein Trugbild, eine Geistergestalt, bis sie endlich durchs hohe Gras pflügt und die Arme ausbreitet.

»Ja, der Jakob bin ich, Mutter«, keucht der. Es wird schwarz um ihn. Die Knie geben nach, und er sackt am Zaun in sich zusammen.

DER AUFTRAG

VON LUTZ KREUTZER

In den Jahren 1937 und 1938 ließ Martin Bormann zu Ehren von Adolf Hitler oberhalb von Berchtesgaden das Kehlsteinhaus errichten. Um das Haus bequem erreichen zu können, wurde für die eingeplante Gästeschar der Nazis ein mehr als 120 Meter hoher Aufzugsschacht in den Berg getrieben. Das Kehlsteinhaus steht auf einer Felsrippe mit einem atemberaubenden Blick auf den Königssee – und den Watzmann. In seiner gewaltigen Ostwand, einer der gefährlichsten Wände der Alpen, haben über 100 Bergsteiger ihr Leben gelassen, weit mehr als in der Eiger-Nordwand.

Am Wannsee, Berlin, spätes Frühjahr 1938

Warum gerade jetzt? Gestern habe ich den Reisebescheid von meinem Chef erhalten. Es ist eigentlich eine große Ehre, die mir widerfährt. Und doch macht mich der Auftrag trübsinnig. Denn ich muss weg aus Berlin! Gerade jetzt, wo ich dieses wunderbare Mädchen kennengelernt habe.

Die Sonne scheint, es ist warm hier am Wannsee. Noch weiß niemand von unserem Glück. Ich sitze in der Bucht am Havelufer und warte auf sie. Auf Rosemarie! Allein dieser Name macht mich glücklich. Sie arbeitet in der Charité auf der Kinderstation.

Vor einer Woche sind wir uns zum ersten Mal begegnet, als ich mit ein paar Freunden eine Radtour durch den Grunewald gemacht habe. Die erste Frühjahrstour. Rosemarie, eine Freundin der Schwester meines Freundes Rolf, des Dachdeckers. »Ich hab da ein Mädel für dich, Paule! Ein Mädel, das dich umhauen wird. Wirst schon sehen«, feixte er.

Rolf hatte recht. Ihr Blick war wie ein sanfter Regenschauer an einem heißen Sommertag. Ich schaffte es kaum, wieder auf mein Rad zu steigen. Sie hatte gelacht. Doch jetzt, jetzt wollten wir uns wiedersehen. Heute, hier am Wannsee.

Ungeduldig saß ich am Kai und ließ die Beine baumeln, wobei ich einem unschuldigen Gänseblümchen die Blätter ausriss und in diesem blöden Spiel mein Liebesschicksal auszählte. »Sie liebt mich, sie liebt mich nicht, sie liebt mich, sie liebt mich nicht …«

»Vielleicht liebt sie dich doch!« Ich erschrak und drehte mich um. Da hockte sie hinter mir, ihren Kopf leicht zur Seite geneigt, in einem weißen Kleid mit Blumenmuster, ihr schulterlanges brünettes Haar mit einem blauen Seidenband zu einem Zopf zusammengebunden.

Eigentlich war das viel zu früh, doch ich konnte nicht anders. Ich erhob mich, nahm sie in meine Arme und drückte sie fest an mich. »Rosemarie! Wie schön, dass du gekommen bist!«

»Hab ich doch gesagt. Und wenn ich das sage, dann mach ich das auch. Du darfst nur meinem Vater nichts sagen. Er bringt dich um«, scherzte sie. »Er will doch, dass ich einen Offizier heirate und nicht einen Herumtreiber wie dich!« Sie lachte mich aus.

»Hey, ich bin kein Herumtreiber. Ich bin Sattler, das ist ein ehrbarer Beruf. Sogar ein sehr ehrbarer.« Ich fischte nach ihrer rechten Hand und hielt sie fest.

Rosemarie bückte sich leicht, entzog mir ihre Hand und ging zwei Schritte rückwärts. »Aha, welche Ehre wird dir denn zuteil?«, fragte sie spöttisch. »Fertigst du vielleicht einen Sattel für das Pferd des heiligen Georg? Oder etwa das Zaumzeug für den Schimmel der Königin von Saba?«, frotzelte sie weiter, »oder … oder vielleicht die Satteltaschen für den Heroldsrappen des russischen Zaren?«

Ich ärgerte mich ein wenig, und so brummte ich: »Nein, ich werde die Lederbänke im Aufzug für Adolf Hitler beschlagen.«

Pfeilschnell richtete sie sich auf und stand mit großen Augen vor mir, steif wie ein Brett. »Damit macht man keinen Spaß, Paul«, mahnte sie flüsternd, wobei sie den Kopf vorreckte und sich umsah, ob uns jemand zuhörte. »Den Führer darf man nicht für einen Scherz hernehmen.«

»Das ist kein Scherz. Ich soll nach Berchtesgaden reisen, schon in der nächsten Woche«, antwortete ich und sah mit einem traurigen Gefühl zu Boden.

Unerwarteterweise schien sie das freudiger zu stimmen als mich. »Aber … aber das ist … das ist ja großartig!«, juchzte sie mit glänzenden Augen und biss sich auf die Unterlippe. »Wenn ich das meinem Vater erzähle, das ist … das ist ja genauso gut wie ein Offizier!«, rief sie. »Ach, noch viel besser, Paul! Mein Vater wird stolz auf mich sein, dass ich so jemanden wie dich kenne.« Schwärmerisch blickte sie mit offenem Mund in den Himmel. »Den Aufzug des Führers!« Dann fixierte sie mich mit aufgerissenen Augen und nahm mich bei den Händen. »Erzähl mir ganz genau, was du machen sollst. Komm, wir setzen uns ins Boot. Das grüne dort, es gehört meinem Vater.«

Rosemarie hüpfte drei Stufen hinab, löste das kleine Holzboot vom Poller und sprang hinein. »Schnell, spring!« Gerade noch rechtzeitig schaffte ich es, mit einem Satz ins Boot zu springen, sodass der kleine Kahn nach vorn über das offene Wasser schoss.

»Also, erzähl es mir«, drängte sie, klatschte mehrfach die Hände zusammen und fügte ein gespielt bettelndes »Bitte!« hinzu.

Ich setzte mich auf die Holzplanke, nahm die beiden Riemen und ruderte uns mit ruhigen Schlägen auf den See hinaus. »Also. In Bayern bauen sie ein neues Haus für den Führer. Hoch oben auf einem Felsen, in der Nähe, dort ... Du weißt schon, von seinem Berghof.«

Sie nickte und sah mich weiterhin gespannt an.

»Da haben sie einen Aufzugsschacht in den Berg getrieben, damit der Führer und seine Gäste bequem nach oben gelangen. Und dieser Aufzug, der wird von Carl Flohr gebaut, dem größten Aufzughersteller hier in Berlin.«

Ich hob die Riemen aus dem Wasser und sah nur kurz nach hinten, um mich zu vergewissern, dass ich die korrekte Richtung ansteuerte, da wurde sie schon ungeduldig. »Weiter, Paul, erzähl weiter«, rief sie, wobei sie aufgeregt hin und her wippte.

»Dieser Aufzug soll außergewöhnlich ausgestattet sein. Die großen Sitzbänke werden mit grünem Leder überzogen. Die Sattlerei, in der ich arbeite, wurde von Flohr engagiert, die Polster dieser Bänke vor Ort zu fertigen und einzubauen.«

Rosemarie starrte mich an und staunte. Sie zeigte auf mich und stammelte: »Und ... und du ...?«

»Ja, ich fahre nach Berchtesgaden. Wohl oder übel«, stöhnte ich und senkte den Kopf.

»Ja, aber was hast du denn? Das ist doch wunderbar, lieber Paul, was betrübt dich denn?«, fragte sie und legte fürsorglich ihre Hand auf meinen Arm.

Ich druckste ein wenig herum.

»Raus mit der Sprache!«, forderte sie.

»Na ja,« antwortete ich, »wir sehen uns dann lange nicht. Dafür treffe ich dort auf einen Kollegen, mit dem ich gemeinsam den Auftrag erledigen muss«, fügte ich mit einem spöttischen Zischen hinzu.

»Was für ein Kollege?«, fragte sie, ohne auf mein Bedauern einzugehen.

Ich hob die Schultern. »Ich weiß nur so viel, dass er aus der Gegend stammt und angeblich ein guter Fachmann sein soll«, antwortete ich.

»Das ist doch prima, dass du einen Mann neben dir hast, der ebenfalls gut ist.«

»Guter Fachmann, Blödsinn!« Ich beugte mich vor und flüsterte ihr ins Ohr: »Ein Nazi-Bürschchen haben sie mir zugeteilt. Ein Söhnchen, verstehst du? Wenn der Mist baut, dann … dann hab ich …«

Rosemarie verzog das Gesicht. »Schäm dich, Paul. Wie kannst du an so einem zweifeln? Vielleicht ein treuer Parteilehrling, ein Anhänger des Führers. Wie kannst du einem solchen Mann bloß misstrauen?« Dann setzte sie ein sonniges Lächeln auf. »Das wird schon gut gehen. Überleg doch mal«, ereiferte sie sich, »das sollte eine Ehre für dich sein. Warum schicken sie ausgerechnet dich und stellen dich an seine Seite?«

»Weil ich der Beste bin.«

Eine unheimliche Aussicht

Die Bahn war pünktlich. Schnaufend hatte sich der Zug von München aus durch das Bayerische Oberland bis in die berühmte Kurstadt Bad Reichenhall geschlängelt, die uns in Berlin vor allem wegen des Salzes bekannt war. Nun aber wand sich der Zug an einem Fluss entlang in jenen Talkessel hinein, der wie ein fetter Tropfen am südöstlichsten Zipfel der deutschen Landkarte hing, als ob er bald zu platzen drohte, und von dem man mir erzählt hatte, er sei ringsum von hohen Bergen umschlossen. Berge, über deren Gipfelgrate die Grenze zum Heimatland des Führers verlaufe, zu Österreich, das sie seit Kurzem, seit dem Anschluss, wieder die Ostmark nannten.

Mit schrillem Pfiff fuhr die Lok im Bahnhof von Berchtesgaden ein. Dunkler Qualm türmte sich über ihrem Schornstein auf und nahm mir die Sicht. Ich ging ein paar Schritte, und dann, allmählich, nachdem sich die Wolke verzogen hatte, konnte ich hinter einem dünnen Dunstschleier ein weiß gcflecktes Ungetüm erkennen, das seine Spitzen wie die Zinken einer Gabel in das Stahlblau des Himmels zu stechen schien. Genau so, wie Caspar David Friedrich ihn vor mehr als 100 Jahren gemalt hatte. Das Bild hing in der Berliner Nationalgalerie, ich hatte es bei einem Besuch mit meinem Vater bewundert. Damals, mit meiner zwölfjährigen märkischen Seele, war ich kaum dazu imstande gewesen, mir auch nur annähernd vorzustellen, dass es einen solch kühnen Berg überhaupt geben könnte. Nahezu identisch stand er jetzt vor mir, leuchtend in gläsernem Licht, fast so als könnte ich ihn berühren, aber gleichsam unnahbar, weit, stark und von majestätischem Zauber: der Watzmann. Ganz rechts, der Hermelinschleppe eines Magiers gleich, die unendlich lang wirkende Felsrampe, die zu den alles überragenden, verschneiten Spitzen führte, um in ein jäh abfallendes Joch zu stürzen, aus dessen Mitte ein paar kleine Felssporne hervorlugten, und schließlich eine weitere Spitze, nicht so hoch wie die ersten beiden, aber ebenso imponierend.

Ich weiß nicht, wie lange ich reglos auf dem Platz stand und nach Süden blickte, gefangen von diesem unheimlichen Anblick. So lange jedenfalls, bis mich eine fremde Stimme ansprach: »König Watzmann, seine Kinder und seine Frau, ebenso böse wie der grausame König selbst, einst nach einem Massaker an seinen Untertanen von den eigenen Hunden zerfleischt, von Gott verflucht und zu grauem Fels versteinert, über unseren Häuptern in alle Ewigkeit schmachtend und jeder Gefährlichkeit nur scheinbar entrissen.«

»Kein schönes Schicksal«, antwortete ich und sah den Mann von der Seite an, der, die Hände in den weiten Hosentaschen, mit erhobenem Kopf und leicht wippendem Stand zum Watzmann hinaufstarrte. Dann wandte er sich direkt an mich. »Aber ein gerechtes«, fügte er mit ernstem Blick hinzu, wobei er die Zähne bleckte und seine Hand ausstreckte. »Fritz von Teltow. Assistent von Professor Roderich Fick.«

Ich erschrak. Roderich Fick, der Lieblingsarchitekt Hitlers! Zögerlich streckte ich dem Mann auch meine Hand entgegen und antwortete stotternd: »An…g…genehm. Ich bin Paul Ehrenberg, Sattler und Beauftragter der Aufzugsfirma Carl Flohr, Berlin.«

»Ich weiß, ich hole Sie ab und bringe Sie auf das Gelände der Arbeiterlager, in die Nähe des Berghofs. Italiener, Tschechen und anderes Gesocks«, zischelte er mit schiefem Mund. »Aber keine Angst, für Sie haben wir ein schönes Quartier reserviert.«

»Und der angekündigte Kollege? Wann kommt der an?«

»Morgen. Sie haben eine gemeinsame Wohnung. Viel Platz! Ein prächtiges Bauernhaus. Haben wir beschlagnahmt«, bemerkte er leicht nach vorn gebückt. »Die Bauernfamilie wohnt jetzt im Gesindehaus. Die waschen und kochen dann für Sie«, schob er süffisant grinsend hinterher und schlug mir gönnerhaft auf die Schulter.

Im Quartier

In der Tat, eine bessere Unterkunft hätte ich mir nicht wünschen können. Ein großes, bequemes Bett in einer Kammer im ersten Stock mit zwei Fenstern, einem Kleiderschrank mit massiven Türen, einer Waschschüssel mit Spiegel und einem kleinen Tisch. Der Tag meiner Ankunft blieb ruhig, ich hatte noch keine Verpflichtungen, ich sollte mich einleben.

Die Treppe knarzte, wenn ich nach unten stieg. Im Erdgeschoss befand sich eine große Küche mit allem, was man sich in einem Bauernhaus vorstellte. Ein großer Herd, ein grober Tisch mit viel Platz für mindestens zehn Leute, und ein Herrgottswinkel, in dem ein Kreuz schräg in der Ecke hing, unter dem ein Blumenarrangement und eine kleine Laterne mit ewigem Licht dem sich immer weiter fressenden Unglauben standzuhalten schienen.

Die Bäuerin war eine kräftige Frau mit tellergroßen, von harter Arbeit gezeichneten Händen und ständig mürrischem Blick. Sie sollte mir und meinem Kollegen den Haushalt führen. Ihr Mann wirkte auf mich nicht weniger beeindruckend:

Tiefe dunkle Augen, volles Haar und ein wettergegerbtes Gesicht umgaben den zu einem Strich zusammengepressten Mund, der in seinem Leben nur das Allernötigste zu sagen schien. Die wenigen Worte, die die beiden von sich gaben, klangen weit weg und waren für mich so unverständlich, dass ich es nach einem Tag aufgab, ihnen Fragen zu stellen. Das war auch nicht nötig, denn – so sollte sich schnell zeigen – sie erledigten jede anstehende Hausarbeit einwandfrei, ohne dass ich irgendetwas hätte beanstanden müssen. Das Essen, das die Bäuerin kochte, war kräftig und schmackhaft, und es gab sogar echten Kaffee. Und das Holz, das der Bauer in großen Scheiten jeden Abend wortlos in den Ofen schob, war so gut getrocknet, dass es zu meiner Freude fröhlich knisterte und schnell wohlige Wärme verbreitete.

Mein Kollege, der einen Tag später ankam, erwies sich von Beginn an als das, was ich befürchtet hatte. Als ich mich ihm vorstellte, warf er mir einen Blick zu, als würde ich ihn anspucken wollen. »Franz Städler, Rosenheim, Parteimitglied.«

Was für ein überheblicher Lackaffe, dachte ich. Ich empfand seine Art des Vorstellens als respektlos, war er doch sicher fünf Jahre jünger als ich. Ich zog meine immer noch ausgestreckte Hand zurück. »Paul Ehrenberg, Berlin, Sattlermeister.«

»Kein Parteimitglied?«, fragte er mit schneidigem Unterton und hob die rechte Augenbraue. Kein Zweifel, er war durch eine Kaderschule gegangen. Ich antwortete nicht auf seine Frage, aber mir wurde schlagartig klar, dass ich mich wohl mit dem Nazi-Zögling arrangieren musste. Ich beschloss, ihn freundlich zu behandeln, vielleicht würde er doch ein wenig zugänglicher. Ich zeigte ihm also seine Kammer, die gleich neben meiner lag, und bot ihm meine Hilfe an, falls er Fragen hätte. Er grinste kurz und schloss die Tür.

Nachdem wir gemeinsam und weitgehend wortlos zu Abend gegessen hatten, bemerkte er spitzfindig: »Das eine sag ich dir, Paul, unseren Auftraggebern scheint es viel wert zu sein, dass wir gute Arbeit leisten.« Er hob sein Bier in die Höhe und bedachte den großen Krug in seiner Hand mit einem anerkennenden Blick. »In Rosenheim werde ich nicht so … verkommen … verpflegt. Mein Vater ist eher der Ansicht, dass junge Männer sich wie die alten Spartaner ernähren sollten.« Angewidert betrachtete er das Stück geräucherten Schinken, das er auf seinem Teller hatte liegen lassen.

»In Berlin denken wir da etwas lockerer«, warf ich ein. »Wir essen gern, und die Bauernfamilie hier sieht das offensichtlich auch so.«

»Der Führer ist Vegetarier und lebt ebenfalls in Berlin«, entgegnete er ruppig.

»Handwerker brauchen gutes Essen, sonst wäre Berlin immer noch ein Dorf aus Lehmhütten und Latrinengruben«, entgegnete ich.

Franz' Blick wurde härter. Er fixierte mich eine Weile, doch ich hielt seinem Blick stand. Dann sah er abschätzig zu dem Paar hinüber, das am Spülstein stand und gemeinsam Geschirr abwusch. »Hey, habt ihr etwa kein Dessert für uns?«

Der Bauer sah kurz stoisch herüber und machte sich, nachdem seine Frau ihm einen leichten Hieb mit dem Ellbogen verpasst hatte, widerwillig ans Werk. Er griff zwei Äpfel aus einem Regal, kam zu uns herüber und knallte sie vor uns auf den Tisch, bevor er wortlos zum Spülstein zurückging.

Franz beugte sich vor und flüsterte bärbeißig: »Die zwei sind ja nicht die Lustigsten auf der Welt.«

Ich sah ihn an. »Ist ja auch kein Wunder«, antwortete ich, »schließlich sind sie unseretwegen aus ihrem Haus verjagt worden und müssen nun auch noch für uns die Drecksarbeit machen.«

»Tja, Paul, wir sind halt wer!«, prahlte Franz und zupfte mit den Daumen an seinen Hosenträgern.

»Du vielleicht. Ich bin nur ein Sattlermeister aus Berlin, der hier einen Auftrag hat.« Dann konnte ich mich nicht weiter zurückhalten. »Sag mal, Franz, wann bist du eigentlich Geselle geworden?«

»Vor … äh … zwei Monaten hab ich die Prüfung abgelegt«, antwortete er leise.

»Dann protz mal nicht so rum. Zeig erst mal, was du draufhast«, ermahnte ich ihn. »Großspurig kannst du dann immer noch sein.«

Er starrte mich eindringlich, nahezu drohend an. »Ich werd schon das Wichtige richtig machen, Paul, wirst schon sehen.«

Der Aufzug

Am nächsten Morgen wurden wir abgeholt. Ich trug die frisch gewaschene Arbeitskleidung, die meine Mutter sogar noch gebügelt hatte. Bevor ich gemeinsam mit Franz das Haus verließ, schnallte ich meine Ledertasche mit meinen wohlgeordneten Ahlen, Kurvenmessern, Kantenschleifern und anderen Sattlerwerkzeugen in verschiedenen Größen an den Gürtel. Auch er trug Werkzeuge mit sich, aber ungefähr dreimal so viele wie ich. Alle waren neu.

In dem Klein-LKW mit Plane saßen weitere Arbeiter auf der Ladefläche. Der Fahrer gab uns zu verstehen, dass wir vorn einsteigen sollten. Franz und ich drängten uns auf die Plätze neben ihm. Die Arbeiter hinter uns grüßten uns kurz, als wir zustiegen, steckten aber sofort wieder die Köpfe zusammen und redeten ziemlich schnell in einer Sprache, die ich nicht verstand.

»Italienische Tunnelbauarbeiter«, klärte uns der Fahrer auf, als er losfuhr. »Die sind für den Aufzugsschacht zuständig. Alles Spezialisten. Trotzdem, ein paar von ihnen hat es schon erwischt«, rief er gegen den Lärm des Motors an.

»Wie, erwischt?«, fragte ich bestürzt.

»Hin, tot. Erschlagen, verunglückt. Kein Wunder, bei dem Zeitdruck, unter dem sie den Bau des Zugangsstollens und des Aufzugschachts vorantreiben mussten.« Er zog an seiner Zigarette, die ihm im Mundwinkel klebte. »Aber Bormann«, fügte er vergnügt hinzu, »dem ist das egal! Hauptsache, er kann dem Führer bald persönlich den Schlüssel zum Kehlsteinhaus überreichen.« Er warf den Kopf zurück und lachte grimmig.

Franz bedachte ihn mit einem verächtlichen Blick. Ich sah geradeaus und verfolgte den Lauf der Straße. Nach ein paar Serpentinenschleifen hielt der Fahrer auf einem einplanierten Platz an. »Alle aussteigen!«, rief er. Die Italiener sprangen bereits von der Ladefläche.

Vor uns tat sich ein Portal auf, gemauert aus hellem Stein. Darüber ragte eine weit über 100 Meter hohe Felsrippe empor, auf der das Kehlsteinhaus thronte wie ein Adlerhorst in einer Steilwand. In dem Moment, als wir den Tunnel betraten, begann ich, meine Schritte zu zählen. In seinem gesamten Verlauf war er mit akkurat behauenen Natursteinen ausgekleidet, etwa drei Meter hoch und zwei Meter breit. Am Ende kam ich auf eine Länge von 180 Schritten. Dann standen wir in einer Kuppel, die mir schier den Atem nahm. Eine Art Warteraum, der mich an einen römischen Tempel erinnerte. Wir waren jedoch etwa 130 Meter im Berg, und über uns war es ebenso weit bis ans Tageslicht.

»Morgen, Ehrenberg«, schallte es mir entgegen. Von Teltow kam mir froh gelaunt mit ausgestreckter Hand aus einer Tür entgegen. »Und das muss der Kollege sein«, ergänzte er und streckte ihm ebenso die Hand hin.

Franz erstarrte einen Augenblick, schlug die Hacken zusammen und machte eine derart schnelle und tiefe Verbeugung, dass ihm seine Mütze vom Kopf glitt, wobei er die Hand ausstreckte. »Stadler, Franz Stadler. Parteimitglied und Sattler.«

»Jaja«, entgegnete von Teltow und konnte sein Lachen nicht verbergen. »Nicht gleich so überengagiert. Stehen Sie bequem, wir sind ja hier nicht bei der Wehrmacht.«

Franz richtete sich auf, wobei sein Gesicht purpurrot anlief.

»Hier, Ehrenberg. Das ist der Aufzug. Venezianische Spiegel, edelstes Messing. Und die Bänke, die ihr nun ebenso edel bespannen sollt. Das Leder wurde bereits angeliefert.« Er zeigte auf eine Reihe von Ballen mit Füllmaterial und Bündel von Leder, die in dem Warteraum an die Wände gelehnt waren. »Das Teuerste, was am Markt zu haben ist. Macht was draus!« Er legte mir die Hand auf die Schulter. »Für den Führer nur das Beste! Ich will also ein Kunstwerk sehen, meine Herren!«

Als ich den Aufzug betrat, verschlug es mir die Sprache. Die Wände der Kabine waren mit polierten Messingplatten ausgekleidet, in die runde Spiegel eingefasst waren, ähnlich wie Bullaugen in einer Kapitänskajüte. Ein Wandtelefon und eine große Uhr, wie ich sie von Schiffen kannte, bildeten die technische Ausstattung. Die Holzbänke waren filigran gezimmert und warteten darauf, von uns mit Sitzpolstern überzogen zu werden. Alles sollte vom Besten sein. Ich fühlte Bewunderung für diese Perfektion und zugleich Stolz, für diese Aufgabe auserwählt worden zu sein. Also: An die Arbeit, Ehrenberg!

Nach zwei Tagen war ich nur noch frustriert. Egal, welche Arbeit ich Franz übertrug, er beherrschte sie nicht. Ob es das Ausmessen und Übertragen der Maße auf die Lederhäute war, das vorsichtige Ausschneiden der Einzelstücke oder das Festnageln, Vernähen und Nieten. Er war einfach unfähig, auch nur *einen* Arbeitsgang selbstständig und ohne Kontrolle auszuführen. Wenn er ein Polster ausstopfen sollte, so klappte das ebenfalls nicht, hier zu dicht, dort zu wenig Füllmaterial. Und jedes Mal, wenn ich ihn – anfangs noch – geduldig darauf ansprach, prahlte er damit, als Geselle den besten Abschluss in der Tasche zu haben. »Dann pack ihn endlich aus, deinen Abschluss. Das ist eine Katastrophe, was du hier ablieferst, Franz!«, mahnte ich. Es wirkte nicht. Er reagierte wie eine Mimose, die ihre Blätter einzog, und beachtete meine Anweisungen ganz einfach nicht mehr.

Am dritten Tag besuchte uns von Teltow, um den Fortschritt unserer Arbeit zu überprüfen. Er sah sich die linke Bank an, deren Lederarbeiten ich weitgehend allein fertiggestellt hatte, wobei ich akribisch auf jede Naht und jede Niete geachtet hatte, die Franz zuvor falsch angebracht hatte. Nur die Polsterung fehlte noch. »Eine wunderbare Farbe, dieses satte Grün!«, sagte von Teltow.

»Das war eine sehr herausfordernde Arbeit, aber für gute Sattler kein Thema«, prahlte Franz und klopfte sich lachend auf die Brust. Von Teltow sah ihn von oben bis unten an und ging nicht auf seine Worte ein. »Franz, machen Sie doch mal eine kurze Pause, ich habe etwas mit Herrn Ehrenberg zu besprechen«, forderte er ihn stattdessen auf und machte klar, dass er keinen Widerspruch dulden würde. Franz sah ihn enttäuscht an und verließ wortlos den Aufzug.

Von Teltow steckte den Schlüssel ins Schloss, und der Aufzug setzte sich langsam in Bewegung. Gleich darauf sprach mich Teltow auf Franz an. »Und, wie macht er sich?«

Ich berichtete ihm von seiner Unfähigkeit und klagte ihm mein Leid. Halb flüsternd entgegnete er mir: »Vorsicht, Ehrenberg. Der Junge hat eine unschlagbare Rückendeckung. Sein Vater ist Gauleiter in Rosenheim und hat einen direkten Draht zu Bormann. Meine Empfehlung: Legen Sie sich nicht mit ihm an.«

Nach geschätzten 50 Sekunden stoppte der Aufzug. Bei schönstem Wetter standen wir bald auf der Terrasse des Kehlsteinhauses. »Na, Ehrenberg, ist das ein Ausblick?«, fragte er begeistert. »Sehen Sie? Die Watzmann-Ostwand. Die Bänder liegen noch voller Schnee. Aber der wird in den nächsten Tagen wegschmelzen. Es soll wärmer werden.«

»Was hat es eigentlich mit dieser Wand auf sich?«, fragte ich in die Sonne blinzelnd.

Von Teltow wippte kurz und holte tief Luft. »Von unten, von der Eiskapelle aus bis zum Gipfel gemessen, ist die Ostwand die höchste Wand der Ostalpen. Nur wirkliche Könner gehen da durch. Sie ist nicht so schwierig wie andere Wände, aber sie ist verdammt noch mal voller Tücken.«

Fasziniert von dieser wuchtigen Wand stand ich in der Sonne und konnte meinen Blick nicht abwenden.

»Unten befinden sich friedlich der Königssee und die kleine Landzunge mit der Kirche St. Bartolomä. Und darüber mehr als 2.000 Meter Aufstieg. Und die sind voller Gefahren.«

Meine Neugier war geweckt. »Welche Gefahren?«, fragte ich.

»Na ja, ich weiß es auch nur von einem alten Bergsteiger, den ich hier oben mal getroffen habe: Steinschlag, Schneefelder, schlechte Orientierung, nicht einsehbare Wetterstürze, die von Westen in die Wand fallen, Erschöpfung und Konzentrationsfehler. Manche sollen sogar verzweifeln, werden verrückt, kommen nicht mehr weiter, bleiben einfach irgendwo auf einem Felsband sitzen. Und viele, die in diese Wand eingestiegen sind, so sagte er mir, seien nicht zurückgekommen. Hüten Sie sich also davor. Aber Sie sind ja ohnehin kein Bergsteiger«, fügte er lachend hinzu und klopfte mir auf die Schulter. »Was, Ehrenberg?«

Die Herausforderung

Von Teltow hatte mir erzählt, dass es in Berchtesgaden einen veritablen Turn- und Sportverein gab. »Du kannst abends dahin, kein Problem, ich melde dich an, ein Fahrrad bekommst du von mir gestellt«, sagte er. Der Gedanke erfüllte mich mit Vorfreude. Dort würde ich mich abreagieren können. In Berlin war ich in meinem Verein immerhin in der Wettkampfauswahl und hatte einige gute Plätze im Geräteturnen belegt.

Abends schwang ich mich auf von Teltows Fahrrad und radelte zum Turnverein. »Na, dann zeig mal, was du kannst«, forderte mich der Übungsleiter auf. Nachdem mich einige der herumstehenden Burschen gemustert und andere mit dem mich mittlerweile langweilenden Preußenabwatschen gefrotzelt hatten, legte ich los und sprang ans Reck, wo ich eine kurze Kür präsentierte. Nachdem ich auch am Barren gezeigt hatte, was ich draufhatte, spendeten mir die Umstehenden einen anerkennenden Applaus.

»Nicht übel, du bist ein kräftiger Bursche!«, sagte der Übungsleiter. »Reih dich einfach ein. Wir machen einen Zirkel und danach freies Training. Such dir einen Partner aus, mit dem du trainieren kannst.« Er sah sich kurz um. »Hier, Heini ist noch frei, der sucht jemanden.« Ein leises Lachen ertönte aus der Riege der jungen Sportler. »Heini sucht eigentlich immer einen Partner, stimmt's, Heini?«, fügte der Übungsleiter mit sarkastischem Unterton hinzu.

Heini trat einen Schritt vor und nickte. »Jawoll, Herr Übungsleiter!«, antwortete er kleinlaut.

Heini erwies sich als ehrgeiziger Turner, und er war ein fairer Partner. Er feuerte mich an, wenn ich mich an eine neue Herausforderung wagte, und er konnte sich mit mir freuen, wenn ich es geschafft hatte. Umgekehrt war es ähnlich. Wir freundeten uns schnell an.

Nach drei weiteren Tagen, an denen die Polsterarbeiten dank meiner akribischen Arbeit weit vorangeschritten waren, lud Heini mich nach dem abendlichen Training in das nahe gelegene Berchtesgadener Hofbräuhaus ein. Wir bestellten jeder eine Mass und prosteten uns zu. »Sag mal, Paul, bist du an einer neuen sportlichen Herausforderung interessiert?«

Ich trank einen Schluck und antwortete: »Nun, eigentlich immer, aber welcher Art?«

»Bergsteigen. Bist du schon mal auf einem Gipfel gewesen?«, fragte Heini mit glühendem Blick.

»Aufm Müggelberg, 114 Meter, höchster Berg in Berlin, da kannst du mit dem Kinderwagen hoch«, antwortete ich lachend. »Ich hab absolut keine Ahnung vom Bergsteigen.«

»Du bist ein ungewöhnlich starker Athlet, du hast Mut und du hast eine aufrechte Haltung. Mehr brauchst du nicht. Bist du schwindelfrei?«, fragte Heini.

»Ja, das bin ich wohl. Ich hab schon mehrfach auf hohen Dächern gearbeitet, mit meinem Kumpel Rolf, er ist Dachdecker. Da hatte ich nie irgendwelche Probleme.« Ich trank einen Schluck und sah meinem Gegenüber tief in die Augen. »Von welchem Berg sprichst du, Heini?«

»Vom Watzmann.«

Schlagartig wurde mir anders. Der Watzmann, eine ernst zu nehmende Unternehmung, das hatte ich bereits mehrfach gehört. »Der Watzmann?«, brach es aus mir hervor, und ich grinste ungläubig.

»Ja, die Watzmann-Ostwand, die höchste Felswand zwischen Bodensee und Wien.«

Ich war sprachlos. Mein Herz begann zu rasen. Doch tief in mir spürte ich, wie meine berechtigten Befürchtungen und meine aufkommende Begeisterung miteinander rangen. »Bist du denn Bergsteiger?«

»Ja, das bin ich. Und der Watzmann durch die Ostwand war immer mein Traumziel.«

Wir verabredeten uns für den nächsten Tag, einem Samstag, um eine Bootstour über den Königssee bis zur Halbinsel St. Bartholomä zu machen. Von dort aus habe man einen direkten Blick in Wand, hatte Heini vorgeschlagen.

Als ich schließlich bei wolkenlosem Himmel neben der Kirche stand und auf die Gipfelregion des Berges blickte, ließ mich der Gedanke, diese Wand zu durchsteigen, nicht mehr los. Kraft und Ausdauer seien bei mir genug vorhanden, bergsteigerische Erfahrung brachte Heini mit, so dachte ich. Dennoch drängte sich eine Frage auf, die ich ihm schon länger stellen wollte. »Sag mal, Heini«, erkundigte ich mich vorsichtig, den Kopf in den Himmel gereckt, »warum will eigentlich niemand außer mir mit dir trainieren? Oder auch bergsteigen?«

Heini senkte den Kopf. Als würde er mir ein Geständnis machen, brach es aus ihm heraus, verzweifelt fuchtelte er mit den Händen in der Luft herum. »Als ... als Halbjude hab ich es wohl etwas schwer. Niemand will mit mir – weder trainieren noch klettern.«

Ich zuckte zurück. »Halbjude«, flüsterte ich und sah auf die weiße Wand der Kirche, wobei das Wort mir an den Lippen zu kleben schien wie bitterer Schlehensaft.

Heinis Gesicht zeigte mir, wie verzweifelt er war. Er rechnete wohl mit einer weiteren Enttäuschung. Seine Lippen zitterten, seine Augen wurden feucht. »Meine Mutter ist Jüdin. Der Turnverein hätte mich eigentlich schon lange rausgeschmissen, wenn mein Vater nicht ein verdienter Bürger von Berchtesgaden wäre.«

Ich nickte. Irgendetwas in mir sträubte sich gegen den Gedanken, diesen neu gewonnenen Freund so zu behandeln, wie es die anderen taten. Ich beschloss, mich mit ihm in ein Abenteuer stürzen. Er hatte es verdient, zu zeigen, dass er mehr draufhatte als die anderen Gestalten im Verein. »Ich gehe mit dir. Wir gehen in die Wand.«

Heini nickte verhalten. »Das Einzige, was wir noch brauchen, ist eine gute Ausrüstung.«

»Wie«, fragte ich erstaunt, »ich dachte, du hast alles Notwendige?«

»Das Herz, den Mut und den Willen. Alles andere müssen wir noch besorgen, mein Freund.«

Am nächsten Abend saß ich am Küchentisch und fragte den Bauern, ob er sich auskenne mit Bergausrüstung.
»Wozu Bergausrüstung?«, fragte er und hob die Brauen.
Ich setzte mich aufrecht hin. »Watzmann.«
Der Bauer zuckte zusammen und starrte mich wie versteinert an. »Junge, wos wuist am Watzmann?«
»Ostwand, mit einem Freund.«
Die Bäuerin sah kurz auf, blieb aber wortlos.
»Host … äh, hast du einen guten Partner?«
»Ja, er ist sehr geübt«, antwortete ich. »Wie er sagt, ist er ein guter Bergsteiger.«
Der Bauer bohrte nach. »Wer?«
Ich fühlte mich ein wenig unwohl angesichts seiner strengen Augen. »Heini. Heini Hochbrunner.«
»Da Heini?!«, rief der Bauer überrascht. »A guter Bursch«, fügte er anerkennend hinzu. »A wirklich guter Bursch!« Er nickte bekräftigend und sah erst seine Frau, dann mich an. »Eing'wandert, die Mutter.« Der sorgenvolle Blick der Bäuerin schien ihn aufzufordern, nicht weiterzureden. »A Jüdin«, flüsterte der Bauer, indem er sich leicht vorbeugte. Dann richtete er sich wieder auf und fügte hinzu: »Da Heini, a guter Bursch, der kann wos!«
In dem Moment kam Franz durch die Tür. »Hohohoho, Junge, Junge«, tönte er wie elektrisiert, »da hast du dir aber was vorgenommen. Watzmann-Ostwand! Johohohoho!« Nervös biss er sich auf die Unterlippe.
Ich stöhnte und warf ihm einen vorwurfsvollen Blick zu. »Hast du gelauscht?«

Franz ignorierte meine Frage. »Ich hab eine Bergausrüstung. Gute Bergausrüstung. Alles vom Feinsten!«

»Kannst du mir was leihen?«, fragte ich. »Seil, Schuhe, Rucksack, Haken und so?«

Franz zögerte, aber seine Augen leuchteten. »Ich geh mit! Ich kann auch was!«, tönte er schrill und stierte mich, die Bäuerin und den Bauern mit beängstigend funkelnden Augen der Reihe nach an, wobei in seinem vor Erregung zitternden Blick der Makel der Unsicherheit zu liegen schien. »Ja, ich hab alles, mein Vater ist ein großartiger Bergsteiger!«

»Und du?«, fragte ich misstrauisch.

»Ja, ich auch«, prahlte Franz und nickte. »Ich auch! Ich hab viele Berge bestiegen, viele Berge«, er verschluckte sich beinahe, »bestiegen ... viele Berge.«

Der Bauer warf mir einen Blick zu, als wollte er mich warnen. Ich verstand ihn nur zu gut. »Eigentlich wollten wir nur zu zweit ...«, bemerkte ich.

»Nur mit mir, sonst kriegst du keine Ausrüstung, klar?«, rief Franz schneidend. »Nicht ohne mich, nur mit mir!«

Die Wand

Heini war bereits dabei zu packen und kaute an einem Stück Brot, als ich am frühen Morgen in meinem Biwaksack neben der alten Forsthütte aufwachte. Ich hatte kaum geschlafen. Die Kälte war mir durch Mark und Bein gekrochen. Ich robbte aus meinem Biwaksack und klopfte meine erstarrten Muskeln warm.

»Was ist mit ihm?«, fragte Heini und deutete mit dem Kopf auf Franz, der immer noch im Tiefschlaf lag, neben sich eine kleine Flasche Enzianschnaps, die er wohl spät in der Nacht geleert hatte.

Ich weckte Franz, der sich nur widerwillig bewegte. Heini zeigte ihm seine ganze Verachtung, indem er ihn komplett ignorierte. Heini hatte Seil, Biwaksack und andere Gegenstände in seinem Rucksack verstaut, gab mir ein zweites Hanfseil und stiefelte los, ohne auf Franz zu warten.

Ich blickte in den Himmel. »Wird es nicht schlecht da oben?«, fragte ich Heini. »Die Wolken. Sie kommen von Westen.«

»Nur ein paar Eiswolken, das wird schon. Wir müssen zügig vorangehen.«

Nach nur einer Stunde passierten wir die Eiskapelle, das bekannte Gletscherloch am Fuß der eigentlichen Wand. »Wo bleibt der Idiot?«, rief Heini verärgert. »Er hat die Haken und Karabiner in seinem Rucksack. Ohne ihn geht es nicht!«

Nach einer halben Stunde sahen wir Franz, wie er hinter einem Block auf uns zuwankte. Er schien abgekämpft. Als er vor uns stand, setzte er ein zwanghaftes Grinsen auf und keuchte: »Na, Jungs, alles okay?«

»Franz, du bleibst besser hier unten, das schaffst du nicht«, stellte Heini nüchtern fest.

»Was willst du?«, fauchte Franz ihn an. »Ohne mich geht ihr nicht.«

»Du musst niemandem etwas beweisen, Franz. Lass es und gib uns das Material«, versuchte ich es.«

»Wohl seinem Vater«, zischte Heini und legte all seine Abscheu in seine Bemerkung.

Störrisch setzte Franz sich auf einen Felsblock und starrte Heini feindselig an.

»Lass gut sein, Heini«, beschwichtigte ich ihn.

Heini fluchte kurz und setzte seinen Weg fort. In die Wand, die hier begann. Erst war es nicht so schwierig. Nach ein paar Hundert Metern wurde es steiler. Es lagen noch 1.800 Meter über uns. Warum ich ihm weiter folgte, kann ich nicht sagen. Ich vertraute ihm. Und dann nahm das Schicksal seinen Lauf.

Die Erscheinung

Ein Donnergrollen. »Heini, bist du sicher, dass wir weitergehen sollen?«, rief ich, angeseilt und bei guter Verfassung. Wir hatten die halbe Wand hinter uns, es war mittlerweile Nachmittag. Doch Heini war bereits über mir in der Wolke verschwunden, die uns allmählich in der Wand eingehüllt hatte. Nur das untere Ende des Seils, das uns verband, war noch zu sehen. Ab und zu zuckte in einiger Entfernung ein Blitz.

Franz hockte kraftlos neben mir, ihm schlotterten die Knie. »Was macht er da?«, fragte er mit sich überschlagender Stimme. »Was tut er?«

»Ich dachte, du kennst dich aus? Du bist doch Bergsteiger, Franz?«, fragte ich, selbst unsicher angesichts des dichter werdenden Nebels.

Ich hörte ein paar Hammerschläge, dumpf, dann singend. Heini hatte einen Haken fixiert. »Stand«, rief er von oben herab, gedämpft von der Wolke, die uns umgab. Ich stieg weiter, während Franz völlig erschöpft sitzen blieb und mit irre aufgerissenen Augen am ganzen Körper zitterte. »Franz, du kannst hier nicht sitzen bleiben. Komm weiter, es ist doch gar nicht schwierig hier.«

Franz starrte mich mit hohlem Blick an, bleich im Gesicht, er schien um Jahre gealtert. Ein Schauer überlief meinen Rücken.

So ging es noch 200 Höhenmeter weiter. Franz' Kondition war am Boden, seine zunehmende Furcht spiegelte sich in seinem Blick, ich spürte, dass der Wahnsinn an ihm fraß. »Himmel, ich muss hier raus!«, presste er durch zusammengebissene Zähne, vor Angst nahezu gelähmt.

»Halt die Klappe, Franz, es geht nur nach oben!«, herrschte Heini ihn an.

In dem Moment öffnete sich der Himmel. Ein Wolkenbruch verwandelte die Wand in einen Wasserfall. Wir pressten uns an den Fels und konnten nur abwarten, bis sich das Wetter wieder änderte. Durchnässt und frierend kauerten wir uns aneinander. Franz und ich standen auf einem schmalen Band, gesichert und verbunden durch ein Seil, während Heini neben Franz an einem Haken hing. Der Regen ging allmählich in Schnee über, brachte Kälte und Frost. So standen wir mehr als eine Stunde. Franz zitterte und fletschte die Zähne. »Ich bring dich um!«, krächzte er plötzlich, heiser und anscheinend dem Wahnsinn vollkommen verfallen. »Du Teufel, du jüdischer Teufel!«, brüllte er besessen und schlug Heini mitten ins Gesicht. Heini klammerte sich an das Seil, mit dem er am Haken gesichert war. Bevor ich Franz bändigen konnte, schlug dieser unter höllischen Flüchen weiter auf Heini ein.

»Bist du verrückt?«, herrschte ich ihn an und versuchte, ihn zurückzuhalten. »Wenn uns einer hier rausholen kann, dann Heini. Nimm dich …« Franz rammte seinen Ellbogen gegen mein Kinn. Ich fasste in mein Gesicht, spürte Blut in meiner Hand. Er packte seinen Felshammer und schlug auf das am Fels anliegende Hanfseil ein, an dem

Heini hing. Ich trommelte mit der Faust auf seinen Rücken, doch Franz hämmerte weiter. Heini versuchte, sich zu wehren, doch er rutschte auf dem frisch gefallenen Schnee ab, seine Füße baumelten für kurze Zeit in der Luft. Ein letzter Schlag mit dem Hammer, ein weiterer kehliger Fluch, und Heini schrie ein letztes »Nein!«, bevor er unter uns im Abgrund der Wand verschwand.

Ich starrte Franz fassungslos an, der mit weit aufgerissenen Augen und einem diabolischen Grinsen neben mir stand, immer noch den Hammer in der Hand. Heftig hin und her zuckend horchte er dem fallenden Heini hinterher. Das dumpfe Geräusch eines aufschlagenden Körpers drang aus weiter Ferne an mein Ohr.

Was ich gerade erlebte, schien mir für einen Augenblick die Stimme zu nehmen. »Du Irrer«, plärrte ich Franz aus wunder Kehle an, als ich wieder dazu in der Lage war. »Was hast du getan?«

»Ich hab uns erlöööööst«, keifte er und warf Heini einen Stein hinterher wie ein böses Kind. »Ich führe dich. Ich führe dich! Ich bin dein Füüüührer!«, heulte er vom Wahnsinn getrieben.

Wie hatte ich mich bloß darauf einlassen können, ihn mitzunehmen? Nun stand ich hier, tausend Meter Wand unter mir und nahezu ebenso viel über mir. Mit einem irren Mörder durch ein Seil verbunden. Ich musste mich von ihm lösen. Einige Meter rechts neben mir war so etwas wie ein kleiner Platz, auf dem ich sitzen konnte. Ich befreite meinen Körper von den beiden Seilen und querte auf dem Felsband zehn Schritte nach rechts. Als ich mich setzte, schrie Franz mich an. »Willst du mir nicht folgen? Bist du zu feige, mir zu folgen? Ich kann das!«, wütete er. »Ich kann das guuuut! Besser als ... als dein Heiniiiii.«

»Nein!«, schrie ich aus Leibeskräften. »Du schaffst das nicht, Franz. Du kannst das nicht! Wir sind verloren!«

»Du, du …« Franz schäumte vor Wut.

»Du hast meinen Freund umgebracht!« Zitternd vor Angst kroch ich näher an den Fels und presste die Arme um meine Beine. Was sollte ich bloß tun? Ich war noch nie in einer derart aussichtslosen Lage gefangen gewesen. Kurz schluchzte ich tief und verzweifelt.

Die Wolke, in der wir steckten, begann sich allmählich aufzulösen. Die Luft war jetzt klar und rein. Abseits gegenüber, auf seiner Felsrippe thronend, glaubte ich zwischen den zerfetzten Nebelbänken das Kehlsteinhaus zu erkennen. Es schien in der Nachmittagssonne zu funkeln. Dann folgte ein harter Schlag gegen meinen Kopf. Franz stand über mich gebeugt und hielt einen Stein in der Hand, Blut rann unter dem Filzhut über mein Gesicht. Sein Antlitz triefte vor Hass. »Willst du mir nicht folgen?«, fragte er mit zusammengebissenen Zähnen und voller Zorn. Als er zu einem zweiten Schlag ausholen wollte, trat ich ihm gegen das Schienbein. Überrascht und mit weit aufgerissenen Augen kippte er zur Seite und pendelte ins Seil, das an dem Haken hing, den Heini geschlagen hatte. Weit unter mir im Seil hängend, gefangen in der Wand, jammerte er leise vor sich hin, stammelte meinen Namen. Doch ich konnte und wollte ihm nicht helfen.

Ich legte den Kopf weit in den Nacken, um den höllischen Schmerz vom Schlag mit dem Stein einzudämmen, und blickte nach oben. Mir wurde schummerig. Das Letzte, was ich in meinem Dämmerzustand wahrnahm, war diese gewaltige Erscheinung über mir. Glühende, riesige Augen, ein sich immer wieder öffnender Rachen. Der böse König, der sein Volk verraten und geschunden hatte … Der böse

König, böse König ... Mein Blick trübte sich. Watzmann lachte mich aus, hämisch, herzlos. Sein Antlitz pulsierte, kam näher, entfernte sich. Dunkle glatte Haare, messerscharfer Scheitel, quadratischer schwarzer Schnurrbart unter der Nase. »Losss, Ehrenbärrrg, mache er mir ein Kunstwerrrk, aus grrrünem Ledärrrr. Gerrrade rrrecht fürrr meine treue Gästescharrr, hört ärrr, Ehrenbärrrg ... Ehrenbärrrg ... Eeeehrenbärrrg ...«

*

»Olle drei tot«, sagte der Bauer, als er vor von Teltow stand.

»Alle drei?«, fragte von Teltow sichtlich betroffen und setzte sich. »Auch Ehrenberg?«

Der Bauer nickte. »Jo, hab's alle drei in der Wand g'funden. Aner obg'stürzt, aner hing am Seil, und der Paul Ehrenberg«, schilderte der Bauer und senkte den Kopf, »is dafrorn.«

Von Teltow nickte. »Schade um den Jungen, er war ein guter Handwerker. Konntest du ihn bergen?«

Der Bauer schüttelte den Kopf und sah betroffen zu Boden. »Z'weit drauß'n. Auf am winzigen Felsband g'hockt is er.«

Teltow sah ihn lange an. »Wer soll nun bloß den Aufzug fertig gestalten? Ich hab ihn noch gewarnt«, fügte er leise hinzu und schüttelte den Kopf. Nach einer langen Pause fragte er: »Wie oft warst du in der Wand, Bauer?«

»I hob's nie gezählt«.

Als der Bauer die Hochalm erreichte, saß seine Frau auf einem Schemel vor der Hütte und melkte eine kräftige Kuh, die ein Büschel Gras zermalmte. »Guad heuer, 's Gras?«, fragte er.

Die Bäuerin sah kurz auf und nickte. »Guad heuer.« Dann wandte sie sich der Kuh zu, als suchte sie die Bestätigung des Tiers, und melkte weiter.

»Wo?«, fragte der Bauer.

Ohne den Blick zu heben, deutete sie mit dem Kopf zur Seite. Er lehnte seinen Stock an den Tisch, trank einen kräftigen Schluck Milch und ging hinter die Hütte, wo sich der Stall befand.

Der Mann, einen einfachen Filzhut auf dem Haupt, war gerade dabei, das Zaumzeug eines Haflingers zu reparieren. Als der Bauer kurz pfiff, hob er den Kopf. »Fürs Pferdl«, sagte der Bauer anerkennend.

Der Mann nickte und lächelte, Blessuren im Gesicht und einen Verband um die Stirn, der unter dem Hut hervorlugte.

»Besser?«, fragte der Bauer.

»Besser.« Er blinzelte in die Sonne. »Sag, Bauer, wie hast du das bloß geschafft?«

Der Bauer grinste. »I kenn a jeden Stoa da ob'n. Und du host di jo, Gott sei Dank, net allzu bled aufg'führt beim Obseiln.«

»Bin ich hier … sicher?«, fragte er, presste beschämt die Lippen zusammen und sah zur Seite.

Der Bauer grinste. »Do bei uns …«, fügte er hinzu, »do find di koaner!«

»So lange, bis alles vorbei ist?«

Erneut nickte der Bauer. »Wennst fleißig bist und oarbeitst. Kann a Weil dauern.«

»Ich tu mein Bestes! Versprochen.«

»Host koa Frau ned?«

Er schüttelte den Kopf. »Nein.« Dann sah er hinauf zum Gipfel. »Bauer, der böse König, ich hab ihn gesehen.

Dort oben. Ganz oben.« Kurz stockte er. »Sein Haar war nicht mehr weiß … und sein Bart auch nicht. Ich weiß jetzt, welche Fratze sich seiner bemächtigt hat.« Langsam wandte er sich dem Bauern zu und fragte: »Darf ich wirklich bei euch bleiben?«

Der Bauer lächelte und legte ihm die Hand auf den Arm. »Woaßt, a Leb'n, des ma oamoi g'rettet hat, des lasst ma ned oafach so ziang. Vor allem ned, wenn eam die Wahrheit begegnet is …«

LETZTE NOVEMBERNACHT

VON HILDE ARTMEIER

Die Königliche Villa, in der heute das Landesamt für Denkmalpflege angesiedelt ist, befindet sich in einem östlichen Stadtteil Regensburgs. An englischen Vorbildern orientiert, wurde das Gebäude Mitte des 19. Jahrhunderts im Baustil des »Gothic Revival« als Sommerresidenz für König Maximilian II. errichtet, der diese jedoch kaum nutzte. In dem die Villa umgebenden Park liegt der sogenannte Anatomie- oder Pulverturm. Er war Teil der mittelalterlichen Stadtbefestigung, wurde während der Türkenkriege im 16. Jahrhundert für die Lagerung von Schwarzpulver verwendet und im 18. Jahrhundert zum »Theatrum Anatomicum« umgestaltet, das der damaligen Ärzteschaft für medizinische Sektionen von hingerichteten Verbrechern diente. Auf dem direkt an der Donau gelegenen und nachts sehr schaurigen Gelände spukte es angeblich fast bis zum Ende des 20. Jahrhunderts.

Irgendwann bringe ich dich um.

Tausend-, nein Millionen Mal hat Louise diesen Satz schon gedacht.

Doch wie soll sie ihn jemals in die Tat umsetzen?

Hilflos starrt sie auf das nur aus Glitzer und paradiesvogelbunten Fäden bestehende Etwas, das Marie achtlos vor dem Bett hat fallen lassen. Noch immer duftet das kurze, halb durchsichtige Kleidchen nach Maries viel zu üppigem Parfüm. Daneben liegen die Stilettos und ihre Spitzenunterwäsche, alles in schreiendem, unanständigem Rot.

Es ist so einfach, hört Louise Marie sagen, mit dieser verächtlich-triumphierenden Stimme, die sie fast besser kennt als ihre eigene. *Ein geiles Outfit, ein aufreizender Blick, meine hübschen Pillchen, und schon liegen sie mir zu Füßen ...*

Louise will nicht wissen, wo Marie sich in der vergangenen Nacht herumgetrieben hat, mit wem und mit wie vielen. Es hat sowieso keinen Sinn, ihr ins Gewissen zu reden. Wie immer nach ihren Exzessen hat sie sich auch heute wieder einmal aus dem Staub gemacht und Louise das Aufräumen überlassen.

Louise, die trotz des fortgeschrittenen Vormittags immer noch im Morgenmantel steckt, bückt sich, stöhnend und mit wunden Gliedern, jeder Muskel schmerzt sie. Sorgsam stellt sie die High Heels in den Schrank, hebt das flimmrige Kleid auf. Als sie sich wieder aufrichtet, überfällt sie der altbekannte Schwindel.

Schwer atmend setzt sie sich aufs Bett, spürt die Übelkeit im Magen, auf die sie schon gewartet hat, und die Kälte, die ihren Körper lähmt. Sie wischt sich den Schweiß von der Stirn, vermeidet den Blick in den Spiegel, der übergroß an der gegenüberliegenden Wand hängt, schaut stattdessen hinaus zur Königlichen Villa. Im Licht dieses hellen und ungewöhnlich milden Tages Ende Oktober wirkt sie majestätisch, ihre schmucken Erker, hohen Giebel und zinnenbewehrten Türmchen sind eine Pracht. An nebeligen

Tagen jedoch und besonders auch nachts scheinen dunkle Schemen aus dem alten Gemäuer zu kriechen.

Schon als Kind hasste Louise Spiegel, hatte Angst vor dem, was sie darin sah. Im Gegensatz zu Marie, die sich nie sattsehen konnte an ihrem eigenen Bild, sich drehte und wendete, die wilden kastanienroten Locken zu atemberaubenden Türmen drapierte und das anmutige Gesicht hinter lauten Farben versteckte. Überall im Haus hängen Spiegel. Große und kleine, quadratische und runde, in goldenen Barockrahmen oder schmucklosen Fassungen, von schlichtem Ebenholz umgeben oder nur als glänzende Splitter an den Wänden verstreut. Jeder einzelne ist ein weiterer der unzähligen Streitpunkte zwischen Louise und Marie.

Dieses Mal ist der Schwindel besonders hartnäckig. Es dauert lange, bis er ganz verschwindet, sich auch der Schüttelfrost endlich legt. Aber Louise hat Geduld. Louise hat Zeit. Heute ist Sonntag, und wie immer gibt es nichts, das auf sie warten würde. Im Gegensatz zu Marie muss sie nicht ständig dem Leben hinterherjagen, das ihr schon vor Langem entglitten ist.

Später wird sie sich vielleicht noch drüben im Villapark in die Sonne setzen, auf die Holzbank vor dem Anatomieturm, und die Farbenpracht der alten Bäume bewundern. Ihr graut schon vor dem nahenden November, sie muss das Licht und die Wärme unbedingt noch auskosten. Vielleicht kann sie Marie ja davon überzeugen, sie zu begleiten. Miteinander durch den Park zu schlendern, ist das Einzige, das sie noch verbindet. Auch wenn Marie dort lieber erst nach Sonnenuntergang herumstromert, wenn die Schatten wachsen.

»Darf es sonst noch was sein, Frau Hofer?«, fragt Marie am nächsten Freitag liebenswürdig und tippt die drei Posten in die Kasse.

»Danke.« Mit ihren krummen Gichtfingern fummelt die Alte aus der Reichsstraße einen Zwanziger aus dem abgeschabten Portemonnaie. »Bei Ihrem Umbau demnächst, da haben Sie aber schon geöffnet?«

»Aber natürlich, Frau Hofer.« Mit unbeirrbarem Lächeln reicht Marie ihr das Wechselgeld und steckt die Medikamentenschachtel in eine Papiertüte. »Bis Dezember ist alles fertig.«

»Meinen Sie? Wo die Handwerker heutzutage doch nie pünktlich sind, und in Ihrer Familie läuft's doch nie ...«

»Sie haben ja recht, aber das wird bestimmt trotzdem alles wunderbar klappen«, unterbricht Marie sie betont unbekümmert.

»Ein Riesenradau wird es vor allem werden, und der ganze Dreck.« Mit missmutiger Miene packt die alte Hexe ihre Tüte. »Dieses Kleid, Frau König, steht Ihnen übrigens viel besser als das fade braune neulich. Auch wenn die Farbe arg auffallend ist.«

Auf die Spitze geht Marie nicht ein, ihr Lächeln ist dieses Mal jedoch echt. Das blütengelbe Designerkleid, das so gar nicht zum Novembergrau draußen passen will, hat sie ein Vermögen gekostet. Louise wollte von der neuen Anschaffung natürlich wieder mal nichts wissen und trauert immer noch dem schlammbraunen Sack nach, den Marie inzwischen in die Altkleidersammlung gegeben hat. Louise hat Angst vor allem, was das Leben zu bieten hat. Nicht nur bei der Kleidung.

Die Alte humpelt zur Tür. Trotz Warteschlange begleitet Marie sie zuvorkommend, erkundigt sich nach ihrem

Enkelsohn, der es klug gemacht hat und aus dem miefigen Regensburg weggezogen ist, wo jeder jeden kennt, wünscht ihr sogar noch einen schönen Tag. Schließlich ist Kundenbindung – neben einem luftigen, modernen Verkaufsraum – das Wichtigste in ihrer Branche.

Zurück am Tresen, nimmt Marie das Rezept des nächsten Kunden entgegen und zeigt der neuen PTA, in welchem der Holzschübe sie die Herzinsuffizienzpräparate findet. Aus den Augenwinkeln sieht sie, wie die Hoferin vor der Ladentür stehen bleibt und der ebenfalls betagten und genauso nervigen Frau Prechtinger aus der Ostengasse winkt, die ihren Rollator näher schiebt. Mit halb unheilschwangerer, halb sensationslüsterner Miene stecken die beiden die Köpfe zusammen, während sie abwechselnd auf die Apotheke und die Königliche Villa deuten, über der die Wolken hängen, aschgrau und drohend tief.

Marie weiß, worüber sie tuscheln. Dass bei dem Umbau alles schiefgehen wird, was nur schiefgehen kann. Schließlich war die Familie König schon immer vom Unglück verfolgt. Der mysteriöse Tod des Großvaters, die Misere der Mutter, später das Elend des Vaters, außerdem das ganz persönliche Drama der jungen Apothekerin, aber mit der Liebe ist es ja immer so eine Sache …

»Ist es denn ein Wunder?«, wird die eine alte Schachtel der anderen zuflüstern. »Wer im Bannkreis der Gruselvilla lebt, wo die bösen Geister umgehen …« – »So ist es«, wird die andere raunen und die Augen verdrehen. »Die haben es sich selbst zuzuschreiben, wenn eine Katastrophe die nächste jagt. Ich würde hier nicht mein Lebtag lang wohnen und arbeiten wollen.«

Marie drückt die Schublade zu, die sich nur mit einem hässlichen Quietschen schließen lässt, und denkt nicht mehr an die zwei Lästermäuler, sondern an den neuen Verkaufsraum. Dieser düstere, mit altem Plunder vollgestopfte Laden, den der Vater auch nach dem Rückzug der Mutter aus dem Geschäft nie renovieren ließ, hat längst ausgedient. Die Konkurrenz wächst mit jedem Tag, auch bei einer so alteingesessenen Apotheke wie dieser. Demnächst soll sogar in der Ostengasse eine eröffnet werden, nur wenige Meter entfernt, dabei gibt es ja schon zwei in fußläufiger Nähe.

Auch Louise wird sich daran gewöhnen, denkt Marie, die im Gegensatz zu ihr stets nach vorne schaut, während sie mechanisch Rezepte abstempelt und die Dosierung der Medikamente erklärt. Ebenso wie an alles andere, was sich bald verändern wird. Verändern muss. Lange hält sie die Enge hier nicht mehr aus. Besonders die in den Köpfen der Leute, ihren Blicken und Worten. Und im Grunde ihres Herzens empfindet Louise es doch genauso.

Irgendwann wird Marie sie überzeugen. So wie sonst.

Schon als Kind siegte am Ende immer Marie. Dem Vater gefiel das nicht. Stets bevorzugte er Louise – die Kluge, so besonnen und ruhig, ein Vorbild – und spornte die kleine Marie damit zu immer noch übermütigeren Streichen an. Wenn sie dann aus dem Villapark, wo sie sich so gern versteckte, nach Hause kam – wieder einmal zu spät und wie immer viel zu laut und zu wild –, durfte sie erst recht nicht auf seinen Schoß für das beliebte Hoppe-hoppe-Reiter-Spiel. Im Gegensatz zu Louise natürlich, die stets alles richtig machte. Der Schmerz saß so tief in Maries Fleisch, dass sie den Stachel irgendwann nicht mehr aus eigener Kraft herausziehen konnte.

Heute springt Marie jedem Mann auf den Schoß, der ihr gefällt, und jeder liebt es, wenn sie laut und wild ist. Im

Zweifelsfall hilft sie mit ihren kleinen Pillen nach. Sie liegen in dem bunten Döschen, ganz hinten in der stets verschlossenen Schublade, zu der nur sie den Schlüssel hat. Auch letzten Samstag, als sie spätabends in München auf Tour ging, hatte sie ihre Traumbonbons dabei. Den beiden Typen, die ihr in diesem geilen Klub einen Sex on the Beach nach dem anderen spendierten, schenkte sie je eine, die restlichen zwei schluckte sie selbst. Die Orgie danach war bombastisch.

Das Zeug wird dich noch umbringen, hört sie Louises vorwurfsvolle Stimme, *irgendwann bringst du dich wirklich damit um. Und mich dazu. Wie soll ich denn ohne dich leben?*

»Der Herr Bergmann ist am Apparat«, unterbricht die zweite PTA, die schon seit Jahren hier arbeitet und gerade von hinten kommt, Maries Gedanken.

»Schon wieder?« Seufzend nimmt sie den Telefonhörer, den die Mitarbeiterin ihr entgegenhält, und begrüßt den Anrufer mit schnurrender Stimme.

Von: hplank@bauen-plank.de
Datum: 6.11.2023 10:19
Re: Baubeginn am 13.11.2018, Objekt Villastraße 9, 93055 Regensburg
An: info@apotheke-koenig.de

Sehr geehrte Frau König,

nachfolgend zur Begehung am 20.10.23 bestätigen wir folgende zusätzliche Bauarbeiten beim o. a. Objekt:

- *Sanierung aller vorhandenen und Installation neuer Sanitäreinrichtungen, 1. + 2. OG*
- *Installation sämtlicher Küchenanschlüsse im 2. OG*
- *Erneuerung bzw. Austausch aller Fußbodenbeläge, 1. + 2. OG*
- *Verputzen und Streichen sämtlicher Wände, 1. + 2. OG*

Wir bedanken uns für Ihren Auftrag.

Mit freundlichen Grüßen

Helmut Plank
Bauen Plank GmbH, Regensburg

Zitternd legt Louise die ausgedruckte Mail zurück in die Schublade des alten Sekretärs in der Bibliothek, starrt vor sich hin, sekundenlang. Nun hat Marie ihre Drohung also doch wahr gemacht.

Mit Tränen in den Augen lässt Louise ihre Finger über die fein gedrechselten Säulen des noch von Hand geschnitzten Sekretärs gleiten, spürt das glatte Nussbaumholz, die mit Perlmuttintarsien verzierte Schreibfläche. Das Möbelstück ist ein Werk ihres Urgroßvaters, einem Kunstschreiner. In diesem Haus zog er seinen Sohn Ludwig groß, ihren Großvater, finanzierte ihm das Pharmazie-Studium in München, richtete ihm im Erdgeschoss die Apotheke ein, die dieser bis zu seinem plötzlichen Tod führte. Danach ging das Erbe an Louises Mutter – auch sie hatte sich für die Pharmazie entschieden –, und selbstverständlich setzte Louise die Familientradition fort. Sie ist ebenfalls Apothekerin, und wie die verstorbene Mutter wird auch sie erst dann von hier weggehen, wenn es keine andere Möglichkeit mehr gibt.

Abends saßen die Eltern oft in der Bibliothek. Die Mutter am Sekretär mit einem Stapel Rechnungen, der Vater im Ohrensessel vor dem offenen Kamin, den Blick auf den nachtdunklen Villapark gerichtet, durch den der Wind heulte, als wäre er eines der Gespenster, die dort umgehen sollen.

Noch heute hört Louise den Vater mit seiner tiefen, ruhigen Stimme sprechen. Wenn sie unter den knorrigen Eichen oder dem einzigen Birnbaum im eigenen Garten Kräuter für die Apotheke sammelten. Wenn er ihr, auf der Sitzbank vor dem Anatomicturm, von der Zeit erzählte, als dort die Leichen enthaupteter Verbrecher seziert wurden. Wie genau der sezierende Arzt sein Skalpell setzte, wie aufmerksam die Zuschauer auf der kreisförmig angeordneten Tribüne des Saals jeden seiner Schnitte verfolgten, wie man die Sekrete der Verstorbenen später in der Donau entsorgte. Die Geschichten aus früheren Jahrhunderten faszinierten Louise so sehr, dass sie schon als Kind Ärztin werden wollte. Als junge Erwachsene beugte sie sich dann aber dem ungeschriebenen Gesetz der Apothekerdynastie und studierte nicht Medizin, sondern Pharmazie.

An jenem Abend, als sie draußen an der Tür abwechselnd Ohr und Auge gegen das Schlüsselloch presste, im Nachthemd und mit nackten Füßen, und der Vater auf die Mutter einredete, klang seine Stimme jedoch nicht so entspannt wie sonst.

»Die Kleine hört nie zu«, beschwerte er sich aufgebracht. »Und dabei habe ich ihr am Morgen doch noch eingeschärft, dass sie den Hasenstall auf keinen Fall öffnen darf.

War ja klar, dass Max und Moritz bei der ersten Gelegenheit rausspringen.«

Marie, dachte Louise, und ihr viel zu laut hämmerndes Herz beruhigte sich auf einen Schlag. Sie reden nicht von mir, sondern von Marie.

»Ausgerechnet dann muss der Lieferwagen vom Eberbach daherkommen ... Das viele Blut, heilige Mutter Gottes.« Der Vater seufzte tief. »Und später hat sie Rotz und Wasser geheult, weil sie ihre Kuschelhasen nicht mehr zum Spielen hatte.«

»Was soll's, die Viecher waren ohnehin schon zu alt zum Schlachten«, sagte die Mutter nur und sortierte mit sparsamen Bewegungen ihre Unterlagen.

Der Vater aber machte ein bedrücktes Gesicht. »Manchmal denke ich, mit dem Kind stimmt was nicht. Du weißt ja, wie die Leute reden, Barbara, und dein Vater war vielleicht doch ...«

»Siehst du jetzt auch schon überall Gespenster?«, unterbrach sie ihn und lachte abfällig. »Denkst du etwa, dass die Geister der Hingerichteten unsere Familie heimsuchen?«

»Wie kannst du nur so etwas sagen?« Er schnaubte, bekreuzigte sich aber dennoch. »Aber vielleicht sollten wir die Kleine trotzdem mal von Doktor Weber untersuchen lassen.«

Die Mutter wollte nichts davon wissen. Wenn sie mit dem Kind den Hausarzt konsultierten, werde sich das erst recht herumsprechen, argumentierte sie. Bei der Kundschaft, den Nachbarn, in der ganzen Stadt. Nach dem tragischen Ende ihres Vaters sei es wirklich ratsam, wenn die Königs nicht noch mehr ...

Der Rest ihres Satzes war so leise, dass Louise nichts mehr verstehen konnte. Und gleichgültig, wie lange sie darüber nachdachte, sie begriff einfach nicht, was die Mutter umtrieb.

Heute aber weiß Louise, wie Geschichten entstehen. Was Gerüchte bewirken können. Wie die Furcht vor dem Übersinnlichen die Geschicke der Menschen lenkt. Wenn etwa das Auto nachts wieder nicht vor dem Haus steht, wenn Marie auf Beutefang ist und erst in den frühen Morgenstunden nach Hause kommt – nach solchen Nächten hat sogar sie selbst Angst davor, wozu das noch führen mag. Schwer lasten dann die fragenden Blicke der Kunden auf ihr, die versteckten Andeutungen, das Getuschel in der Nachbarschaft. Und ihre stets unterschwellige Sorge, dass eines Tages deshalb die Kundschaft wegbleiben und der Umsatz in der Apotheke einbrechen könne, treibt die wildesten Blüten.

Alle sind schließlich der Meinung, es liege ein Fluch auf der Familie. Der Fluch der Königlichen Villa und der ruhelosen Toten aus dem Anatomieturm. Und wer weiß, denkt Louise, als sie zum Fenster wankt. Vielleicht haben sie ja recht …

Sie sieht hinunter in den von nur wenigen Lämpchen erhellten Garten, in dem schon lange keine Kräuter mehr wachsen. Auf dem toten Gras vor dem verdorrten Birnbaum liegen die ersten weißen Flocken. Novemberschnee. »Der erste Schnee«, hat der Vater oft gesagt, »ist immer der schönste.«

Louise will hier nicht weg. In jedem Winkel, in jeder Ecke lebt ihre Vergangenheit. Und das alte Haus hütet treu alle ihre und Maries Geheimnisse.

Sie wendet sich um, vermeidet dabei den Blick in den Wandspiegel, den Marie zwischen Tür und Sekretär gehängt hat, knipst das Licht aus und geht mit schleppenden Schritten zur Treppe. Der Notartermin in München rückt unaufhaltsam näher, morgen ist es schon so weit. Vielleicht kann sie Marie diesen dummen, diesen absurden Plan doch noch ausreden.

Langsam steigt Louise die knarrenden Stufen in den zweiten Stock hinauf, hält sich an der Brüstung fest, die so breit ist, dass man wie vor 25 Jahren darauf hinunterrutschen könnte. Was für ein Spaß, was für ein Getöse, wie unbeschwert klang damals übermütiges Kinderlachen durch das riesige Haus. Jetzt ist alles still. Totenstill. Nur die Standuhr unten neben dem Kamin schlägt zwölfmal dumpf.

Geisterstunde.

Ob drüben in der Königlichen Villa jetzt die Toten erwachen? Ob die kopflosen, blutigen Leiber ihr Unwesen im Anatomieturm treiben? Wenn sie heute wieder einmal nicht schlafen kann, wird sie Ausschau nach ihnen halten.

Sie denkt an die Zeit, als sie Daniel kennenlernte, der auch schon lange tot ist. Er war ihre erste und einzige Liebe. Damals war ihr Leben voller Versprechen, Sehnsüchte, Träume. Als sie Marie von der geplanten Verlobung erzählte, mit vibrierender Stimme und leuchtenden Augen, erntete sie nur höhnisches Gelächter. Aber dennoch weiß Louise, dass es den Himmel gibt. Schließlich hat sie ein Stück davon gesehen. Seither hat sie keine Angst mehr vorm Sterben.

Hoch erhobenen Hauptes betritt Marie am nächsten Nachmittag das Notariat in der Münchner Maxvorstadt. Louise ist ihr gleichgültig. Soll sie sich im Auto verkriechen, wo sie während der ganzen Fahrt hierher diskutiert haben, so endlos und fruchtlos wie immer, soll sie dem Termin beiwohnen, völlig egal. Zwischen ihnen gibt es nichts mehr zu reden. Sie haben genug geredet.

»Dass das alte Haus viel zu groß ist, weißt du so gut wie ich, Louise, und mit den Eigentumswohnungen können wir das Penthouse viel besser finanzieren. Außerdem ist es preisgünstiger und unkomplizierter, wenn wir alles in einem Rutsch machen. Und nicht erst den Laden und bald darauf den ganzen Rest.«

»Aber, Marie, einem kompletten Umbau habe ich nie zugestimmt! Wo sollen wir denn wohnen, wenn wir wirklich von zu Hause weggehen?«

»In unserem neuen Penthouse in Schwabing, wo sonst?«

»Ich will aber nicht jeden Morgen zur Apotheke nach Regensburg pendeln und abends wieder zurück – das sind mindestens anderthalb Stunden auf der Autobahn ...«

»Und ich will mein Leben endlich so leben, wie ich es will! Ich bin nur einmal jung, verdammt noch mal! Ich will mir nicht ständig von dir anhören müssen, was die Nachbarn denken könnten, die Kunden, die dummen ...«

»Du weißt doch, dass der Bergmann die Eigentumswohnungen nur mit dem Garten kauft und dass das nicht geht. Wir können hier nicht weg, Marie.«

»Aber Hierbleiben kommt erst recht nicht infrage, ich gehe hier noch kaputt – Schluss jetzt!«

Der Notar, ein smarter Mittvierziger im anthrazitfarbenen Zweireiher, begrüßt Marie mit Handschlag und anerkennendem Blick. Dann stellt er ihr den Noch-Eigentümer des Penthouses vor, der es kaum erwarten kann, bis der Kaufvertrag endlich unterzeichnet ist. Alle setzen sich an einen großen, runden Tisch, der Notar nimmt eine Mappe zur Hand.

Als er daraus vorzulesen beginnt, hat Marie die ewig nörgelnde Louise längst vergessen. Sie ist nur noch ein Schatten.

»Was gibt's denn zu feiern, Louise?«

Erstaunt betrachtet Marie am folgenden Abend den festlich gedeckten Ahorntisch im Speiseraum des alten Hauses. Goldene Deko-Zapfen blitzen auf edlem Brokat, verheißungsvoll flackert der Schein von 100 Kerzen, dazwischen edles Porzellan und Silberbesteck.

Wortlos gießt Louise Champagner in ihren langstieligen Kristallkelch, den sie wie alles andere vorbereitet und mit Sorgfalt an seinen Platz gestellt hat, legt das bunte Döschen daneben und setzt sich auf ihren Polsterstuhl gegenüber dem Spiegel. Riesig ist er, perfekt geschliffen, mit filigranen Blumenornamenten an den Rändern. Er nimmt die komplette Wand vor dem Esstisch ein.

Wie immer vermeidet sie es, ihr Spiegelbild zu betrachten, sieht stattdessen durch das große Fenster hinaus zum verwunschenen Park gegenüber, wo die Königliche Villa und der alte Turm von nächtlichen Spots angestrahlt werden.

»Sag schon, was gibt's zu feiern?«

»Abschied«, sagt Louise leise. »Abschied von diesem Haus, das ich so liebe. Abschied von dieser Stadt, in der ich so glücklich war.«

»Hab ich dich endlich so weit?« Marie lacht ihr helles, lautes, aufdringliches Lachen. »Du freust dich also doch auf die Freiheit in einer richtigen Großstadt?«

Louise, die nach dem Notartermin endlich eine Entscheidung getroffen hat, antwortet nicht. Der Entschluss reifte schon lange in ihr, doch allein bei dem bloßen Gedanken, ihn tatsächlich in die Tat umzusetzen, brach ihr der kalte Schweiß aus und ihr Herz begann zu rasen. Nun aber ist sie ganz ruhig. Mit bedächtigen Bewegungen klappt sie den Deckel des bunten Döschens hoch, nimmt eine mintfarbene Pille heraus, wirft sie ins Glas, kippt den Inhalt in einem Zug hinunter.

Marie sieht ihr lächelnd zu, setzt sich vor dem Spiegel in Pose und streicht sich kokett durchs Haar. Das wird ein lustiger Abend werden, ganz nach ihrem Geschmack.

Louise schenkt schon wieder nach, fasst erneut ins Döschen, auf dessen Deckel sich scharlachrote, in sich verschlungene Blätter ranken, wie drüben im Villapark, wo heute nichts majestätisch ist. Die Schatten der knorrigen Zweige und kahler werdenden Bäume greifen wie Leichenfinger nach den hell erleuchteten Gemäuern. Der Himmel ist tiefschwarz, der Wind weht so heftig, als müsste er sämtliche Höllenhunde durch die Nacht hetzen.

Marie holt einen Lippenstift hervor, bemalt andächtig ihre Lippen, macht einen blutroten Kussmund in den Spiegel. Dann betrachtet sie Louise, die mit steinernem Blick die zweite Pille ins Glas fallen lässt, und kichert, halb ausgelassen, halb wehmütig.

»Sollen wir später noch rausgehen, Louise? Du weißt doch, ich mag dieses Wetter, so wild und unvorhersehbar. Wir klettern über das Tor drüben und spielen im Villapark Verstecken, so wie früher, ja?«

»Heute gehen wir nirgendwo mehr hin, Marie. Heute wird Abschied gefeiert.«

Der Champagner zischt.

Marie will aufbegehren, aber Louise lässt sie nicht zu Wort kommen.

»Abschied von der Liebe, die ich hier erleben durfte.« Erneut trinkt Louise auf Ex. »Bevor du Daniel vertrieben hast. Mit deiner Unberechenbarkeit, deinen bösen Worten, deinen Eskapaden.«

Wieder lacht Marie, doch nun klingt es nicht mehr fröhlich. Daniel war ein unverbesserlicher Träumer. Wie Louise glaubte er an die eine, die ewige Liebe. Außerdem war er ein Idiot. Warum raste er nach der geplatzten Verlobungsfeier mit seinem Porsche schließlich wie ein Verrückter über die Autobahn und knallte gegen einen Betonpfeiler?

Noch immer sieht Louise nicht in den Spiegel, während sie die nächste Pille aus dem Döschen holt und auch diese ins Glas wirft, mit langsamer, aber entschiedener Geste. Sie füllt Champagner nach.

»Abschied von all den Erinnerungen hier«, flüstert sie mit brüchiger Stimme, »den schönen und den schrecklichen.«

Mit gesenkten Lidern leert sie das dritte Glas, greift erneut nach dem Döschen.

»Das reicht!« In Maries Stimme schwingt plötzlich Besorgnis mit. »Auf keinen Fall mehr von dem Zeug, sonst wird's gefährlich, das muss ich dir ja nicht erklären, oder?«

Ohne sie zu beachten, wirft Louise drei Pillen auf einmal ins Glas, gießt nach, hebt ansatzweise den Blick, schlägt ihn sofort wieder nieder.

»Jetzt bist du dran, Marie. Nimm Abschied vom Birnbaum im Garten. Vom Vater, der dort begraben liegt. Und vom Gedenken an die Mutter, die zum Glück nie erfahren musste, wie er wirklich gestorben ist.«

Louise hebt das Glas und endlich auch den Blick. Im Spiegel sieht sie nur ein Glas, nur ein Gedeck und diese zwei Frauen, die sie so gut kennt.

Marie, die Schöne. Marie, die Wilde.

Louise, die Stille. Louise, die Kluge.

Heute wird Louise die Stärkere sein. Heute wird endlich einmal sie gewinnen. Sie wirft ihre wilden kastanienroten Locken zurück, die sie heute offen trägt.

»Trink, Marie!«

Maries Augen weiten sich.

Marie spürt die alte Schuld, hört das Todesröcheln des Vaters, wie in jener Nacht, als sie ihm im Schlaf das Kissen auf Mund und Nase drückte. Es war schwerer, als sie gedacht hatte, denn obwohl die Krankheit ihm schon zu schaffen machte, wehrte er sich mit aller Kraft, die ihm noch zur Verfügung stand. Die Mutter war damals schon lange in jenem privaten Pflegeheim am Chiemsee, das auf Demenzkranke spezialisiert war, und den Kunden und Nachbarn erzählte sie, er sei nun endlich auch dort untergekommen. Da Parkinson-Patienten früher oder später auch von Demenz geplagt seien, erklärte Marie, habe man ihn dort aufgenommen. So könnten die beiden immerhin noch ein paar letzte gemeinsame Jahre verbringen.

Wenn er sie doch nur akzeptiert hätte wie Louise. Wenn er doch auch der kleinen Marie seine Liebe geschenkt hätte. Stattdessen trieb er mit jedem Tag noch tiefere Keile zwischen sie beide, riss sie irgendwann endgültig auseinander.

Marie stöhnt, verzweifelt und voller Schmerz. Ihr Herz sticht in einem fort, wie so oft bei diesem Gedanken, die Lippen schmecken plötzlich nach Salz. Wie lange soll sie diese Zerrissenheit noch aushalten?

Auch der Großvater muss sie gespürt haben. An jedem einzelnen Tag seines Lebens. Hätte er sich sonst erhängt? Es war nur seiner Freundschaft mit dem damals noch ziemlich jungen Doktor Weber zu verdanken, dass der Selbstmord auf dem Totenschein als Unfall proklamiert wurde. Dass es keinen Skandal gab. In den damaligen Zeiten hätte die Nachricht, dass das Familienoberhaupt unter dem Krankheitsbild einer gespaltenen Persönlichkeit litt, vermutlich nicht nur den Ruin der Apotheke bedeutet, sondern auch das gesellschaftliche Aus für die Familie. Da war das Gerücht eines Fluchs, der die Königs seither heimzusuchen schien, das Marie schürte, wo sie nur konnte, wahrlich die bessere Alternative.

Maries Lider werden schwer, die Frauen dort im Spiegel gleiten ineinander, werden eins. Auch das Gold der Zapfen verschwimmt vor ihren Augen, die Kerzen flackern wie die Irrlichter, die nachts angeblich immer noch durch den Villapark schweben, wenn man der alten Hoferin glauben darf, besonders in so stürmischen Nächten wie heute. Sie selbst hat noch nie welche gesehen, und Louise auch nicht.

Aber es ist nicht nur die Wirkung ihrer Traumbonbons, dass sich die Konturen allmählich auflösen, alles ineinandergleitet, es keine Trennung mehr gibt. Marie sehnt sich nach ihrer so lange abgespaltenen Hälfte. Nach Versöhnung und Frieden.

Auf dass wir nie wieder getrennt werden, Louise.

Für immer eins, Marie.

Wie eine Verdurstende stürzt sie das Glas hinunter. Sie lässt den Kopf auf den Tisch fallen, rappelt sich schwer atmend wieder hoch, schenkt nach, weiß nicht, wer nun die Regie übernommen hat, Marie oder Louise, wer den gesamten Inhalt des Döschens ins Glas kippt. Als sie es erneut an die Lippen führt und ihrem Spiegelbild zuprostet, muss sie weinen und lachen zugleich. Ihr Spiegelbild weint und lacht zurück, als wüsste es wie sie, was das Beste für Marie ist. Das Beste für Louise.

Nach einem fast lebenslangen Kampf ist sie endlich wieder eins, und ihre Tränen versiegen. Marie-Louise ist glücklich wie niemals zuvor, ihr Lachen lässt sie strahlen. Noch nie war sie so klug, noch nie war sie so schön wie in dieser letzten Novembernacht. Ein Schein umgibt sie, taghell und gleißend, als wäre sie schon nicht mehr von dieser Welt.

HÖHLEN SOLLST DU MEIDEN

VON MICHAELA PELZ

Wenige Kilometer von Bad Kötzting entfernt befindet sich am Kaitersberg, unterhalb des Kreuzfelsens, die »Räuber-Heigl-Höhle«. Dort sollen sich über eine längere Zeit der »bayerische Robin Hood«, Michael Heigl (1816–1857), und seine Gefährtin, die »Rote Res«, versteckt haben, bevor sie verraten wurden. Die Legende weiß zu berichten, dass aus der Verbindung der beiden mindestens ein Kind entstanden ist. Dieses legte der Räuber, der sich im Volk großer Sympathie erfreute, dem Landwirt Georg Mühlbauer vom Weidenhof vor die Tür, wodurch er sich – zusätzlich zu den anderen ihm zur Last gelegten Verbrechen – der »Kindesaussetzung« schuldig machte.

Prolog

Ein gellender Schrei durchbrach die Dunkelheit. Kam er von oben? Oder doch von links, von da, wo sich die Bäume in kürzester Zeit zu einer undurchdringlichen grünen Wand formiert hatten? Jetzt blitzte es plötzlich, erst blau, dann rot. Dazu erklang ein unheilvolles Grollen, das direkt aus dem Berg zu stammen schien. Hektisch blickte sich Moritz Strauchberger um. Wohin war seine Begleiterin verschwunden? Wie sollte er ohne sie den Rückweg wiederfinden? Und warum zum Teufel hatte er sich überhaupt darauf eingelassen, ausgerechnet hier das entscheidende Gespräch zu führen? Dabei war doch alles zuerst so gut gelaufen …

Eins (Die alte Dame)

»Klopf, klopf. Frau Wurzer, hier ist die Bella vom Pflegedienst Sonnenschein. Ich komm jetzt rein.«

Während die Frau mit dem Pagenschnitt noch rief, hatte sie schon die Tür des altmodischen Bauernhauses geöffnet. Dabei erklärte sie ihrer Begleiterin: »Hier sperren die Leut nicht zu. Das war immer schon so. Schließlich kennt man sich. Außerdem können die Nachbarn so immer mal wieder nach dem Rechten sehen. Schon nicht schlecht – grad wenn jemand so ganz allein lebt wie die Wurzer. Ganz anders als in der Stadt! Was glaubst du, was ich da schon in Straubing erlebt habe! Vierfach gesicherte Türen und noch ein Panzer-Querriegel. So ein Schmarrn, was soll bei den alten Leuten schon zu holen sein?!«, plapperte die quirlige etwa 50-Jährige.

Die andere blieb stumm, wie sie schon den ganzen Tag den Redeschwall der Älteren mit Gleichmut hatte über sich ergehen lassen. Brav folgte sie ihr durch den dunklen Hausflur ins Wohnzimmer, wo eine alte Dame in einem Relaxsessel mit integrierter Fußstütze fast verschwand. Das schwarze Ledermonstrum mochte zwar bequem sein, doch wirkte es einigermaßen deplatziert inmitten des restlichen Mobiliars, eines Gründerzeit-Büfettschranks aus Nussbaumholz, einer Standuhr und eines ausladenden Polstersofas im Landhausstil mit passendem Ohrensessel. Die drei farblich darauf abgestimmten Kissen waren per Handkantenschlag akkurat in der Mitte geknickt.

Ein viertes im gleichen Design ruhte unter dem Ellenbogen der schlafenden Emilie Wurzer, die nun aufwachte und ihren benommenen Blick auf die beiden Frauen in ihren bordeauxroten Kasacks richtete.

»Das ist die Terry, unsere Azubine«, erklärte Bella Holzgruber, während sie der Liegenden routiniert die Manschette des Blutdruckmessgeräts anlegte. »Sie wird Ihnen ab morgen mittags beim Essen Gesellschaft leisten und ein bisserl aufräumen. In der Früh und abends komm nach wie vor ich, zum Waschen und An- und Ausziehen der Stützstrümpfe.«

Neugierig musterte Emilie Wurzer die junge Frau mit den kurzen rotbraunen Locken, bevor sie sie mit einer Handbewegung aufforderte, näher zu kommen. »Wie alt sind Sie? Anfang, Mitte 20?«, fragte die Seniorin mit zittriger Stimme.

»Gut geraten. Im Mai werde ich 23«, kam die Antwort der künftigen Altenpflegerin, die mit ihrer sehnigen Gestalt und kaum 1,65 Metern Körpergröße bei flüchtiger Betrachtung gut als Teenager durchgehen konnte. Einzig der Blick ihrer smaragdgrünen Augen wirkte bei genauerem Hinsehen verschattet und ernst.

»Zum Glück sind Sie nicht so knochig wie die jungen Dinger, die man immer im Fernsehen sieht«, bemerkte die alte Dame. In der Zwischenzeit hatte Bella Holzgruber den Rollstuhl aus der angrenzenden Stube geholt und neben den Sessel gestellt. Nun konnte Terry gleich unter Beweis stellen, wie kräftig und durchtrainiert sie war: Beim Umlagern von Emilie Wurzer traten deutlich die Unterarmmuskeln unter den großflächigen Flammen-Tattoos hervor.

»Im Haus komme ich mit den Krücken noch gerade so zurecht. Aber solange Sie da sind, ist es mir viel lieber, dass Sie mich schieben. Am liebsten raus auf den Balkon. Dann können wir zusammen mal schauen, was der Maunzi macht. Ständig steigt der den Vögeln nach und dann, wenn er Pech hat, kommt er nicht mehr runter vom Baum.« Durch die gespielte Empörung hindurch war zu spüren, wie sehr die alte Frau ihrem Kater zugetan war.

Nun mischte sich Bella Holzgruber ein, die gerade damit fertig war, eine Batterie von Medikamenten aus Schachteln in einen länglichen Tagesdosierer zu räumen: »Ihr könnt euch ja morgen besser bekannt machen. Jetzt haben wir dazu leider keine Zeit mehr. Servus, Frau Wurzer – Ihre Tabletten hab ich auf den Tisch gelegt.«

Zwei (Die rote Terry)

»Schnell, schnell, schnell …« – immer musste alles schnell gehen bei den »Sonnenschein«-Leuten. Ein Fehler im System, nichts, was man den einzelnen Pflegern und Pflegerinnen anlasten könnte, die fanden das ja selbst nicht gut. Aber was sollten sie machen, wenn es für jede Anfahrt, egal, wie weit, nur die gleiche magere Pauschale gab? Immerhin bemühte man sich ja noch, alle Anfragen zu bedienen, egal, wo die Patienten wohnten und welche Art Hilfe sie benötigten.

Nach einem nicht nur körperlich überaus anstrengenden Tag kam Terry zum ersten Mal wieder zum Durchschnaufen. Ihr war im Vorfeld zwar klar gewesen, dass man es in der mobilen Altenpflege nicht leicht haben würde, aber so aufreibend hatte sie sich die ganze Sache nicht vorgestellt. Dabei war ihre Wahl ja mit Absicht auf einen Beruf gefallen, in dem sie etwas bewirken und den Menschen helfen konnte. Schon als kleines Mädchen hatte sie sich um jeden Vogel gekümmert, der aus dem Nest gefallen war, jedes von der Mutter verstoßene Kälbchen mit der Hand aufgezogen, war notfalls mitten in der Nacht aufgestanden, um einem hungrigen Kätzchen mit der Puppenflasche Milch einzuflößen. Sie ekelte sich weder vor Blut noch vor anderen Körperflüssigkeiten. Vielleicht wäre sogar eine passable Medizinerin aus ihr geworden.

Wenn, ja wenn dieses Unglück in dieser einen, furchtbaren Nacht nicht ihre ganze Welt auf den Kopf gestellt, ihre Zukunft für immer verändert hätte. Noch heute fragte sich Terry in den vielen schlaflosen Stunden immer wieder, was wohl geschehen wäre, hätte sie die Nacht nach der letzten Abiturprüfung nicht mit ihrer besten Freundin in München verbracht.

Ach, wären sie doch nicht kurz entschlossen in Cham in den Regionalzug gestiegen, um dann bis zum nächsten Morgen in der Hauptstadt um die Häuser zu ziehen! Bestimmt hätte sie den Gasgeruch bemerkt, so das Allerschlimmste verhindern können. Und warum, warum, warum nur hatte ihr Vater es für eine gute Idee gehalten, sich mitten in der Nacht im Halbschlaf eine Zigarette anzuzünden? Nein, sie wünschte es ihrem ärgsten Feind nicht, beim Nachhausekommen von einer fetten schwarzen Rauchsäule und einem riesigen Aufgebot an Polizei und Feuerwehr empfangen zu werden.

Wer wollte ihr den anschließenden Absturz verdenken? Vollwaise, keine Verwandten, die Versicherungssumme schneller ausgegeben, als sie auf dem Konto eingegangen war. Australien, Asien – ihr Aufenthaltsort konnte gar nicht weit genug weg sein. Und dann zu allem Überfluss noch die Pandemie, während der sie in Neuseeland festsaß – ohne Job und am Ende auch komplett ohne Geld. Als sie schließlich wieder nach Deutschland zurück und zur Besinnung kam, stand sie vor dem Nichts. Und hatte, wollte man ehrlich sein, die Ausbildung in der Altenpflegeschule vor allem auch deswegen begonnen, weil man ihr dort unkompliziert einen Platz im Wohnheim besorgte.

Und wegen der Nähe zu »ihrem« Kaitersberg. Wo sie in der friedvollen und tröstlichen Stille des Waldes Ruhe vor ihren quälenden Gedanken finden konnte. Und in jener ganz besonderen Höhle, in der viele Jahre zuvor ein Paar auf der Flucht ebenfalls Ruhe gefunden hatte vor den Häschern, Zwiesprache halten konnte mit ihren Eltern.

Die hätten sie bestimmt bestärkt in ihrer Entscheidung für die Arbeit mit den alten Menschen, die sie mit der Hoffnung verband, etwas von Bedeutung tun zu können. Anderen Freude zu bringen, wenn sie selbst schon an den meisten Tagen Mühe hatte, das Licht am Ende des Tunnels zu erkennen.

Doch nun? Die Route war akribisch geplant, die Besuche minutiös getaktet. Manchen der alten Männer und Frauen merkte man an, dass sie gerne noch ein bisschen geratscht hätten. Andere wiederum waren dazu gar nicht mehr in der Lage, so teilnahmslos, wie sie teilweise in ihren Zimmern saßen. Vielen der völlig überforderten Ehepartner, hochbetagt auch diese, stand die Dankbarkeit über die Unterstützung durch den Pflegedienst ins Gesicht geschrieben: Raus aus dem Bett, rein ins Bad, waschen, zurück in den Rollstuhl … Zuweilen gab es einen Treppenlift, mit dem die Pflegebedürftigen ins Untergeschoss befördert werden konnten, wo sie dann den Tag vor Tierdokumentationen, Hochzeits- und Gartenshows oder amerikanischen Krimis mit vielen Leichen verbrachten.

Eine Ausnahme gab es allerdings. Diese Frau Wurzer. Ihr Wohnzimmer stand voller Bücher. In besseren Tagen musste sie gern gelesen haben. Außerdem hing ein Stetson an der Wand. Was es wohl mit diesem Cowboyhut für eine Bewandtnis haben mochte? Nun, sie würde es vielleicht am nächsten Tag erfahren. Jetzt musste sie erst einmal Kassensturz machen. Noch ein schneller Blick per Onlinebanking auf ihr Konto. Mist, es war ... So! Verdammt! Wenig!, was dort herumdümpelte. Ob sie vielleicht doch ...? Nur noch ein einziges Mal? Schließlich hatte es ja zuvor schon geklappt. Nein, heute würde sie das Glück nicht herausfordern. Terry kuschelte sich in ihr Kissen und löschte das Licht.

Drei (Weiße mit Schuss)

»Los, Meesta, beweg deine Quadratlatschen in den Clownsocken ma' bisschen schneller, sonst zeig ick dir, wo's langjeht!« Der bullige, ganzkörpertätowierte Typ schob Moritz Strauchberger mit einer ungeduldigen Bewegung heftig zur Seite. Dieser zuckte erschrocken zusammen, verpasste dabei fast das Ende der Rolltreppe. Er war in Gedanken gewesen – kein Wunder, bei dem, was er kurz zuvor telefonisch von Bruder Pierce erfahren hatte. Nach der monatelangen Vorbereitungszeit, all den Herausforderungen, die er mit Bravour bestanden hatte, sollte er endlich wirklich dazugehören, Teil des »Inneren Kreises«

werden, mit Zugang zu sämtlichen Dokumenten. Und den Sicherheitsbereichen.

Sollten sich doch seine Kommilitonen, die dummen Schlafschafe, gehackt legen und weiterhin Kostenrechnung, Ökonometrie, Statistik, Strategie, Organisation und Information Technology pauken. Weder sie noch die Typen der Lebenswissenschaftlichen Fakultät hatten auch nur ansatzweise Ahnung, wie wenig ihnen das nützen würde, im entscheidenden Moment. Und wie viel besser sie beraten gewesen wären, hätten sie seinem Fachwechsel zugestimmt. Im Gegensatz zu ihm würden sie alle ihr blaues Wunder erleben …

Der mittelgroße 25 Jährige mit den mittelbraunen Haaren erlaubte sich einen verhaltenen Freudensprung, sodass man kurz seine bunten Socken sah, die so gar nicht zu seinem restlichen Outfit zu passen schienen. Zwar lag das schmal geschnittene lachsfarbene Hemd nicht so passgenau an, wie es das bei einer deutlich sportlicheren Person getan hätte. Aber an der Stoffhose und der Laptoptasche ließ sich eindeutig erkennen, dass es sich bei diesem Studenten nicht um einen nichtsnutzigen Rumtrödler handelte, sondern um einen Mann mit Mission.

Die er auch alsbald in die Tat umsetzen könnte, gleich nachdem er diese eine Kleinigkeit erledigt hätte.

Inmitten einer Menschentraube ließ sich Moritz auf Gleis eins spülen. Er stieg in den ICE 1005 Richtung München. Nun gab es kein Zurück mehr.

Vier (Money, Money, Money)

»Wie schaffst du das nur: das viele Lernen, das Rumfahren beim praktischen Teil, der Nebenjob beim Edeka, die Freiwillige Feuerwehr zweimal in der Woche und dann auch noch die Zusatzbesuche bei dieser Frau Wurzer? Die kriegst du doch gar nicht extra bezahlt, oder?« Barbara hatte es sich auf dem Bett ihrer Freundin bequem gemacht, einen anderen Sitzplatz gab es in dem Acht-Quadratmeter-Zimmer ja nicht.

»Nein, aber das mit der Ami-Emmi, das macht total viel Spaß. Sie hat angefangen, mir aus ihren Tagebüchern vorzulesen, aus der Zeit, als sie ihren Mann kennenlernte, einen G. I. Der hatte sich extra in Amberg stationieren lassen, weil seine Großeltern von dort in die USA emigriert waren. Mit ihm ging sie dann Ende der Fünfziger nach Dallas. Auf seiner Ranch dort konnte sie gut brauchen, was sie in ihrer Jugend auf dem Bauernhof gelernt hatte. Nur schade, dass es mit Kindern nie geklappt hat. Und so richtig warm ist sie wohl mit den Texanern auch nicht geworden. Das war zumindest ihre Erklärung dafür, warum sie damals, nach dem Tod ihres Mannes, mit Anfang 60, wieder nach Deutschland zurückgekommen ist und sich hier das Häuschen gekauft hat«, erzählte Terry, während sie einen Schluck Viechtacher Vollbier direkt aus der Flasche nahm. »Außerdem gab es da ja auch ein paar Verwandte. Bei der Beerdigung ihrer Schwester Martha traf sie deren Tochter Heidelgunde das erste Mal – das muss 1997 gewesen sein, kurz nachdem die Ami-Emmi sich hier in der Gegend niedergelassen hatte. Im Jahr drauf wurde die Nichte schwanger, musste das Kind aber allein großziehen, darum hat sie ihr ab und zu wohl auch finanziell unter die Arme gegriffen.«

»Aber ganz so intensiv scheint die sich ja nicht um ihre Tante zu kümmern, wenn du die Einzige bist, die sie hin und wieder zu einem Ausflug abholt ...«

»Keine Ahnung. Ich glaube, die Frau wohnt in Berlin und ruft ab und zu an.«

Damit war Barbaras Interesse erloschen, viel spannender fand sie die Frage, wie es denn mit Terrys aktuellem Liebesleben aussah. Leider gab es da nicht viel Positives zu berichten – nach Florian war niemand mehr groß in Erscheinung getreten. Terry sprach nicht gern darüber, aber Barbara wusste, dass die Gemeinsamkeiten zwischen den beiden überschaubarer gewesen waren als zunächst gedacht. Vor allem aber hatte der Maler- und Lackierergeselle Probleme mit dem unberechenbaren Wesen ihrer Freundin gehabt. Ganz genau erinnerte sich Barbara an diesen einen Abend in der Kneipe. Erst hatte sich Terry, wie es ihre Art war, intensiv darum bemüht, Luis und Ferdl, die Neuen bei der Feuerwehr, ins Gespräch einzubinden, ihnen das Gefühl zu geben, willkommen zu sein, voll und ganz dazuzugehören. Und dann war sie wegen irgendeiner völlig banalen Kleinigkeit ausgerastet. Hatte rumgeschrien und schließlich ihr Glas über Flori ausgekippt. War zwar nur Spezi gewesen, aber trotzdem. Hinterher tat es ihr total leid. Wie auch damals, als sie sich ungefragt Marias Rad ausgeliehen und bedauerlicherweise zu Schrott gefahren hatte. Manchmal war Terry wirklich eine Spezialistin in Sachen unbedachte Kurzschlusshandlungen.

Trotzdem hatte Barbara ihre beste Freundin unglaublich gern. Und wie begabt sie war! »Zeig noch mal deine Mappe!« Barbara blätterte rasch durch die Loseblattsammlung. Die unterschiedlichsten Maltechniken und -stile waren dort zu sehen – am besten gefielen ihr die Comics.

Aber auch die Aquarellzeichnungen der heimischen Berge waren sensationell gut gelungen. So viel Mühe hatte Terry in dieses Portfolio gesteckt. Diesmal musste es einfach klappen. Zumal diese eine private Kunsthochschule besonders gut sein sollte.

»Du, ich pack's. Morgen klingelt mein Wecker wieder um sechs. Mach's gut, Süße, und lass dich nicht unterkriegen!«

Terry drehte sich nur kurz um, als die Tür hinter der Freundin ins Schloss fiel. Selbstvergessen fuhr sie sich durch ihre kupferfarbenen Locken. Als kleines Mädchen hatte sie ihre Haarfarbe nicht gemocht, vor allem, weil die anderen Kinder in der Schule sich einen Spaß daraus machten, sie »Rote Res« zu rufen. Mittlerweile hatte sich das geändert. Eigentlich passte dieser Schopf, fand sie, durchaus zu ihrem jetzigen Leben. Außerdem war es unglaublich praktisch, sich nicht lange mit dem Frisieren aufhalten zu müssen, wenn sie, verschwitzt vom Klettern am Kaitersberg, schnell ins Freibad sprang, das bis Mitternacht aufhatte. Und selbst die Feuerwehrmontur, die sonst jede Frisur im Handumdrehen zerstörte, konnte ihrem Look nichts anhaben.

Ganz kurz hatte sie beim Gedanken an die Kameraden, die Übungen und die Einsätze ein wenig lächeln müssen, beim Blick auf das Schreiben vor ihr auf dem Tisch wurde sie aber gleich wieder ernst. Das Wort »Aufnahmegebühr« sprang ihr in die Augen. Und »monatliche Kurskosten«. Verdammt, warum musste das auch so teuer sein! Einen Kredit von der Bank würde Terry mit Sicherheit nicht bekommen, das hatte sie schon geklärt.

Wieder und wieder überprüfte die junge Frau ihren Kontostand auf dem Computerbildschirm. Doch es nutzte nichts, es wurde einfach nicht mehr. Vielleicht sollte sie doch noch einen Versuch im Casino machen? Schließlich war das Etablissement in Bad Kötzting keine von jenen Spielbanken, die man nur in eleganter Abendgarderobe betreten durfte. Mehr als einmal hatte sie beobachtet, wie Männer in T-Shirts mit seltsamen Aufschriften und Frauen in Strickjacken über schlecht sitzenden Jeans ganze Abende vor den einarmigen Banditen zugebracht hatten. Die Roulette- und Blackjack-Tische waren ohnehin nur noch selten geöffnet. Auch hier machte sich der nachpandemische Personalmangel bemerkbar.

Aber nein, es könnte sie jemand sehen – das wollte sie lieber nicht riskieren. Besser, sie wagte ein letztes Spiel in einem Onlinecasino. Oder gab es vielleicht doch noch eine andere Lösung? In vielen der Haushalte, die sie täglich besuchte, lagen die prall gefüllten Portemonnaies einfach in der Küche oder auf einer Anrichte im Flur. Es wäre so leicht, hier einen Zehner, dort einen Fünfziger in die Kitteltasche wandern zu lassen. Nur als zinsloses Darlehen auf Zeit natürlich, sie war ja keine Diebin. Auf den Cent genau würde sie später alles zurückzahlen. Wenn sie doch nur nicht solche Skrupel hätte …

Fünf (Die Sache mit dem Enkeltrick)

»Sollen wir heute wieder einmal ins Waffelcafé in den alten Bahnhof nach Miltach fahren?«, fragte Terry, während sie das taubenblaue Kissen mit den stilisierten rostroten Blumen aufschüttelte, auf das Emilie Wurzer immer ein Auge zu haben schien. Das Gesicht der alten Dame leuchtete auf. »Was für eine prachtvolle Idee! Ich sitze so gern dort im

Hof, mit Blick auf die feuerroten Eisenbahnwaggons. Nur schade, dass man von außen nur durch die Fenster sehen kann, wie hübsch die lila Wandfarbe mit den Holzdecken und -bänken harmoniert. Aber die Waffel mit Stracciatella-Eis schmeckt auch draußen einfach fantastisch. Und hinterher holen wir uns ein wenig Proviant aus dem Fabrikverkauf, ja?«, freute sie sich wie ein kleines Kind bei der Aussicht auf den Ausflug.

»Wir müssten nur vorher noch mal tanken. Allerdings … Das ist mir jetzt ganz arg … Ich bin grad ein wenig knapp bei Kasse, könnten Sie vielleicht …?«

»Aber klar doch, kein Problem! Ich hab ja meinen Geldbeutel eh immer dabei.«

Ein Blick auf die Uhr zeigte jedoch, dass es noch zu früh war, das Lokal der Waffelfabrik öffnete erst um 9 Uhr. »Dann lies mir doch einstweilen ein wenig aus der Zeitung vor, mein Kind! Ich hoffe nur, dass ich dabei nicht einschlafe. Von diesen neuen Medikamenten werde ich manchmal von einem Moment auf den nächsten so müde, dass ich sofort ein kurzes Nickerchen machen muss.«

Terry schlug die Mittelbayerische Zeitung auf. Gleich auf der ersten Seite wurde vor Schockanrufen gewarnt, die es offenbar in den letzten Wochen wieder verstärkt in der Gegend gegeben hatte. »Man kann da gar nicht vorsichtig genug sein!«, meinte Terry.

Emilie Wurzer kicherte. »Auf so einen ›Enkeltrick‹ würde ich garantiert nicht reinfallen! Hab ja gar keine Enkel, nur den Sohn meiner Nichte, den Maxi. Und von dem habe ich ewig nichts gehört.« Schlagartig wurde sie ernst. »Vielleicht hätte ich mich doch mehr um die beiden kümmern müssen, als die Heidelgunde damals arbeitslos wurde. Davor hat sie mir den Buben immer in den Sommerferien gebracht. Er war so gern hier und hat es geliebt, wenn ich ihm vorgelesen habe.«

Terry gab pflichtschuldig ein paar bedauernde Laute von sich. Wirklich interessiert war sie an dieser Verwandtschaftsgeschichte nicht. Viel spannender fand sie tatsächlich diese immer wiederkehrenden Nachrichten von alten Menschen, die sich durch Betrüger hatten übertölpeln lassen.

»Aber ich frage mich wirklich, wie es sein kann, dass die Leute so viel Bargeld im Haus hatten. Das gibt's doch gar nicht.«

Ein verschmitztes Lächeln machte sich auf Emilie Wurzers Gesicht breit. Dann flüsterte sie in verschwörerischem Ton: »Na ja, so einen Notgroschen, den hab ich schon auch da.« Dabei klopfte sie liebevoll auf ihr taubenblaues Kissen.

Terry brauchte einen Moment, bis sie die Bedeutung der Geste verstand. »Sie wollen doch nicht sagen, dass Sie da drin …?«

»Freilich«, lachte ihr Gegenüber und zog den Reißverschluss des Kissenbezugs nach hinten. Zum Vorschein kam ein Inlett aus festem mausgrauem Sackleinen. Als Emilie Wurzer den nur bei genauem Hinsehen erkennbaren Klettverschluss öffnete, traute Terry ihren Augen nicht: Da waren dicke Bündel von Scheinen in Orange, Grün, Ocker, vor allem aber Lila.

Emilie Wurzer amüsierte sich köstlich über die Sprachlosigkeit der jungen Altenpflegerin. »Es sind ganz genau 117.500 Euro in 350 Scheinen. Die wiegen gerade mal 374,5 Gramm. Wenn man so alt ist wie ich und so viel erlebt hat, dann weiß man gerne, was man hat. Auf meine eiserne Reserve hier kann ich immer meine Hand drauflegen und mich dran erfreuen.«

»Aber … aber, wenn jemand hier einbricht?«

»Na, der würde bestimmt nicht auf die Idee kommen, ein Sofakissen mitzunehmen!«

»Frau Wurzer, echt jetzt. Das geht nicht! Wenn ich das jetzt weiß – Sie hier so ganz allein im Haus und das viele Geld … Ich kann bestimmt keine Nacht mehr ruhig schlafen. Das Zeug muss auf die Bank!«

»Meinst du? Na gut, vielleicht hast du ja recht. Aber den Brüdern von unserem ›Geldinstitut‹ hier am Ort traue ich nicht über den Weg! Den Huber Hans haben sie so schlecht beraten, dass am Ende sein Häusl weg war.«

»Wie wäre es dann mit einem Konto bei einer anderen Bank? Vielleicht in Cham. Oder in Straubing?«

»Das ist doch so weit. Ich schaff das nicht mehr, eine solche Strecke im Auto zu sitzen.«

»Na ja, ich könnte das für Sie übernehmen.«

»Das würdest du machen, du gutes Kind? Alles für mich einzuzahlen?«

»Das kann ich natürlich tun – aber frühestens übermorgen. Heute ist Sonntag und morgen muss ich arbeiten. Da mag ich das nicht in meinem Zimmer rumliegen haben. Dann können Sie es sich auch noch mal in Ruhe überlegen. Bis Mittwoch bin ich noch da, anschließend habe ich zwei Wochen Urlaub.«

Als Terry nach dem Ausflug mit der alten Dame wieder in ihr Zimmer zurückkam, war sie total aufgewühlt. Zwar versuchte sie zu malen oder zu lesen, sich mit Netflix abzulenken. Doch das alles half nichts. Sie musste raus, hoch zur Höhle. Nur dort würden sich ihre Gedanken klären, würde sie statt der Stimmen von Engelchen und Teufelchen die von Mama und Papa hören und wissen, was sie tun sollte.

Sechs (Zwei Sechser im Lotto)

Moritz Strauchberger schaute aus dem Fenster. Der Mietwagen lag gut auf der Straße – vielleicht hätte er von Anfang an mit dem Auto fahren sollen. Nicht erst als er feststellte, dass er bis zur Ankunft in dem Kaff, in dem die Tante lebte, noch dreimal hätte umsteigen müssen. Als Kind hatte er die Fahrt über die geschwungenen Landstraßen geliebt – sie waren damals in den Ferien das letzte Stück immer mit dem Bus gefahren, er und seine Mutter. Heute fand er die Strecke einfach nur öde. Immer gab es irgendwo einen Lieferwagen, einen LKW oder, Gott bewahre, einen Trecker, der den Verkehr verlangsamte. Außerdem war im Hintergrund stets ein einziges Motiv zu sehen: der Bayerische Wald mit seinen imposanten Bäumen.

Endlich hatte er den kleinen Ort erreicht. Wirklich an den Weg erinnern konnte er sich nicht mehr – aber wozu hatte das Cabrio ein funktionstüchtiges Navi. Kurz hatte er überlegt, sich telefonisch anzukündigen. Aber lieber setzte er auf den Überraschungseffekt. Bestimmt würde die alte Schachtel sich freuen wie ein Schnitzel, ihn zu sehen. Blut war schließlich dicker als Wasser. Na ja, bei seiner Mutter traf das wahrscheinlich nicht zu, sonst hätte sie ihm aus der Patsche geholfen. Andererseits: Wirklich dicke hatte sie es auch nicht.

Eine Klingel suchte er vergeblich, also klopfte der 25-Jährige mit den Fingerknöcheln hart gegen die Tür und trat dann, ohne auf eine Einladung zu warten, ins Haus. »Tante Emilie, ich bin's, der Sohn von der Heidelgunde!«

Emilie Wurzer befand sich wie immer im Wohnzimmer. Sie schüttelte ungläubig den Kopf. Konnte das wirklich ihr Großneffe sein? Aber ja, diesen Leberfleck auf dem Adamsapfel, den kannte sie gut!

Offenbar hegten die Nichte und ihr Sohn keinen Groll mehr, dass sie sie seinerzeit im Stich gelassen und ihnen trotz der flehentlichen Bitte finanzielle Unterstützung verwehrt hatte. Das hatte sie sich seitdem viele Male vorgeworfen.

»Ja, da schau her! Was für eine Freude! Der Maxi!« Moritz war für einen kurzen Moment irritiert, dann erinnerte er sich. Richtig, so hatte sie ihn nach unzähligen Vorlesestunden von Wilhelm Buschs »Bubengeschichte in sieben Streichen« konsequent genannt, statt seinen Taufnamen »Moritz« zu verwenden. Seltsam, das hatte er total vergessen.

»Setz dich her! Magst einen Schluck aus der Bärwurzerei vom Liebl? Jetzt bist du ja alt genug – damals hast immer nur dran riechen dürfen. Hol doch bitte die Flasche von der Anrichte.«

Ehe Moritz es sich versah, hatte er ein kleines Glas in der Hand und sollte erzählen. Wie es seiner Mutter ging – »Wie immer« –, was er so mache – »BWL studieren« – und warum er gerade jetzt in die Oberpfalz gekommen sei. Das zu erklären, war schon ein wenig diffiziler, aber irgendwie gelang es ihm doch, ihr die Dringlichkeit seines Anliegens zu vermitteln. »Dass die mich bei ihrem Projekt mitmachen lassen, ist eine so einmalige Gelegenheit, die kommt nicht wieder! Die Hälfte der Summe habe ich schon zusammen, mir fehlen nur noch 30.000. Jetzt habe ich gehofft ... Vielleicht könntest du für mich bürgen, damit die Bank sie mir gibt?«

Emilie Wurzer hatte während seiner länglichen Ausführungen immer wieder genickt. Nein, natürlich hatte sie kein Wort vom Inhalt verstanden. Aber nun kam die Chance, ihr früheres Fehlverhalten wiedergutzumachen.

»Ach, Jungchen, wenn es weiter nichts ist! So eine Forschungsreise ist teuer, das ist ja klar! Bürgen allerdings kann ich nicht für dich ...«

Okay, das war ja klar gewesen ...

»Ich gebe dir die Summe lieber in bar.«

Bitte?! Er musste sich verhört haben. Moritz schluckte. Niemals zuvor war sein Hals so trocken gewesen.

»So ein bisschen Geld für Notfälle habe ich immer im Haus – am besten nimmst du gleich 50.000, dann hast du noch ein wenig Puffer.«

Womit auch immer, aber damit hatte er sicher nicht gerechnet. Das war wie ein Sechser im Lotto. Besser. Wie zwei Sechser. Und ein Fünfer. Mit Zusatzzahl. Sein Telefon klingelte. Bruder Pierce – da musste er ran. »Ich geh mal in die Küche zum Telefonieren, Tantchen«, sagte er.

Sie nickte freundlich. »Lass dir Zeit. Ich such dir derweil das Geld raus. Ist ja dann immer noch genug da.«

Als er nach dem Gespräch zurückkam, war die alte Dame eingeschlafen. Stimmt, vorhin hatte sie etwas von plötzlicher Müdigkeit gesagt, die sie immer wieder überfallen würde. Was für ein friedliches Bild! Entspannt lag sie in ihrem Sessel auf dem Rücken, das Kissen war daneben auf den Boden gefallen. Er hob es auf. Hübsche Blumen, dachte er, bevor ein ungeheuerlicher Gedanke wie Kaa, die Python aus dem Dschungelbuch, geschmeidig und hinterhältig in seine Hirnwindungen kroch: Was, wenn er ihr jetzt genau dieses Kissen aufs Gesicht drücken würde?

Wie wahrscheinlich war es, dass sie irgendwem von dem im Haus versteckten Geld erzählt hatte? Also würde es auch niemand vermissen, wenn sie denn – »wie bedauerlich, in ihrem Alter!« – überraschend das Zeitliche segnete. Die Knete tatsächlich zu finden, sollte nicht allzu schwierig sein. Sie konnte ja kaum drei Schritte gehen. Um also, wie sie angedeutet hatte, schnell an die komplette Summe heranzukommen, musste das Geld irgendwo hier im Wohnzimmer deponiert sein. Vielleicht in der Standuhr oder in einer der handbemalten Kaffeekannen im Büfett. Was sonst würden sich alte Leute als Versteck überlegen? Langsam hob Moritz das Kissen.

Sieben (Das kann doch einen Moritz nicht erschüttern)

»Verdammt, verdammt, verdammt!« Während Moritz mit großen Schritten das Zimmer in der einfachen Frühstückspension durchmaß, konnte er gar nicht mehr aufhören zu fluchen. So nah dran war er gewesen am Abend vorher – hätte da nicht plötzlich dieser Typ in der Feuerwehruniform mit dem Katzenvieh auf dem Arm in der Tür gestanden! Und warum nur hatte er sich anschließend so leicht mit einem »Die Tante scheint müde, besser, sie geht jetzt ins Bett« abwimmeln lassen?

Nur um dann am nächsten Morgen bei seinem Besuch von der senilen alten Schachtel zu hören, dass sie völlig vergessen habe, die ihm versprochene Summe zur Seite zu legen. »Ich hab gar nicht mehr dran gedacht, als ich der Terry das Geld gegeben habe. Wo das reizende, zuverlässige Madl extra am Abend noch vorbeigekommen ist! Denk dir, sie zahlt mein ganzes Geld in Straubing auf ein ganz besonderes Konto ein, damit auch bestimmt nichts wegkommen kann!« Dann hatte sie hinzugefügt, dass das aber alles gar kein Problem sei. Vielleicht sei die Altenpflegerin ja noch gar nicht auf der Bank gewesen, dann könne er sich den Betrag direkt geben lassen.

Und sonst müsse man halt die 50.000 umgehend zu ihm transferieren.

Am liebsten hätte Moritz an diesem Punkt aufgestampft wie ein trotziges Kind – doch er konnte sich beherrschen. Innerlich aber brodelte es in ihm. Das würde er sich nicht bieten lassen. Er nicht. Nicht jetzt, wo er schon so weit gekommen war.

Gerade konnte Moritz die Tante noch davon abhalten, Terry anzurufen. »Das ist doch nicht nötig, so eilig habe ich es auch wieder nicht. Und weißt du was, dann bleibe ich einfach noch ein paar Tage hier zum Ausspannen in dieser schönen Gegend.«

Zum Glück kam ihm bei einem Blick auf eines der Bilder an der Wand – ein Bergpanorama – die zündende Idee, wie er Kontakt zu dieser Terry herstellen konnte. Hatte es nicht geheißen, ihre liebste Freizeitbeschäftigung sei das Klettern? Wie praktisch, dass er sich in den sozialen Medien schon vor einiger Zeit immer mal wieder als Naturbursche inszeniert hatte. Musste ja niemand wissen, dass er mit dem Herumkraxeln auf irgendwelchen Gipfeln in Wirklichkeit gar nichts am Hut hatte. Hauptsache, das Outfit passte. Und der coole Name.

»Mountain-Mo aus Berlin auf Urlaub in der Oberpfalz sucht für heute ortskundige Kletterpartnerin für kleine, spontane Tour.« Damit hatte er sein Glück in der Ortsgruppe »934XX« von »Face-Rock« versucht und gehofft, die Altenpflegerin würde den Post lesen. Er konnte es selbst kaum glauben, als tatsächlich eine Antwort zurückkam, die wenig Zweifel an der Identität der Absenderin ließ. »Ich bin die Terry und würde mit dir gern auf unseren schönen Kaitersberg steigen. Für heute ist es ja schon zu spät, um richtig zu klettern. Aber wenn du magst, zeig ich dir schon mal die Gegend. Lass uns auf dem Parkplatz treffen – du erkennst mich an den roten Haaren.«

Wenn er sie sich erst einmal zur Brust genommen hätte, würden ihr garantiert nicht nur die zu Berge stehen. »Wer glaubst du denn, wer du bist!«, würde er ihr um die Ohren hauen. »Mit dem Geld *meiner* Tante die Biege zu machen ... Da musst du schon früher aufstehen, Bitch! Sobald wir wieder unten sind, rückst du alles wieder raus. Kannst froh sein, wenn ich dich nicht bei den Bullen verpfeife! Die mögen garantiert keine Pflegetussis, die sich am Geld von wehrlosen alten Leuten vergreifen.«

Gedanklich rieb sich der Student die Hände, während das Cabrio spielend die einspurige Straße bewältigte, die teilweise durch dichten Nadelwald steil nach oben führte. Gleich würde er den Wanderparkplatz erreichen, an dem sie verabredet waren.

Acht (Hölle, Hölle, Höhle)

Aha, das musste Terry sein. Dieser feuerrote Schopf war wirklich unverkennbar. »Hi. Ich bin der Mountain-Mo. Eine richtige Ausrüstung brauchen wir ja nicht, oder? Wir sind ja bald wieder da.«

Als Terry die seltsamen hölzernen Stelen neben dem Parkplatz als »Totenbretter« bezeichnete, die man dazu benutzt hatte, die Verstorbenen aus den Häusern zu tragen, lief Moritz ein Schauer über den Rücken. Ganz schön unheimlich hier, dachte er und folgte Terry auf einen zunächst wenig anspruchsvollen Weg.

Schnell führte der mitten hinein in den Wald, mäanderte zwischen hochgewachsenen, dichten Tannen. Rechter Hand sah man nun einen alten, überdimensionalen Baumstumpf. In der einbrechenden Dämmerung hätte man ihn fast für eine Hydra mit zahlreichen Köpfen halten können.

Steiler und steiniger wurde die Strecke. Moosbewachsene Wurzeln mit wenig Halt wechselten sich ab mit kleinen, tückischen Kieselsteinen. War dort hinten im Gegenlicht nicht vielleicht eine Gestalt zu erkennen? Ach, Blödsinn. Es war nur der aufsteigende Nebel, der ihm hier etwas vorgaukelte. Jegliche Unterhaltung fiel flach, zum Sprechen fehlte Moritz der Atem.

Ein umgestürzter Baum versperrte ihnen den Weg. Die Steine, die es zu überwinden galt, waren mittlerweile größer geworden. Die Steigung nahm zu. Verdammt, warum hatte er nur vorgegeben, ein geübter Freizeitkletterer zu sein? Die Sohlen seiner Sneakers boten kaum Halt.

Endlich standen sie vor einem großen, grünbemoosten Gesteinsbrocken. Links davon ragte eine zerklüftete Felsenwand auf. »Hier ist der Eingang zur Räuber-Heigl-Höhle«, meinte Terry und wies auf eine Öffnung, hinter der nur Dunkelheit zu erkennen war. »Lass uns mal hineingehen.«

Das Tor in den Berg schien wie ein riesiges hungriges Maul, und Moritz hatte für einen Augenblick die Vision, er könnte tatsächlich aufgefressen werden. Bullshit! Er sollte wirklich weniger kiffen. Der junge Mann gab sich einen Ruck und trat ein.

An den rauen Steinwänden lief das Wasser herunter. Moritz schaute sich ängstlich um. Die Decke war niedrig. Und dann hörte er dieses grollende Geräusch. Es schien direkt aus dem Berg zu kommen. Der dumpfe Klang umhüllte ihn komplett, seine Nackenhaare stellten sich auf, im Bauch begann es zu rumoren, das Blut rauschte in seinen Ohren, der Druck, den er im Kopf spürte, wurde immer größer. Wie ein Kind suchte er Halt, wollte nach Terrys Hand greifen. Doch sie war wie vom Erdboden verschwunden. Stattdessen gab es plötzlich eine Reihe von Lichtexplosionen.

Leider half es gar nichts, sich mit den Gedanken an seine Berliner Freunde zu beruhigen. Waren das hier vielleicht schon die Vorboten? Oder hatten sie sich gar mit dem Ort geirrt? Denn so viel war klar: Es bahnte sich etwas ganz Großes an. Auch wenn viele es nicht sehen wollten, würde demnächst mit einem großen Knall jemand landen. Hatten nicht unlängst die USA eine Konferenz zur Erforschung des außerirdischen Lebens anberaumt? Er wollte und er würde vorbereitet sein – hatte er geglaubt. Ohne zu ahnen, wie sich ein mit einem solchen Erlebnis verbundener Adrenalinstoß anfühlen würde.

Als sich seine Augen von den Farbblitzen erholt hatten, sah Moritz plötzlich, wie sich in einer Ecke der Höhle eine Gestalt erhob. Erst waren die Umrisse nur schemenhaft, dann erkannte man klarer, um wen es sich handelte: Es war ein bärtiger Mann. Auf verblüffende Weise ähnelte er Rasputin – dem Vertrauten des russischen Zarenhofs. Nur dass dessen Gesichtsbehaarung auf den Fotos länger gewesen war und er keinen Hut getragen hatte.

»Willst du die Wahrheit finden, geh heim. Geh zurück. Fort mit dir. Komm nie wieder. Verlasse diesen Ort und seine Menschen«, sprach das Wesen mit einer Stimme, die in Moritz keinen Zweifel daran aufkommen ließ, dass das Geschöpf nicht von dieser Welt war.

Er drehte sich um und verließ in Windeseile die Höhle. Moritz bewegte sich, so schnell er konnte. Er rannte, rutschte, stolperte, fing sich wieder. Runter, er musste runter. So rasch es nur ging. Möglichst, ohne sich das Bein zu brechen. Die Steinchen spritzten nur so.

Wie er es geschafft hatte, wusste er am Schluss nicht mehr – die hereinbrechende Dunkelheit hatte dafür gesorgt, dass er den letzten Teil des Weges praktisch im Blindflug zurücklegen musste. Um den Lichtkegel seiner Taschenlampe als Sichthilfe zu benutzen, fehlte ihm die Zeit. Und der Mut. Er wollte gar nicht wissen, was er da sonst noch alles gesehen hätte.

Zurück am Wanderparkplatz sprang er in seinen Wagen, jagte ihn mit überhöhter Geschwindigkeit erst über die dunklen Landstraßen, dann über die Autobahn. Nur weg von hier. Weg. Zurück nach Berlin.

Neun (PFZ)

Im Wirtshaus oben auf dem Berg hatten zu dieser späten Stunde die meisten Gäste ihr köstliches Krenschnitzel schon längst mit einem ordentlichen Schluck Bier hinuntergespült und bezahlt. Nur das Grüppchen am Stammtisch schien kein Ende finden zu wollen. Die Chefin störte das nicht, hieß es doch bei ihren Öffnungszeiten am Wochenende explizit: »9 Uhr bis aus is«. Außerdem kannte sie viele der Burschen und Mädchen von Kindesbeinen an. Alles anständige junge Leute, teilweise seit Jahrzehnten befreundet, nicht zuletzt durch die gemeinsame Mitgliedschaft bei der Freiwilligen Feuerwehr.

»Schaut's – die Terry hat g'schrieb'n! Es geht ihr saugut – der Sprachkurs läuft super und an der Akademie g'fallt's ihr jeden Tag mehr«, sagte Barbara, während sie eine Postkarte aus ihrem Rucksack fischte. »Was für ein

Riesenglück, dass die Mama vom Tommy in der Mittelbayerischen den Artikel über das Stipendium gelesen hat!«

»Und dass die Bewerbung von der Terry mit den verschiedenen Zeichnungen vom Kaitersberg so gut ankam«, fügte Thomas, der Landwirtssohn, hinzu und griff nach der Karte, um sie herumgehen zu lassen. Dann stutzte er: Mitten in die vorgefertigte Ansicht der »Piazza della Signoria« hatte jemand eine bärtige Gestalt mit Hut und rotem Halstuch hineingezeichnet. Alle lachten.

Auch die blonde Maria wusste, dass es hier um eine Anspielung ging. Da sie jedoch erst vor Kurzem von ihrem Freiwilligendienst in Frankreich zurückgekehrt war, hatte sie die ganze Aktion verpasst. »Aber wie hat die Terry denn am End g'spannt, dass der Typ nur auf das Geld von seiner Tante aus war?«, fragte sie neugierig.

»G'hört hat sie, wie er in der Küch telefoniert hat, der Depp. Der hat ned g'wusst, dass direkt drunter die alte Speis ist – die wird ja schon lang nimmer benutzt, darum steht die Eckbank auf der Falltür. Aber weil man von außen immer noch gut neikommt in des Kammerl, ist dort alles untergestellt, was man grad nicht braucht. Und weil noch Platz war, hat die Wurzerin erlaubt, dass die Terry ihre Malsachen auch reinräumt. Und wie sie grad hat ihre Spraydosen holen wollen, hört sie den Moritz am Handy reden«, erklärte Ludwig, angehender Geologe mit einem Faible für heimische Gipfel. 30.000 in bar habe der Strauchberger seinem Spezl in Berlin geben wollen, damit der ihn in seinen Verschwörerklub aufnimmt und ihm einen Platz in seinem Bunker reserviert, ›bevor die Invasion kommt‹. Dazu müsse er nur ›die Alte ein wenig weichklopfen‹.«

»Aber wie konnte sie dann wissen, wer das ist?«, erkundigte sich Maria. »Als der Ferdl mit dem Maunzi im Arm reinkam, hat die Tante ihm ihren Neffen vorgestellt. Und einen solchen Namen vergisst du ja nicht so schnell, da denkt doch jeder sofort an ›Strauchdieb‹. Und wie die Terry uns dann abends beim Feuerwehrtreffen von dem Gespräch erzählt hat, wusste der Ferdl gleich, dass das nur der Typ sein konnte«, ergänzte Barbara, der die Empörung über den niederträchtigen Neffen noch immer anzuhören war.

Dann schilderte die Gruppe abwechselnd, wie sie den Namen bei Google eingegeben und dabei die Instafotos von »Mountain-Mo« gefunden hatten, der – wie eine schnelle Recherche quer durch die sozialen Medien gezeigt hatte – identisch war mit ebenjenem Moritz Strauchberger. Und noch mehr wusste das Netz: Offenbar pflegte der BWL-Student rege Verbindung zu den unterschiedlichsten Aluhutträgerkreisen. Vor allem die Gruppe rund um Bruder Pierce schien es ihm angetan zu haben. Kein Post, den Moritz nicht umfänglich geliked oder kommentiert hätte.

»Wie unglaublich günstig, dass sich der Lauch nicht mit Heimatgeschichte beschäftigt hat und deswegen nix von dem zweiten Ausgang aus der Höhle g'wusst hat! Jessas, wie der gerannt ist!«, lachte Thomas, der den Löwenanteil der Ausrüstung geschleppt hatte. Dabei waren die Boxen nicht so sehr ins Gewicht gefallen, eher der ganze Kabelsalat. Und natürlich die tragbare Riesen-Powerbank. Gut, dass ihm, gestählt von der körperlichen Arbeit auf dem heimischen Hof, auch ein Bergauf-Marsch mit schwerem Gepäck nicht viel ausmachte. »Der kommt sicher nicht noch mal zurück. Und wir haben dafür gesorgt, dass unser Berg PFZ bleibt. Preissenfreie Zone.«

Damit verabschiedete er sich von Wolferl, der sich vor Kurzem als Veranstaltungstechniker selbstständig gemacht hatte, während der in seinen Caddy stieg. Im vollen Mondlicht war die Aufschrift auf der Seite gut zu erkennen: *Heigl Sound & Light Effects. Spezialität: Hologramme.*

Epilog

Ein wenig ratlos blickte Moritz Strauchberger auf das kleine, aber schwere Paket, das die Nachbarin für ihn in Empfang genommen hatte. Seine Laune würde es sicher nicht bessern. Die war selten rosig, seitdem ihn das Amtsgericht mit einem dürren Schreiben über das Ableben seiner Großtante Emilie Wurzer informiert hatte. Und darüber, dass ihr gesamtes Vermögen und der Erlös aus dem Verkauf ihres Häuschens der Freiwilligen Feuerwehr Miltach zugutegekommen war. Für die Ausbildung der Jugendfeuerwehr und für ein neues Einsatzfahrzeug. »Weil sie mir meinen Maunzi immer wieder sicher heimgebracht haben.«

Nun doch neugierig geworden, suchte Moritz nach einem Absender. Ganz klein stand in einer Ecke »Theresa Mühlbauer«. Den Namen hatte er noch nie gehört. Wer war das und was sollte das sein? Ein Werbegeschenk? In Form eines Briefbeschwerers? Zwei dreieckige Steine wurden begrenzt von einer flachen Platte. An irgendetwas erinnerte ihn das. Er drehte das Gebilde um, fand an der Unterseite der Metallskulptur einen Schieber. Als er ihn betätigte, setzte sich eine kleine Lichtorgel in Gang, dazu wummerten dumpfe Bässe. Im selben Moment fiel der gepolsterte Umschlag, den er achtlos auf den Tisch gelegt hatte, zu Boden. Dabei rutschte ein kleiner Zettel heraus, der Moritz bis dahin entgangen war. Darauf stand: »Gruß von Terry«.

KISSING-AND-MEN-HETTIS.DE

ANGELA ESSER

Vor rund 1.000 Jahren haben Menschen in Kissing – ähnlich wie in vielen Orten Bayerns – ein großes und bis heute noch nicht vollends erforschtes Höhlensystem geschaffen. Die Gänge, von Wissenschaftlern als »Erdställe« bezeichnet, wurden damals in den festen Sand der Lechleite gegraben und erst im 19. Jahrhundert durch Zufall entdeckt. Sie sind nach der gleichnamigen Sage, ähnlich die der Heinzelmännchen, die sich bekanntlich am Tage versteckten, als »Wichtelenlöcher« benannt. Nischen zum Aufstellen von Lampen und Sitzgelegenheiten in den unterirdischen Gängen ließen unter anderem die Vermutung zu, dass die Höhlen als Verstecke vor Feinden galten. Und wahrscheinlich bei so manchen Angriffen auch waren. Allerdings ist die heutige Theorie, dass die Höhlen ursprünglich als altheidnische Kultstätten gedient haben. Sogenannte Seelenkammern, von mittelalterlichen Siedlern am neuen Wohnort gegraben. Orte, um den Seelen ihrer Ahnen ein neues, symbolisches Grab zu geben, weil sie die alten Gräber zuvor an den vorherigen Siedlungsorten zurücklassen mussten. Angeblich fand man in einer der Höhlennischen schwarzes, unglasiertes Geschirr und Töpfe, in denen sich Knochenreste befunden haben sollen.

*Wegen Einsturzgefahr sind die rätselhaften Gänge nicht mehr begehbar und fast alle Zugänge wurden in der Vergangenheit zugeschüttet. Einzig der Bürgermeister besitzt den Schlüssel für eine unscheinbare grüne Metalltür am Petersberg, die den Eingang zu einem der Gänge verbirgt.
(Quelle: Archiv Kissing)*

Krieg, *Viyna*. Frieden, *Myr*.
Rache, *Pomsta*. Liebe, *Kokhannya*.
Prost, *Bud'mo*.
Neue Wörter, die sie gelernt hatte. Ukrainisch. Von Daryna.
Und wenn sie nicht hierhergekommen wäre ...
Nein. Mit ihr hatte einfach nur alles angefangen. Ohne Daryna würde Hetti weiter jeden Tag mit Klaus-Dieter und Gerd in der Bücherei sitzen, Zeitung lesen, einen Kaffee trinken und nebenbei Socken für den Flohmarkt stricken. Hoffen, dass einer der Enkel vielleicht am Abend mal anrief oder was anderes als »Das Traumschiff« oder »Der Bergdoktor« im Fernsehen kam.
Nicht nach rechts, nicht links schauen.
Natürlich hatte der Krieg in der Ukraine einiges auf den Kopf gestellt, auch hier im Dorf. Dennoch, das Böse war für sie weit weg. Hier passierte nichts. Vielleicht mal ein paar Kids, die ohne Führerschein durch die Weltgeschichte fuhren, heimlich ein paar Joints rauchten oder Mülltonnen versteckten. Aber sonst? Nichts.
Bis Daryna kam. Aus Bachmut. Gerd hatte sie damals aufgenommen. Mit ihren beiden kleinen Jungen, ihrer Mutter und ihrer kranken Großmutter. Für ihn das Selbstverständlichste von der Welt. Seine Kinder waren schon lange aus dem Haus und die Ehefrau seit Jahren auf dem

Friedhof. In dem Haus war viel Platz für Menschen, die einen neuen, friedvolleren Platz auf dieser Erde brauchten. So wie seine Eltern damals, als sie aus Böhmen fliehen mussten und hier ein neues Zuhause fanden. Leicht war es nicht gewesen.

Jetzt füllte sich sein Haus immer mehr mit Menschen, die Daryna vom Bahnhof abholte und an andere Familien vermittelte. Außerdem packte sie Pakete für die Ukraine und sammelte Geld. Sie konnte Deutsch und hatte Arbeit gefunden. Am Gericht. Schrieb auf Band gesprochene Protokolle ab.

Ihre Mutter passte auf die Kleinen auf, brachte das Haus auf Hochglanz. Die Großmutter hatte die Küche in Beschlag genommen. Borschtsch, Wareniki und Soljanka standen auf dem Tisch. Gerd war glücklich. Alles erinnerte ihn an seine Zeit als Kind, vor allem wenn die Großmutter ihn anlächelte und ihm warme Hefeküchlein vorsetzte.

Und wenn Hetti und Klaus-Dieter ebenfalls mit am Tisch im Wohnzimmer saßen, waren sie wie eine große Familie. Redeten, aßen, lachten. Und tranken Wodka. Oft bis tief in die Nacht.

Nur Hetti merkte irgendwann, dass etwas nicht stimmte. Sie hatte einen Blick für so etwas.

Daryna wurde immer stiller. Mürrischer. Verschlossener. Bis sie eines Tages diesen dünnen grauen Ordner auf den Tisch knallte.

»Pokyd'ky, alles proklyati pokyd'ky. Verdammte Drecksäcke.«

Schweigen.

Mutter und Großmutter senkten für einen Moment verschämt die Blicke. Die anderen hoben die Augenbrauen. Verstanden nicht.

Mit dem Zeigefinger tippte Daryna immer und immer wieder auf den Ordner. Holte tief Luft und ihre Stimme wurde schriller.

»Was habt ihr hier nur für prydurky. Solche Idioten. Unfassbar. In Ukraine kommt bei so was Familie und spielt Geige. Aber so richtig.«

»Die Familie geigt ihm die Meinung. Das meintest du, oder?«, verbesserte sie Hetti.

»Geige oder Trompete, mir egal, aber bei uns gibt es so was nicht. Nicht so. Da sorgt Familie für Ordnung.«

Hetti wusste nicht, worum es ging und wie man jemandem in der Ukraine die Meinung geigte, aber so wie Daryna das sagte, konnte das kein Zuckerschlecken sein. Sie zog den Ordner zu sich. Blätterte.

Verhandlungen über Unterhaltszahlungen.

Männer, die ihre Frauen billig loswerden wollten. Vorzugsweise kostenfrei.

Vor dem Gesetz und vor Gott sind alle gleich. Heißt es.

Aber das stimmt nicht, das wusste Hetti. Recht haben oder Recht bekommen waren zwei verschiedene paar Schuhe.

Vor Gericht gewann, wer den besseren Anwalt hatte.

Oder die bessere Anwältin. Das war das Gesetz.

Sie las Namen, die sie kannte. Ehemalige Schüler. ABC-Schützen, die bei ihr die Schulbank gedrückt hatten. Wenn auch vor Jahrzehnten.

Alle schon damals schwierig. In der Zwischenzeit gestandene Mannsbilder. Erfolgreiche Geschäftsleute, Ärzte, Politiker. Doch wie hatte ihre Mutter schon immer gesagt: Was Hänschen nicht lernt, lernt Hans nimmermehr.

Nachhilfe war hier mehr als angebracht. Im Anstands-Einmaleins.

»Woher hast du das alles?« Hetti schob die Papiere wieder zurück zu Daryna.

»Vom Gericht. Alles Protokolle.«

Hetti wollte etwas sagen. Wollte Daryna zurechtweisen. Dass es verboten sei, irgendetwas aus dem Gericht mit nach Hause zu nehmen. Geschweige denn Protokolle. Aber sie schwieg, weil sie sich sicher war, das Daryna es wusste. Sie wollte ihnen allen nur das Unrecht zeigen. Das Unrecht, das sie Tag für Tag abschreiben musste.

Hetti überlegte. Mit fast 80 konnte sie nicht mehr viel auf dieser Welt verändern.

Ein bisschen vielleicht noch.

Am nächsten Tag las sie erst einmal ihr Horoskop. Normalerweise interessierte sie das nicht. Doch ein großer Plan brauchte Unterstützung. Wenn auch nur von den Sternen.

Jetzt können Sie nicht nur Ihr Verständnis für sich selbst und Ihre Ziele steigern, sondern auch andere und deren Ziele besser verstehen. Sie können wichtige Dinge klar mitteilen, Ihr Geist funktioniert präzise. Sie dringen mit Ihrer Meinung durch. Doch kümmern sich nicht nur um Ihren Erfolg, sondern zeigen auch echtes Interesse für die Ansichten anderer Menschen. Diese Zeit eignet sich gut für jede Art von Fortbildung, sei es beruflich oder um einem privaten Interesse nachzugehen. Ihr Geist ist aufgeweckt und aufnahmefähig. Sie streben danach, Ihre Kenntnisse auf jedem Gebiet, mit dem Sie in Berührung kommen, zu erweitern. Diesen Eifer und Wissensdurst können Sie zu Ihrem Vorteil nutzen, denn Sie werden alle Probleme umso besser meistern, je mehr Sie von einer Sache wissen.

Also musste sie Gerd und Klaus-Dieter in ihren Plan einweihen. Und Marco, ihren Enkel. Ja, sie wollte mehr wissen. Marco kannte sich damit aus, wie man das machte. Im Internet und so.

Sie telefonierte. Traf sich mit ihrem Enkel. Mit Gerd und Klaus-Dieter. Stellte die Weichen. Und alles nahm seinen Lauf. Nur anders, als Hetti es geplant hatte. Tag für Tag schlief sie schlechter.

Lange vor Sonnenaufgang wurde sie jetzt immer wach. An Schlaf war dann nicht mehr zu denken. Und in der letzten Nacht hatte sie von einem Känguru geträumt, das um sie herumgehüpft war. Nicht nur das Känguru irritierte Hetti, sondern auch, dass das Tier ein menschliches Gesicht gehabt hatte. Das sie allerdings nicht richtig erkennen konnte. Einen Wackeldackel hatte es aus seinem Beutel gezogen und ihr lächelnd vor das Gesicht gehalten. Einen pinkfarbenen Wackeldackel! So was gab es doch überhaupt nicht.

Sie konnte sich nicht erinnern, dass sie irgendwann in ihrem Leben ein Känguru im Zoo oder sonst wo gesehen hätte. Wenn, dann höchstens im Fernsehen. Oder in einer Zeitschrift. Und doch, da war sie sich sicher, hatte der Traum etwas zu bedeuten. Träume hatten immer etwas zu bedeuten.

Stunden lag sie wach, starrte an die Zimmerdecke und dachte nach. Über das Känguru mit Menschengesicht, den Wackeldackel und an die Männer, die jetzt tot waren. Durch ihre Schuld.

Nun ja, so ganz stimmte das nicht. Zum einen waren die Männer letztendlich selber schuld. Vor allem aber Gerd. Eigentlich. Denn sie hatte ihm lediglich den Auftrag gegeben, sie jeweils nur zu entführen. Nein, nicht entführen. Dirigieren, hatte sie gesagt. Oder begleiten. In den Bunker unter der Bücherei. Den Luftschutzbunker aus den 80ern. Wo nur reinkam, wer einen Schlüssel hatte. In den Raum, der mit Konzertplakaten zugepflastert war. In dem der Musiklehrer mittlerweile Unterricht gab. Schlagzeug. Der Bunker war ja schalldicht. Zumindest fast.

Und die Leiterin der Bücherei hatte einen Schlüssel. Ab und an ging sie hinunter. Auf die sollte Marco aufpassen. Bescheid geben, wenn sie in den zweiten Raum gehen wollte. Ins Archiv, das auch hier lagerte.

Dirigieren, mehr hatte Gerd nicht machen sollen. Nur dirigieren. Allerdings war er übermotiviert gewesen. Wie immer. Das hätte sie wissen müssen.

Dem Ersten war er beim Joggen frühmorgens hinterhergelaufen. Mit 82! Das konnte nicht gut gehen. Da er nicht mehr mithalten konnte, hatte er eine Abkürzung genommen. Dem Mann vor seiner Haustür die Pistole unter die Nase gehalten. Zwar nur eine Schreckschusspistole, doch das konnte der Mann ja nicht wissen. Der war aus Angst rückwärtsgelaufen, gestolpert und dann mit dem Hinterkopf ausgerechnet auf den Grenzstein gefallen, den er selbst erst vor ein paar Tagen eigenmächtig, aber ohne Erlaubnis versetzt hatte. Ende. Aus. Feierabend.

Gerd hatte noch Erste Hilfe geleistet. Als Arzt.

Kein bisschen gelitten, war Gerds einziger Kommentar gewesen. Wenigstens das.

Und der Zweite hatte schlicht und ergreifend einen Schlaganfall erlitten, als er sich nach seinem ausgedehnten Kneipenbesuch vehement geweigert hatte, in Gerds Wohnmobil einzusteigen. Trotz Schreckschusspistole. Eigentlich kein Wunder, die Sache mit dem Schlaganfall. So wie der den Alkohol in den letzten Jahren in sich hineingekippt hatte. Dazu dieser Wanst, den er sich angefressen hatte.

Damit musste jetzt Schluss sein. Also mit der Pistole. Da gab es doch auch andere Möglichkeiten. Gerd war unberechenbar. Womöglich nahm er noch irgendwann eines seiner Jagdgewehre.

Niemand hatte ihn gesehen. Beteuerte Gerd. Weder bei dem Jogger noch bei dem anderen. Aber da konnte man sich nicht sicher sein. Es gab doch mittlerweile überall Kameras. Und genügend alte Menschen mit seniler Bettflucht, die durch die Straßen wanderten oder stundenlang aus Fenstern starrten.

Sie mochte sich gar nicht vorstellen, was passieren würde, wenn sie ihn erwischten. Wie ein Wasserfall würde der reden. Mit nichts hinterm Berg halten.

Nervös knetete sie ihre Hände. Damit wäre das ganze Unternehmen umsonst gewesen. Und das durfte nicht passieren. Ab sofort lief es nach ihrem Kommando. Das würden auch die anderen verstehen.

Mühsam schwang sie sich aus dem Bett und wartete, bis ihr Kreislauf in den Tagesmodus wechselte. Schaute auf ihre Beine, und wie immer, wenn sie an sich heruntersah, überkam sie eine leichte Wehmut. Wie schnell hatten sich ihre Gehwerkzeuge von schlanken und durchtrainierten Körperteilen in eine undefinierbare Schrumpelmasse verwandelt. Es war doch noch gar nicht so lange her, als sie gerne Twist getanzt, Miniröcke und Bikini getragen hatte. Und jetzt hatte sie nur noch die Wahl zwischen »Lymph O Fit«, »Compressana Diamonds« oder »Mediven Elegance«. Nur weil die Namen mittlerweile schicker klangen, änderte es aber nichts daran, dass ihre Beine mit diesen

Stützstrumpfhosen aussahen, als wären sie aus beigefarbenen Legobausteinen. Immerhin war sie in all den Jahren nicht aus dem Leim gegangen. Sie griff nach einem Paar, das schon einige Male gestopft worden war. Um nichts in der Welt wollte sie eines von den guten opfern. Dafür waren die zu teuer.

Sie ging in die Küche, gurgelte zehn Minuten mit Sesamöl, machte ihre Kniebeugen und Atemübungen. Morgenroutine, seit sie einst hier im Dorf als Grundschullehrerin angefangen hatte. Danach gab es den ersten Kaffee. Mit der Tasse in der Hand ging sie auf die Terrasse ihres kleinen Häuschens und hörte den Vögeln zu.

Dachte an ihre Kinder, an die Enkel. Und an Gerd. Daran, dass sie den dingfest machen und er ins Gefängnis kommen würde. Sie natürlich auch, wenn alles aufflog. Wahrscheinlich schämten sie sich dann für ihre Mutter, ihre Oma. Der Richter oder die Richterin und die Anwälte würden den Kopf schütteln. Alte Leute, die nicht mehr ganz richtig im Kopf waren. »Unzurechnungsfähig«, wäre deren einzige Erklärung und sie würde mit Sicherheit in die Klapse wandern.

Nicht mehr darüber nachdenken. Nicht an dem Tag, an dem sie alles in die Hand nehmen und richtig machen wollte. Nur die Sache mit dem Schlüssel für den Bunker durfte sie nicht vergessen. Den musste sie dem Musiklehrer zurückgeben. Sie ging an den Kühlschrank mit den Zetteln. Genau, um fünf heute Nachmittag. Bis dahin würde ja wohl alles über die Bühne gegangen sein.

Alles klappte hervorragend. Bis ins kleinste Detail hatten sie die ganze Aktion ausgearbeitet. Der nächste Kandidat war ein besonders mieses Subjekt. Und ein Gewohnheitstier. Jeden Morgen Punkt acht kaufte er Croissants in der Bäckerei an der Ecke. Hetti musste nur einen kleinen Schwächeanfall vor dem Laden vortäuschen. Schon fuhr sie ihr ehemaliger Schüler, wohin sie wollte. Begeistert war er nicht gewesen, aber so war es nun mal. Vor aller Augen einfach einer alten Frau nicht behilflich zu sein, das ging auf dem Dorf auf gar keinen Fall. Glücklicherweise hatten bei ihrem kleinen Sturz die Strümpfe kein neues Loch bekommen. Stopfen gehörte nicht gerade zu ihren Lieblingsbeschäftigungen.

Und jetzt saß Robert im Bunker. Gefesselt. Unter den Kabelbindern alles dick mit Schaumstoff ausgepolstert. Damit man später nichts sah.

Um ihn in den Bunker zu bekommen, hatte Gerd wieder mal gemeint, mit der Schreckschusspistole herumfuchteln zu müssen, was völlig unnötig gewesen war. Glücklicherweise hatte Robert eine bessere Konstitution als der Jogger. Dafür zappelte er unermüdlich hin und her. Obwohl er doch einsehen müsste, dass das nichts brachte. Hetti hätte es sich allerdings denken können. Das mit dem Zappeln. Robert war schon in der Schule ein Unruhegeist gewesen. Konnte nie still sitzen und war der Erste, der aus der Klasse stürmte, wenn das Klingelzeichen die Pause einläutete. Und die Mädchen hatte er drangsaliert. Ihnen Spinnen in die Mäppchen gesteckt oder sie an den Haaren gezogen. Ewigkeiten war das her, und letztendlich hatte sich nichts geändert. Jetzt hatte er seine Fast-Ex-Frau auf die Palme gebracht. Mit ihr die Kissing-and-men-hettis. Das waren Klaus-Dieter, Gerd und sie. Die Internetseite hatte Marco eingerichtet. Und noch etwas auf Instagram. Hier konnten sich weitere Frauen melden, die bei der Scheidung übers Ohr gehauen werden sollten. Hetti sprach mit jeder einzelnen. War erschüttert, was sie da alles erfuhr. Auch über Robert.

Der jetzt vor ihr saß und sie trotzig anschaute. Wie damals.

Einmal Rotzlöffel, immer Rotzlöffel. Dazu jetzt auch noch hinterfotzig.

An der Wand mit dem »Metallica«-Plakat lehnte Klaus-Dieter mit den Papieren, und Gerd fuchtelte immer noch mit der Pistole herum.

»Ohr ab«, sagte Klaus-Dieter.

Hetti ignorierte den Einwurf und drehte sich zu Robert. »Also«, sagte sie, »jetzt unterschreibst du einfach und in ein paar Minuten bist du wieder bei deinen Croissants.« Sie nickte Gerd zu, der die Pistole weggesteckt hatte und jetzt mit einer Spritze in der Hand langsam auf Robert zuging. Männer hatten immer Angst vor einer Spritze. Selbst wenn da nur ein bisschen Wasser drin war. Aber das wusste Robert ja nicht. Von wegen Männer und Helden.

Robert zuckte zusammen und riss die Augen auf. Schüttelte vehement den Kopf. Hetti wusste nicht, ob er damit die Spritze oder die Papiere meinte.

»Denk noch einmal genau nach.« Sie wollte ihm eine letzte Chance geben. Redete ihm noch einmal zu. Dass es keine Schande war, sich nach über 30 Jahren von seiner Frau scheiden zu lassen. Bei Nacht und Nebel das Haus mitsamt aller Glühbirnen auszuräumen und zu verschwinden, schon. Dass der jahrelange Streit vor Gericht leider nur ihn begünstigte. Zu Unrecht. Weil er alle Tricks, die es so gab, mit seinem Anwalt durchexerziert hatte. Seine Frau könne ja arbeiten gehen. Mit 60! Ob er noch alle Tassen im Schrank habe. Nach dem, was seine Frau alles für ihn getan hatte. Vielmehr, worauf sie alles verzichtet hatte, damit er die Karriereleiter hinaufklettern konnte. Und jetzt wollte er sie im Regen stehen lassen. Wie erbärmlich.

Hetti hatte sich in Rage geredet und riss Klaus-Dieter das Papier aus der Hand.

»Wir haben genau recherchiert. Auto- und Wohnungskauf. Auf deinen Namen. Urlaube. Kapitalversicherung auszahlen lassen. Schon lange Geld beiseitegeschafft. Das Einkommen runtergerechnet. Alles bestens vorbereitet, damit ja nicht viel übrig bleibt, was man noch teilen könnte. Ein schlauer Fuchs im Rechnen warst du ja schon in der Schule«, sie seufzte, »nur hast bei mir auch noch etwas anderes gelernt, oder?«

Wenn es etwas gab, was sie auf den Tod nicht ausstehen konnte, dann war es Ungerechtigkeit. Schon in ihrer Zeit als Grundschullehrerin. Da war mit Hetti nicht gut Kirschen essen. Birnen und Äpfel auch nicht.

Langsam taten ihr die Beine weh. Wenn Robert hier weiter den starken Mann markieren wollte, brauchte sie auch einen Stuhl. Sie nickte Gerd zu, der mit der Spritze noch ein paar Schritte näher kam. Mit einem Ruck riss Hetti das Panzerband von Roberts Mund. »Schreien brauchst du erst gar nicht zu versuchen, hier hört dich kein Mensch.«

»Ohr ab«, sagte Klaus-Dieter.

»Damit warten wir noch einen kleinen Moment«, sagte Hetti und schaute Robert an. Zog die Augenbrauen hoch. »Und?«

»Ohr ab«, wiederholte Klaus-Dieter.

Der Mann auf dem Stuhl fing an zu zittern. Stöhnte. Schweiß rann ihm über die Schläfen. Hetti konnte seine Angst sehen und riechen. Sie hielt ihm den Stift hin.

»Also?«

Gut, dass Klaus-Dieter Notar war. Das Ohr blieb dran und in null Komma nichts war alles in trockenen Tüchern. Die Frau bekam ihr Recht, vor allem das, was ihr zustand. Schriftlich.

Bei Max, Seppi, Franz, dem Ernstl und auch beim Wölfi lief ebenfalls alles bestens, und nach ihrem jeweiligen Bunkerbesuch waren sie genauso einsichtig. Wie der Andi, der Xaver und der Luggi.

Letztere haderten jedoch lange. Alles Kaliber, die schon früher oft genug hatten nachsitzen müssen. Daran konnte Hetti sich noch sehr gut erinnern. Weil auch sie immer mit nachsitzen musste. Als Lehrerin.

Diesmal ließ sie die Männer zur Strafe die Zehn Gebote hundertmal abschreiben. Anschließend, wenn immer noch kein Einsehen war, hundertmal den Namen ihrer Frau und ihrer Kinder. Danach waren sie so weit.

Jeder Erfolg wurde abends bei Gerd gefeiert, auch der letzte über Luggi. Hetti brachte Sekt mit und Klaus-Dieter Pralinen. Auch wenn die Ukrainerinnen keine Ahnung hatten und immer wieder fragten, was denn diesmal der Anlass sei, Hetti, Klaus-Dieter und Gerd hielten dicht.

Für alle freudige Stunden des Zusammenseins. In die sich auch wehmütige, vor allem traurige Stimmungen mischten. Geschichten aus der Ukraine. Von Bachmut. Einer Stadt, die es nicht mehr gab. Nur noch in ihren Herzen.

Hetti nahm die Hand der Großmutter. Versuchte, ihr Trost zu spenden. Aber da gab es keinen Trost, nur die Hoffnung. Die Hoffnung aller, dass die Ukraine mit all ihren mutigen Menschen überlebte.

Daryna schenkte immer und immer wieder allen Wodka

nach und erzählte von all den Geflüchteten, die froh waren, hier sein zu dürfen. Dankbar waren. Aber es gebe auch andere.

»Wie überall«, antwortete Hetti.

Daryna war lange still. Hetti sah, dass Daryna überlegte, ob sie mehr erzählen sollte. Sie nickte ihr zu.

Gestern erst habe sie ein Ehepaar aus der Heimat beim Spazierengehen durch die Felder getroffen. Fragen hätten sie gestellt. Merkwürdige Fragen. Wo sie all die Geflüchteten untergebracht habe. Ob alle noch an einen Sieg glaubten. Und ob sie überhaupt noch hinter Selenskyj stünden. Der sei doch langsam größenwahnsinnig. Und die Soldaten, die seien doch alle kampfmüde. Sie habe sich schnell von ihnen verabschiedet. So redeten keine Ukrainer. Keine, die sie kannte.

»Hast du die beiden schon einmal gesehen?«, fragte Gerd.

Daryna schüttelte den Kopf. »Keine Ahnung, wo die herkommen. Sie sahen aus wie alle. Eben wie Ukrainer. Sie blond, Haare hochgesteckt. Er dunkle Haare, kurz geschnitten. Normales ukrainisches Ehepaar.« Gewundert habe sie sich nur, dass er nicht in der Ukraine sei, als Soldat. Oder wenigstens als Helfer.

Und sie erzählte weiter.

Von den Soldaten, die kämpften. Voller Zuversicht. Von den gestorbenen, die von allen verehrt wurden. Und dass sie das Wort »gefallen« nicht mochte. In der Ukraine fällt niemand.

Von den Nachbarn, von denen sie nicht wusste, wo sie jetzt waren. Ihrem Vater in der Gefangenschaft. Ihrem Mann an der Front. Seit über einem Jahr. Und wie sehr sie ihn liebte.

Von den Kindern, deren Lachen, deren Stimmen verstummt sind.

»Aber«, sagte sie, »traurig zu sein, hilft nicht. Wir sind hier und beten. Und alle, die kämpfen, wollen, dass wir sie unterstützen. Sie sind nicht kampfmüde. Und sie wollen, dass es uns gut geht. Dass wir von hier aus anderen Geflüchteten helfen. Dass wir lachen. Sonst machen sie sich Sorgen. Und niemand will, dass sie sich Sorgen machen. Das bringt Unglück.« Sie machte eine kurze Pause. »Also kommt und trinkt, auf ein langes Leben und auf die Gesundheit – Bud'mo.« Sie hob das Glas. »Achtung«, sagte sie auf einmal mit tiefer Stimme und kicherte. »Das ist doch richtig deutsch oder? Achtung, Achtung! Aufpassen!« Sie hob dabei ihren Zeigefinger. »Jetzt erzähle ich euch mal einen Witz. Also, hört zu:

Morgens um halb drei wird Putin von seiner Sekretärin geweckt. ›Wladimir Wladimirowitsch‹, sagt sie, ›die Ukrainer wollen die Bedingungen der Kapitulation besprechen.‹

›Gut‹, sagt Putin und setzt sich in seinem Bett auf, ›geben Sie mir mein Telefon, ich rufe Selenskyj an.‹

›Das wird nicht nötig sein‹, antwortet die Sekretärin, ›er steht mit seiner Delegation hinter der Tür, und sie haben uns eine Stunde Zeit gegeben.‹«

Alle lachten, tranken und sangen gemeinsam. Hofften.

»Schaut mal«, Daryna schob einen Flyer über den Tisch, »jetzt gibt es hier endlich auch mal was Lustiges. Wenn mein Mann hier wäre, würden wir da bestimmt mitmachen. Das passt zu dem Dorf, wie Finger auf Auge.«

»Faust auf's Auge«, verbesserte Hetti und nahm den Flyer in die Hand. Er war pink und mit einem knallroten Kussmund verziert.

Kissing-Festival, stand darunter. Kissing in Kissing. Küssen für den Frieden. Nächsten Samstag auf dem Rathaus-Platz, beim Brunnen. Wer mitmachen wollte, sollte einfach vorbeikommen. Der Weltrekord im Küssen von 58 Stunden, 5 Minuten und 58 Sekunden sollte gebrochen werden.

Auf was für Ideen nur manche Leute kommen, dachte Hetti und gab den Flyer Daryna zurück.

»Kannst du behalten. Liegen überall. Supermarkt, Bäcker, Bücherei. Gehen wir hin?«

Ein Kuss-Festival. In Kissing. Verrückt. Da blieb einem ja die Spucke weg.

Natürlich wusste Hetti, dass sich viele Hochzeitspaare vor dem Ortsschild fotografieren ließen. Und dafür von sonst woher kamen. Bei Nacht und Nebel manchmal sogar die Schilder abmontierten. Aber jetzt auch noch ein Festival?

Für sie gab es Wichtigeres. Die Sache mit den Unterhaltszahlungen. Sie wollte sie zu Ende bringen. Denn die Wurzel allen Übels war noch nicht erledigt. Die Anwälte. Und vor allem die Anwältinnen. Die oft noch schlimmer waren als ihre Berufskollegen. Wie konnten sie nur.

Und dann gab es ja auch noch den ein oder anderen Richter. Oder die ein oder andere Richterin.

Zur Sicherheit las sie wieder einmal ihr Tageshoroskop. Aus welchen Gründen auch immer hatte in ihren Augen in der letzten Zeit alles zu gut funktioniert.

Die verschiedensten Angelegenheiten nehmen jetzt einen fast spielerischen Verlauf, und vielleicht geben Sie sich der Illusion hin, dass alles auch weiterhin so glatt-laufen wird. Doch dies ist eine Zeit, um sich zu stabilisie-

ren und abzusichern und dafür zu sorgen, dass Sie möglicherweise später auftretenden Belastungen gewachsen sind. Sie sollten die während der vergangenen Monate wohlgediehenen Projekte überdenken und sie für die nahe Zukunft vorbereiten, in der sie einen kritischen Höhepunkt erreichen. In diesen Dingen ist Ihnen der Erfolg fast sicher – Sie sollten die Zeit nutzen und die besagten Vorbereitungen treffen.

Sie hatte es geahnt. Allerdings keinen blassen Schimmer, was mit den Vorbereitungen gemeint war. Sie musste mit Gerd und Klaus-Dieter reden. Überlegen, was noch zu tun war.

Die Ferien kamen und sie hatten freie Bahn im Bunker. Kein Schlagzeugunterricht, und Hetti hatte den Schlüssel. Am hartnäckigsten waren, wie schon erwartet, die Anwältinnen. Manche von ihnen mussten sie tagelang einsperren. Bei Wasser und Brot. Wenn schon, denn schon. Ihnen immer und immer wieder klarmachen, was sie den Noch-Ehefrauen da antaten. Die Fesseln sparten sie sich schon lange. Denn aus dem Bunker kam man nicht so einfach raus. Nicht, wenn Klaus-Dieter Wache hielt.

Und zum Glück gab es hier unten eine Toilette, denn Frau Richterin Dr. Großfuchs saß mittlerweile seit fünf Tagen hier. Stur. Ohne jede Einsicht. Sie sei immer dem Recht verpflichtet, sagte sie. Gebetsmühlenartig. Jedes Mal, wenn sie das Panzerband abnahmen. Auf das konnten sie bei ihr nicht verzichten. Die Richterin hatte sie unentwegt angespuckt, auf die übelste Art und Weise beschimpft.

Sobald sie ihr das Essen gaben, legte sie wieder los. Ob sie wüssten, dass sie Frauen unterstützten, die ihre Männer ausnehmen würden wie Weihnachtsgänse. Krieg der kleinen Würstchen. Wie jämmerlich. Rachsüchtige Aasgeier.

»Wenn, dann Aasgeierinnen«, antwortete Hetti.

Frau Dr. Großfuchs verdrehte die Augen und schnaubte. Lachte verächtlich, als sie ihr Fakten vorlegten. Belege von Frauen, die irgendwann zermürbt aufgaben. Auf Dinge verzichteten, damit endlich nach Jahren des Streits Ruhe war.

»Selber schuld«, war die Antwort der Richterin.

Hettis Telefon klingelte. Sie musste das Gespräch nicht annehmen. Sie wusste, dass es Marco aus der Bücherei war. Die Leiterin war auf dem Weg ins Archiv. Vom Terrasseneingang hinter der Bücherei aus. Ein wenig Zeit blieb ihnen noch, bis sie durch die Schleuse war. Trotzdem mussten sie verschwinden. Sofort. Durch den anderen Eingang. Wie sonst auch. Diesmal mit Frau Dr. Großfuchs. Auf dem schnellsten Weg.

Außerdem schickte Marco noch ein paar Informationen auf ihr Handy. Endlich. Hetti überflog alles nur kurz, aber es war genau das, worauf sie gewartet hatte.

Gerd hielt mit dem Wohnmobil genau vor der Treppe, die von der Straße aus hinunter in den Bunker führte. So konnte niemand etwas sehen. Alles planmäßig. Auf dem Parkplatz vor dem Supermarkt gegenüber hatte er auf seinen Einsatz gewartet. Klaus-Dieter kümmerte sich um die Richterin. Es lief wie am Schnürchen.

Keine zehn Minuten später gingen sie unbemerkt über die Außentreppe in Gerds Keller. Standen vor der geöffneten Stahltür. Kalte Luft und muffig-erdiger Geruch strömten ihnen entgegen.

Klaus-Dieter hielt Frau Dr. Großfuchs umklammert.

Mit ihrem ganzen Körper wehrte sie sich, aber gegen 140 Kilo kam auch sie nicht an.

»Ohr ab«, sagte Klaus-Dieter, obwohl er bei Frauen so seine Schwierigkeiten hatte.

»Wichtelenloch. Wie besprochen«, sagte Hetti.

Seit Ewigkeiten war Hetti nicht mehr hier gewesen. Vor dem Wichtelenloch, in dem sie als Kinder herumgekrochen waren. Mutproben bestanden hatten. In dem unterirdischen Gang. Entdeckt beim Bau des Hauses in der Lechleite.

Gerd hatte alles vorbereitet. In den Nischen standen LED-Leuchten, darunter ein Eimer, Toilettenpapier, Flaschen mit Wasser. Er nahm den Sack vom Kopf der Richterin. Klaus-Dieter schob sie zum Erdloch.

»Ich habe Platzangst«, kam fast tonlos von der Richterin. Ihre Augen waren vor Entsetzen aufgerissen.

»Raumangst heißt das«, sagte Hetti. »Platzangst ist etwas anderes …«

»Ich geh da nicht rein«, unterbrach sie die Richterin. »Niemals. Das ist Entführung. Körperverletzung. Erpressung …«, die Richterin schnappte nach Luft. War schneeweiß im Gesicht.

»Unterschreiben.« Hetti ließ nicht locker.

»Das ist erzwungen.«

Hetti schüttelte den Kopf, las ihr Marcos Recherchen vor. Frau Dr. Großfuchs unterschrieb. Aus freien Stücken, wie das Papier versicherte.

»Wir behalten Sie im Auge.« Hetti steckte den Stift wieder ein.

Klaus-Dieter stülpte ihr wieder den Sack über den Kopf. Gemeinsam mit Gerd würde er sie zurück nach Hause fahren.

Eine Anzeige war nicht zu befürchten, dafür hatten sie

zu viel über sie in der Hand. Rechtsbeugung. Nicht nur in einem Fall. Was für eine elendige Bissgurrn. Was anderes fiel Hetti zu der Frau nicht ein.

Sie ging ein kleines Stück durch die Stahltür. Wie vor so langer Zeit. Ins Wichtelenloch. Erinnerte sich daran, wie sie hier gespielt hatten. Verstecken. Vater, Mutter, Kind. Was Gerd immer langweilig fand. Heute würden die Kinder wahrscheinlich »ätzend« sagen. Sie lächelte. Für sie war es ein einziger großer Spielplatz gewesen. Die Gefahr und auch das Unheimliche hatte sie nicht gesehen. Sie fröstelte. War froh, dass sie die Richterin hier nicht hatten einsperren müssen.

Sie schreckte hoch, als sie von Weitem Stimmen hörte. Im ersten Moment fragte sie sich, ob die Stimmen in ihrem Kopf waren oder aus dem Haus kamen. Nein, sie kamen aus dem Tunnel. Ganz leise. Wie ein unverständliches Lied in der Ferne gesungen. Hetti ging weiter. Die Luft wurde feuchter. Kälter. Ohne nachzudenken, löschte sie die Lichter in der Nische.

Grabesdunkel.

Die Stimmen kamen näher. Immer noch leise.

Im Erdloch konnte niemand sein. Durfte niemand sein. Seit Jahren waren alle Zugänge verschüttet. Die Tür am Petersberg verriegelt. Der Zutritt war verboten. Von dem Zugang in Gerds Haus wussten nur ganz wenige. Und von hier aus konnte niemand hineingekommen sein. Es gab nur eine Möglichkeit. Wer immer das auch war, sie waren durch die Tür am Petersberg eingebrochen.

Zentimeter für Zentimeter ging Hetti langsam zurück. Wollte die Tür schließen. Sie klemmte. Hetti zog fester. Aber die Tür gab nicht nach.

»Was machst du denn hier unten?«

Hetti zuckte zusammen und drehte sich um. Daryna stand mit Flaschen in der Hand vor ihr. Hetti hielt ihren Zeigefinger vor den Mund. Deutete dann auf den Eingang zum Wichtelenloch. Sie zog die Schultern hoch, hob die Handflächen nach oben und schüttelte leicht den Kopf. Daryna stellte die Flaschen ab und ging auf Zehenspitzen durch die Tür. Ging immer weiter. Hetti schaute ihr hinterher. Hielt den Atem an. Stand da wie eine Salzsäule. Sie hörte, wie Darynas Mutter und Großmutter die Kellertreppe hinunterkamen. Mit Körben voller Einmachgläsern in den Händen. Versuchte, sie wieder nach oben zu scheuchen. Die Frauen blieben. Stellten die Körbe ab.

Daryna tauchte wieder auf. Mit geballten Fäusten.

»Das sind sie«, flüsterte sie atemlos. »Das Ehepaar. Ukrainer. Verräter. Sie streiten. Über Geld. Viel Geld.« Rote Flecken breiteten sich auf ihren Wangen aus. »Morgen wollen sie auf dem Festival …«

Hetti merkte, dass Daryna nach Worten suchte.

»Gift. Wie bei Nawalny. Und all den anderen. Nur besser.« Sie drehte sich dabei zu ihrer Mutter und Großmutter. Redete auf Ukrainisch. Wedelte dabei mit den Armen. Tränen liefen ihr über die Wangen.

Hetti verstand nur »Selenskyj«. Sie ging auf Daryna zu, versuchte, sie in den Arm zu nehmen. Zu beruhigen. Aber Daryna war außer sich.

»Wir müssen etwas machen. Sie wollen das Gift testen. Hier. Auf dem Kissing-Festival. Ein bisschen Gift auf den Arm. Oder das Bein. Oder in ein Getränk. Niemand wird etwas merken. Sterben werden sie erst viel später.« Sie holte tief Luft. »Selenskyj und seine Berater. Sie sollen ausgeschaltet werden. Ich muss ...« Weiter kam sie nicht. Sie schaute zu ihrer Mutter, ihrer Großmutter. Sie fassten sich an den Händen. Ganz ruhig.

Hetti konnte den Mut, vor allem die unglaubliche Stärke und die Entschlossenheit dieser Frauen sehen. Mit jeder Faser ihres Körpers fühlen. Und erkannte das Gesicht des Kängurus. Das Tier, das Kraft symbolisierte. Das sich aus jeder beliebigen Lage wieder aufrichten konnte. Das Gesicht der Großmutter. Die sich jetzt an einem Schrank zu schaffen machte. Sich hier auskannte. Wie zu Hause. Eine Pistole herausholte.

Hetti betrachtete die Waffe. Die alte Mauser von Gerds Vater. Aus dem Zweiten Weltkrieg. Sie hatte gedacht, er hätte sie schon längst abgegeben. Bei der Polizei. Hier glänzte sie jetzt wie neu.

Die alte Ukrainerin ging auf den Tunnel zu. Ohne zu zögern.

Auf einmal und ohne jede Vorwarnung rieselte es hinter der Stahltür winzige Steinchen. Sie wichen zurück. Hörten aufgeregte Rufe, die durch den Gang schallten. Ein tiefes Grollen. Schreie. Spürten einen eiskalten Luftzug an ihren Beinen. Hetti versuchte, die Tür zu schließen. Sie klemmte noch immer. Die Frauen halfen. Ein dumpfer Schlag ließ das Haus für einen kleinen Moment vibrieren. Aus dem Weinregal fiel eine Flasche zu Boden. Rotwein, der sich wie Blut auf dem Boden ausbreitete.

Totenstille.

Außer dem Atem der Frauen war nichts mehr zu hören.

»Feinde muss man richten«, sagte die alte Frau ruhig. »Und manchmal werden sie durch etwas anderes gerichtet.« Sie drehte sich um, legte die Waffe wieder zurück in den Schrank. Unbenutzt. Nahm einen der Körbe und ging zur Treppe.

Und der pinkfarbene Wackeldackel, schoss es Hetti durch den Kopf, wird mir wohl immer ein Geheimnis bleiben.

Vielleicht wartete aber noch eine andere Aufgabe auf sie.

Augsburger Allgemeine
Letzte Woche untersuchten renommierte Geologen nach 2014 erneut das Tunnelsystem in Kissing und stießen dabei auf zwei Leichen, die unter Sandbergen begraben und bereits von Würmern zerfressen waren. Die Gerichtsmedizin erklärte nach verschiedenen Analysen, bei den Toten handele es sich um einen Mann und eine Frau aus dem osteuropäischen Raum. Papiere wurden keine gefunden.
Die Aluminiumkoffer, die sich ebenfalls bei den Leichen befunden hatten, geben weitere Rätsel auf. Einer enthielt verschiedene Ampullen mit hochgiftigen Substanzen unbekannter Art, die nun vom Bundeskriminalamt weiter untersucht werden. Der andere Koffer wies Schaumstoffeinteilungen auf, wie sie für kleine Goldbarren und -münzen üblich sind. Der mutmaßliche Inhalt, von dem bislang jede Spur fehlt, wird auf über eine Million geschätzt.

DAS MAUSOLEUM

VON HELMUT VORNDRAN

Das Mausoleum von Ziegelsdorf in Oberfranken ist eine Begräbnisstätte, und zwar die des Freiherrn Hans Georg Friedrich Werner von Seebach. Das unheimliche Bauwerk steht vollkommen von Bäumen verdeckt in einem verwilderten Wald, dem sogenannten Schafholz. Die Grabeskirche wurde auf einer Anhöhe bei Ziegelsdorf im Jahre 1897 erbaut und ist neben dem Herzoglichen Mausoleum am Glockenberg in Coburg das einzige Mausoleum im Coburger Land. Wer sich gruseln möchte, ist hier genau richtig, liegt der tote Freiherr doch tatsächlich noch leibhaftig in seinem steinernen Sarg, an diesem wunderbar schaurigen Ort.

Adventus / Ankunft

Die Schwarze Messe war eine Zeremonie, die der Verehrung des Satans, des göttlichen Widersachers, diente. Die religiös-magischen Handlungen und Rituale waren aus der christlichen Liturgie übernommen, allerdings radikal abgewandelt. Das christliche Zeremoniell wurde von Grund auf ad absurdum geführt, etwa wenn die Hostie dreieckig statt rund und dazu noch aus Blut und Mehl gebacken war. Wenn anstatt eines christlichen Ritus sexuelle Handlungen stattfanden, schwarze statt weißer Kerzen entzündet wurden, oder wenn umgedrehte Kreuze an den Wänden hingen, dann wusste jeder Beteiligte, dass er sich auf der dunklen Seite der Macht befand. Die spezielle Liturgie einer solchen Messe blieb den ausführenden Protagonisten zur Gänze selbst überlassen, was diese auch gerne sehr kreativ nutzten. Es gab keine Blaupausen oder gar Vorschriften übergeordneter Organisationen für ein solch obskures Spektakel.

Carsten Bredow war bei diesen düsteren Veranstaltungen, egal, welcher Art sie auch dargeboten wurden, in der Regel der wichtigste Mitspieler. Er war die Person, die als dunkles Medium die Verbindung zur Geisterwelt herstellte, der angesehenste der Hohepriester seiner Zunft. Er war Kopf, spiritueller Führer und Zeremonienmeister der »Church of Satan« im europäischen Raum, was doch ein erkleckliches Gebiet voller althergebrachter religiöser Bräuche umfasste. Carsten Bredow war durch seine lebenslange intensive Beschäftigung mit der Thematik des Satans und seiner Wiedergeburt inzwischen der unangetastete Spiritus Rector aller Satanisten in Mitteleuropa. Er war derjenige, der die Ansagen machte, wann, wie und wo etwas zu geschehen hatte, um ihrem angebeteten Führer Satan zu dienen. Er war gleichsam agitativ wie innovativ, sowohl, was die Schwarze Messe selbst anbetraf, als auch die Durchführung und Orte ihrer pseudoreligiösen Veranstaltung anbelangte. Letztere Eigenschaft war nun auch der Grund, warum die Gruppe seiner engsten Freunde und zugleich treuesten Anhänger heute an diesen sehr speziellen Ort nach Franken gefahren war. Dieser Ort war ihm von einem engen Vertrauten als Geheimtipp zugetragen worden, und er hatte ihm gleich so gut gefallen, war so unglaublich inspirierend gewesen, dass er diesen unglaublichen Platz ohne weiteres Zögern für das wichtigste Datum dieses Jahrzehnts anlässlich der Feierlichkeiten ihres höchsten Tages auserwählt hatte. Denn der heutige Tag, das heutige Datum waren die Zahlen des Bösen, des Satans schlechthin. Es war der Tag, dem alle Satanisten seit so vielen Jahren sehnsüchtig entgegengefiebert hatten. Ein Datum, in dem sich alles Satanistische vereinte.

6. 6. 2026

Die Anbetung dieses Datums, der dreimaligen 6, ging ursprünglich auf ein Bibelzitat aus der Offenbarung des Johannes zurück. Dieser hatte demnach in einem Fiebertraum eine furchtbare Vision von einem Tier mit »zehn Hörnern und sieben Köpfen«, das aus dem Meer stieg und Gott lästerte. »Wer Verstand hat, berechne den Zahlenwert des Tieres. Denn es ist die Zahl eines Menschennamens, seine Zahl ist 666«, heißt es dort geheimnisvoll. Das stimmte angesichts der Jahreszahl nicht ganz, trotzdem reichten drei Sechser, um die teuflische Zahl 666 daraus zu generieren, die Zahl, die für einen Anhänger Luzifers einfach alles bedeutete. Die eingeschworene Satanistengemeinde »Church of Satan«, die in Kalifornien von ihrem Urvater Anton Szandor LaVey gegründet worden war, würde deshalb heute auf der ganzen Welt dieses besondere Datum zelebrieren. Selbst der Satanistensender »Radio Free Satan« in den USA hatte heute die Teufelsanbeter aller

Kontinente bei einem »Satan's Rockin' 666« auf das Ereignis eingestimmt, mit teuflisch hartem Black Metal und bei entsprechenden ekstatischen Veranstaltungen, unter anderem mit blutverschmierten Nackttänzerinnen.

Aber nicht nur das, mit der Zahl 666 ließ sich auch durchaus Geld verdienen. Wurde doch vor einigen Jahren im Wüstenstaat Katar beispielsweise die Telefonnummer 6666666 für über zwei Millionen Euro an einen Anhänger der dunklen Magie versteigert. Auch die Macher des Films »Das Omen 666« hielten das heutige Datum für besonders tauglich, ihren Film erneut in die Kinos zu bringen, so diese das düstere Werk überhaupt aufführen wollten. Das Werk war das Remake eines erfolgreichen Horrorklassikers, der von einem Regierungsmitarbeiter handelte, welcher erkennen musste, dass sein Adoptivsohn möglicherweise vom Teufel selbst gezeugt worden war. Also wurde der Film in den teuflischen Gemeinden allerorten mit Hingebung verkonsumiert.

All diese Auswüchse, die diesem denkwürdigen Tag auch entspringen mochten, Carsten Bredow interessierten solcherlei Dinge heute Nacht nur am Rande. Er war keiner dieser Sektenführer, die eine Gefolgschaft nur aus solch niederen Gründen wie Machtausübung, Anhäufung von Reichtümern oder gar dem Ausleben irgendwelcher Perversionen initiiert hatte. Auch Äußerlichkeiten interessierten ihn nicht. Bredow war ein absolut unscheinbarer, klein gewachsener Mann mit immer schwerer zu verbergendem Übergewicht und einer Halbglatze, die er durch quer gekämmtes, dünnes schwarzes Resthaar zu kaschieren suchte. Nein, er war absolut keine Benchmark für männliche Attraktivität, aber dafür tatsächlich ein wahrhaftiger, gläubiger Satanist, der von der Wiedergeburt und dem dauerhaften Erscheinen seines Herrn auf dieser Welt überzeugt war. Das war seine Aufgabe, sein Auftrag, den Bredow in seinem Leben gefunden zu haben meinte. Er arbeitete für die kommende Herrschaft seines Herrn und verlangte die unbedingte Bereitschaft von seinen Anhängern, dieses Ziel auch umsetzen zu wollen, koste es, was es wolle. Wenn es nötig war, die gängigen Werte, Normen und Gesetze dieser Welt zu brechen, dann nur, weil es das Ritual zum Wiedergang Satans erforderte. Mochten sich die Normalbürger dieser Welt auch von den Regeln und Gebräuchen der schwarzen Mächte mit Abscheu und Entsetzen abwenden, wenn es dem heiligen Zweck diente, war einem Teufelsanbeter alles erlaubt. Aber nicht zum ausschließlichen Zwecke perverser Lustbarkeit oder persönlicher Bereicherung. Die »Church of Satan« hatte ein konkretes Ziel, das es zu erreichen galt, und alles andere hatte sich bei jeglichem Handeln diesem Ziel unterzuordnen, auch wenn das gewünschte Ergebnis bisher ausgeblieben war. So viele Jahre hatten sie schon unter seiner Leitung an den verschiedensten Orten, teuflischen Terminen und Tageszeiten ihre geheimen Rituale abgehalten, aber ohne Erfolg. Auch wenn sie sich selbst durch ihre Schwarzen Messen spirituell erhoben hatten über die dumpfe Masse der Gottgläubigen, war ihr Herr, ihr anbetungswürdiger Herrscher, nicht erschienen, hatte sich ihnen noch nicht gezeigt, um seine Herrschaft hier auf dieser Welt anzutreten. An den vollzogenen Ritualen konnte es Bredows Meinung nach nicht liegen, denn die waren schon seit langer Zeit von seinen Vorgängern im Laufe der Jahrhunderte festgelegt worden. Nein, es musste an den unpassenden Orten liegen, an denen sie bisher ihre Messen abgehalten hatten, mochten sie ihm zuerst auch noch so geeignet erschienen sein. Aber heute, an diesem Samstag, dem 6.6.2026, war es endlich so weit. Er war nun, nach langem Suchen und mit der tatkräftigen Unterstützung von Gleichgesinnten, auf den absolut passenden Ort für dieses weltverändernde Ereignis gestoßen. Und jetzt, nach den endlosen Stunden ihrer Fahrt von Berlin hierher, standen sie alle ehrfürchtig staunend davor. Es hatte eine Weile gedauert, diesen geheimnisumwitterten Platz in diesem Wäldchen unweit der kleinen oberfränkischen Ortschaft zu finden, aber nun waren sie angekommen, und sofort beschlich jeden die ehrfürchtige Gewissheit, zur richtigen Zeit am prophezeiten Platz der teuflischen Vollendung angelangt zu sein. Jetzt, im Dunkel der wolkenverhangenen Nacht, kurz nach Sonnenuntergang, ragte der Bau schemenhaft und drohend vor ihnen auf und vermittelte jedem die grauenvolle wie erregende Gewissheit, dass es heute Nacht endlich passieren könnte. Dieses Gemäuer jetzt leibhaftig vor sich zu sehen, wirkte tatsächlich noch eindrucksvoller, als es jede Schilderung ihres spirituellen Meisters jemals zu vermitteln vermocht hätte. Jeder, der aus dem schwarzen Transporter gestiegen war und nun diesen besonderen Ort auf sich wirken ließ, spürte sofort, dass das hier der Punkt auf dieser Erde war, an dem ihr lang gehegter Wunsch in Erfüllung gehen konnte, die Ankunft ihres Herrn, Luzifer. In dieser Nacht konnte nun endlich das vollbracht werden, was doch so oft fehlgeschlagen war. Diese alte Begräbnisstätte war der ideale Platz, um Satan persönlich hier auf Erden begrüßen zu dürfen. Das Mausoleum von Ziegelsdorf.

Praeparatio / Vorbereitung

Schweigend und in ehrfürchtiger Eintracht gingen sie in der stickigen Schwüle dieser lichtlosen Juninacht die breiten, teilweise von dickem Moos bedeckten Stufen hinauf, bis sie, von mächtigen, ehrfurchtgebietenden Steinsäulen eingerahmt, vor einem Portal standen, das aus leicht verwitterten Holzflügeln bestand. Carsten Bredow deutete schweigend mit der Hand auf das verrostete schmiedeeiserne Schloss einer der Türen, und sofort trat ein junger Mann namens Max Schwaiger nach vorne, um eine kleine, unscheinbare Ledertasche auf den abgeblätterten Steinboden zu Füßen der Tür zu stellen. Während Carsten Bredow, der Hohepriester, der Hexenmeister des Satanskultes der »Church of Satan«, Max dabei beobachtete, wie er sich daranmachte, das Schloss zu öffnen, gingen ihm der Reihe nach noch einmal die ganzen Stätten durch den Kopf, an denen sie dieses heilige Unterfangen bereits versucht hatten. Lauter vielversprechende Orte, die aber aus unerfindlichen Gründen nicht das gewünschte Ergebnis gezeitigt hatten.

Da waren zum Beispiel die steinernen Reste eines alten Gotteshauses in Bayern gewesen. Ein idyllischer Ort mit satanischem Flair. Die Ruine der Uhlbergkapelle im Donau-Ries. Das verfallene Gemäuer übte schon von alters her auf viele Menschen, nicht nur bei Anhängern des Satanskultes, eine magische Anziehungskraft aus. Auch ihn selbst hatten die eingefallenen Mauern und Ruinen sofort zu seinen ersten teuflischen Ritualen animiert, aber vergeblich.

Dann war da ja noch Europas schaurigste Heilanstalt, ganz in der Nähe seiner Heimatstadt Berlin. An den Beelitz-Heilstätten hatten sie von der »Church of Satan« ihr erstes größeres Event veranstaltet. Die 1902 eröffneten Heilstätten waren zu ihrer Zeit das größte und modernste Krankenhaus Europas gewesen. In der riesigen Anlage erholten sich seinerzeit Patienten von der Lungenkrankheit Tuberkulose/TBC. Rund um diese Heilstätten hatte es in den vergangenen Jahren sogar mehrere Morde gegeben. Dort trieben beispielsweise ein Serienmörder, die sogenannte »Bestie von Beelitz«, und ein Fotograf, der dort ein 20-jähriges Model erschlug, ihr Unwesen. Satan hatte es sicher gefreut.

Ein weiterer Ort, der eines Satanskultes wahrlich würdig war, befand sich auf der idyllischen Pfaueninsel, direkt auf dem Stadtgebiet Berlins. Kaum jemand wusste heutzutage noch, dass diese Insel einst als Ort dunkler Magie galt, an dem Furchteinflößendes vor sich gehen sollte. Ende des 17. Jahrhunderts war das Betreten der Pfaueninsel sogar strengstens verboten gewesen, denn die Berliner Bürger vermuteten, dass der Alchemist Johannes Kunckel auf der Insel düstere Experimente durchführte, und beschuldigten ihn der dunklen Magie und Hexerei. Alles, was sie jedoch von Kunckels Treiben auf der Insel mitbekamen, waren ein paar Rauchschwaden und beißende Gerüche, die zu ihnen herüberwehten. Jedenfalls ein weiterer höchst passender Ort für Carsten Bredow, hier seine Schwarzen Messen abzuhalten, nur Satan hatte sich nicht dazu eingefunden.

Und da war ja noch die berühmte Geistervilla in Verden an der Aller. Der verwilderte Garten und das leer stehende, zerfallene Haus erinnerten an die geheimnisvollen Gebäude, die jeder aus amerikanischen Horrorfilmen kannte. Diese Villa in Niedersachsen war eigentlich die letzte große Hoffnung bezüglich seines Vorhabens gewesen, da er die teuflische Energie dieses Hauses fast körperlich hatte spüren können. Aber auch dort, an diesem vielversprechenden Ort, hatte sich sein Vorhaben trotz intensivster Bemühungen nicht umsetzen lassen, Luzifer war ihnen ferngeblieben.

Hoffnungslosigkeit begann sich in ihm auszubreiten, hätte ihn fast resignieren lassen, aber nun, seit der Kenntnis von diesem Ort, an diesem Mausoleum hier, sollte es endlich gelingen. Denn hier spürte er wie nie zuvor die unbändige Kraft der schwarzen Magie. Und alles in ihm glaubte, nein wusste nun, dass es heute Nacht geschehen sollte, dass der große Moment gekommen war.

Mit einem dumpfen Knirschen drehte sich das Spezialwerkzeug Schwaigers in dem rostigen Schloss und die Tür schwang auf. Carsten Bredow nahm die schwarze Kerze, die er extra für diesen Zweck mitgebracht hatte, und entzündete sie mit einem Streichholz. Der flackernde Schein der kleinen Flamme lenkte in das Dunkel des vor ihm liegenden Raumes, in das Carsten Bredow nun ohne Zögern hineinschritt. Alle anderen folgten ihm, bis sie nach wenigen Metern bereits wieder an einem Hindernis standen, das ebenfalls mit einem Schloss gesichert war. Diesmal war es aber keine Tür, sondern ein Metallgitter weit neuerer Bauart, das ganz offensichtlich etwaige Besucher mit Nachdruck davon abhalten sollte, in das Allerheiligste des Mausoleums vorzudringen. Das Schloss, mit welchem diese Tür gesichert war, hatte einen modernen Schließzylinder, was aber Max Schwaiger nicht daran hinderte, seine Tasche erneut vor der Tür auf den Boden zu stellen. Carsten Bredow schaute Max kurz fragend an, aber der nickte nur mit einem schmallippigen Lächeln, bevor er sich erneut an die Arbeit machte. Alle anderen betrachteten wiederum abwartend, wie Schwaiger sich bemühte, den Zylinder des Sicherheitsschlosses mithilfe seiner feinmechanischen Künste zu öffnen. Dieses Mal dauerte es erheblich länger, bis seine Arbeit den gewünschten Erfolg zeigte, aber dann war auch hier ein erlösendes Klicken zu hören. Als Carsten Bredow die Klinke nach unten drückte, ließ sich die schmiedeeiserne Tür bereitwillig mit einem leisen, schleifenden Quietschen öffnen.

Max Schwaiger packte sein Instrumentarium in die unscheinbare Ledertasche zurück, um dann den Weg für den Hohepriester der »Church of Satan«, Carsten Bredow, frei zu machen. Der hatte inzwischen einen schwarzen Umhang um die Schultern gelegt, was in der Schwüle der Nacht die Schweißproduktion seiner Poren noch mehr ankurbelte, als dies sowieso schon der Fall war. Dann hob er die schwarze Kerze in einer feierlichen Bewegung nach oben und leuchtete in den Raum vor ihnen hinein, so gut es mit der kleinen Kerzenflamme eben ging. Den hinter ihm Wartenden war die Sicht in den Raum durch Bredow größtenteils verdeckt, obwohl der kleine, dicklich wirkende Mann mit seinen 1,63 Metern Körpergröße nun wirklich kein überragendes optisches Hindernis darstellte. Im Grunde war die Bezeichnung »Hohepriester« bei Bredow ein ziemlicher Euphemismus, würde man diesen Titel auf seine Körpergröße beziehen. Aber diese Diskrepanz zwischen Anspruch und Wirklichkeit war der versammelten Gesellschaft, die hinter Bredow gespannt in den Raum hineinlugte, vollkommen egal. Sie konnten jedoch ein schemenhaftes Kerzenflackern ausmachen, das nervös über die Wände des Innenraums huschte.

Bredow betrat das Mausoleum zu Ziegelsdorf, das als romantischer Bau mit kreuzförmigem Grundriss gestaltet war. Ein Umstand, der ihrem heutigen Vorhaben durchaus zupasskam. Den oberen Abschluss des etwa 17 Meter hohen Bauwerks bildete eine Kuppel, die von einer pavillonartigen sogenannten Laterne gekrönt wurde. Auf der Ost- und der Westseite befanden sich kleine dreieckige Giebel, auf der Südseite eine Apsis und auf der Nordseite der Eingang mit der breiten, verwitterten Freitreppe, die in das Mausoleum hineinführte. Im Innenraum stand, direkt vor ihm, mittig unter der Kuppel, der steinerne Sarkophag des Barons mit seinem schwarzen Marmordeckel und der von dem schwarzen Kreuz teilweise verdeckten Inschrift:

Hier ruht in Frieden Hans Georg Friedrich Werner von Seebach, geb. 2. Mai 1851 gest. 14. Nov. 1895

Hinter Bredow, in einer halbrunden Nische in der Wand, befand sich auf einem Sockel eine lebensgroße Marmorstatue von Jesus Christus, der seine Arme in segnender Haltung über den Sarkophag ausbreitete. Carsten Bredow hatte zuerst überlegt, ob er die Christusstatue vielleicht besser mit einem schwarzen Tuch verhüllen sollte, aber dann hatte er sich gedacht, dass der Gegenspieler seines Herrn, der Sohn Gottes, Satans Niederkunft hier auf Erden ruhig mitansehen sollte. Also stellte er der Statue lediglich eine schwarze Kerze zu Füßen, die dem Antlitz von Gottes Sohn etwas seltsam Martialisches verlieh. Sein Blick löste sich von den architektonischen Feinheiten des Gemäuers und der Statue und wandte sich wieder dem eigentlichen Vorhaben der heutigen Nacht zu.

Noch bevor er sich ein genaueres Bild über die Ausgestaltung ihrer heutigen Wirkungsstätte machen konnte, drehte sich Carsten Bredow um und flüsterte mit leuchtenden Augen und seltsam heiserer Stimme: »Es ist so weit. Holt alles her ... alles!« Dann drehte er sich wieder um und schritt mit hocherhobener brennender Kerze in den Innenraum der Begräbnisstätte hinein.

Das Zeremoniell der Schwarzen Messe folgte wie immer einem strengen Ritual, das meist von einem Grimoire vorgegeben wurde, das Bredow noch in der Hand hielt. Das Zauberbuch war eine Schrift mit magischem Wissen, mit dessen Hilfe er die vorgegebenen Rituale vollziehen würde. Fast alle Abläufe seiner Schwarzen Messen folgten einem Schema. Die Vorbereitung Bredows in seiner Person als Magier, also Fasten, Beten, Räucherungen, Waschungen und Ähnliches, die Bereitstellung seiner magischen Instrumente wie Gewand, Messer und ähnlicher Dinge, die er als Werkzeuge benötigte. Die Erstellung des magischen Kreises, die er zumeist mit Kreide, rituellen Gegenständen oder spezieller Farbe auf den Boden der Kultstätte auftrug. Das Grimoire, das er auch hin und wieder »Liber Spirituum«, also Buch der Geister, nannte, wurde von Bredow an seinem Platz drapiert und geöffnet.

Bevor er die Messe beginnen konnte, musste Bredow physisch und psychisch von allem gereinigt werden. Seine Instrumente waren speziell für das heutige Ritual neu angefertigt worden und unbenutzt. Erst nach dieser Vorbereitung sah sich Bredow in der Lage, die verschiedenen Dämonen, Teufel und Engel zu beschwören. Sein Schutzkreis der Umstehenden würde ihn, den Magier, dabei vor den herbeigerufenen Mächten schützen, in diesem Fall vor der größten Macht von allen, dem Teufel selbst.

Während Bredow, ihr spiritueller Meister, seinen Geist und Körper für die heiligen Handlungen vorbereitete und sich die anderen bereits in Gebete vertieften, war Lisbeth

Solla für die Bereitstellung der rituellen Bedarfe zuständig. Sie war in einem komplizierten Prozess von ihren Brüdern und Schwestern zu dieser verantwortungsvollen Tätigkeit ausersehen worden, was sie mit großem Stolz angenommen hatte. Bei dem schweren schwarzen Holzkreuz, das bei der heutigen Zeremonie als Altar dienen sollte, musste ihr Max helfen, der die beiden schwarzen Balken auf dem kleinen Vorplatz zusammenschraubte. Als das Kreuz fertig war, gab Lisbeth den anderen ein kurzes Zeichen, die daraufhin ihre Gebetstexte niederlegten und sich jeder für sich an einer fest vorgeschriebenen Stelle zu dem schwarzen Kreuz begaben. In einer oft geübten Bewegung hoben sie das Kreuz vom Boden auf, stellten es hochkant und trugen es unter dem lauten Abbeten uralter Beschwörungstexte langsam die vermoosten alten Stufen des Mausoleums hinauf, dann durch die beiden geöffneten Türen hindurch, bis sie im flackernden Schein der inzwischen reihum aufgestellten Kerzen neben dem alten steinernen Sarg des verstorbenen Barons standen. Carsten Bredow, der inzwischen zu seinem schwarzen Umhang auch noch einen ebenso schwarzen, hohen spitzen Hut aufgesetzt hatte, befand sich am Kopfende des Steinsarges und hob die Hände. Sofort wurde das schwere Holzkreuz einmal um die eigene Achse gedreht, und seine Helfer der schwarzen Magie legten es mittig auf dem steinernen Sarg des Freiherrn Hans Georg Friedrich Werner von Seebach ab. Die Träger des Kreuzes traten zurück, und jeder begab sich auf seinen vom Meister der Zeremonie vorher schon fest zugewiesenen Platz. Lediglich Lisbeth Sola ging zum Eingang und schloss leise die beiden Türen, dann nahm auch sie den Platz ein, der ihr bei diesem strengen Ritual zugedacht war. Während sich alle ordneten und auf ihre

Plätze sortierten, wanderte der Blick ihres Mediums noch einmal langsam und gründlich über die Oberflächen des Innenraumes des Mausoleums.

Lisbeth Solla, Kevin Neuss und Max Schwaiger, seine spirituellen Diener der Zeremonie, standen an ihren Plätzen, und Eva Zimmermann hatte sich bereits entkleidet und verharrte nun völlig nackt neben dem Kreuz. Das Medium schritt auf sie zu, nahm ihre rechte Hand und half ihr dabei, sich rücklings, mit ausgebreiteten Armen, auf das schwarze Kreuz zu legen. Eva war der Schlüssel zu ihrem Vorhaben, die sogenannte »Aphrodia Okkulta« dieser Nacht, mit deren Hilfe Beelzebub der Zugang in diese Welt ermöglicht werden sollte. Der Hohepriester Carsten Bredow strich noch einmal beruhigend mit der rechten Hand über ihre Stirn, und Eva Zimmermann schloss daraufhin mit einem erwartungsfrohen Lächeln ihre Augen. Ein wohliger Schauer durchlief ihren nackten Körper in Erwartung dessen, was nun folgen sollte. Sie hatte diese Aufgabe in vorangegangenen Events bereits mehrfach übernommen, es war ihr eine Freude und Ehre, es heute wieder zu tun.

Sacrifatio / Opferung

Die linke Hand Bredows lag nun auf einer aufgeschlagenen Seite des »Grand Grimoires«. Das Grand Grimoire, das angeblich bereits im Jahre 1520 verfasst worden war, erlangte auch unter dem Namen »Der rote Drache« oder das »Evangelium des Satans« seine Berühmtheit und war, so will es die Überlieferung, im Jahre 1750 unter dem Grabstein Salomons entdeckt worden. Das vierteilige

Manuskript wies Schriften sowohl in Althebräisch als auch Aramäisch auf. Der Legende nach konnte es sogar auf den Schriften von Honorius von Theben basieren, von dem es hieß, er sei zu jener Zeit persönlich vom Teufel besessen gewesen. Das Grand Grimoire enthielt Beschwörungen, Zaubersprüche sowie die für die heutige Nacht essenziellen Hexereien. Bredows andere Hand war hocherhoben und hielt einen lebendigen Hahn am Hals gepackt, der sich zeitgleich vergeblich mit heftigem Strampeln bemühte, seinem drohenden Schicksal zu entkommen.

»In nomine et ad honorem tenebrae«, begann der Hexenmeister seine Beschwörung, dann fuhr er nahtlos in deutscher Sprache fort. »Wir rufen dich an, Herrscher der Dunkelheit! Wir beschwören dich! Höre uns an, du höchster Meister, du Herrscher über das Reich der Unterwelt. Erhöre uns, starker Luzifer! Komme zu uns, deinen dir ergebenen Dienern. Ihr Gewalten der Natur, Macht der Erde und der Luft, Macht des Wassers und des Feuers, helft uns, ihn zu beschwören! Wir rufen dich bei deinem Namen, Luzifer, Fürst der Finsternis, mächtiger Herrscher der Nacht, Gebieter über die dunklen Mächte! Wir rufen und beschwören dich, Satan! Tritt in den Kreis deiner ergebenen Diener! Wir rufen dich, Beelzebub! Erleuchte uns mit deinem Wissen, gib uns von deiner Macht, auf dass wir dir dienen können! Wir bieten dir diesen Körper und eine reine Seele! Luzifer! Erscheine! Wir rufen und beschwören dich! Steige hervor aus dem Schattenreich der Toten und trete ein in unsere Welt, auf dass du ein neues Reich errichten mögest, das geleitet sein soll von deiner Herrschaft und Macht.« Mit einer dramatischen Geste zuckte Bredows linke Hand neben der Schrift des Gremoires, wo die ganze Zeit ein Dolch mit einer etwa 25 Zentimeter langen Klinge gelegen hatte. Die Finger seiner linken Hand umschlossen das Heft des Messers und hoben es auf die gleiche Höhe wie die des zappelnden Federviehs in der anderen, das schon seit Längerem seine Situation erkannt zu haben schien. Doch der Hohepriester der »Church of Satan« kümmerte sich nicht im Geringsten um die Nöte und Ängste seines Opfertieres, sondern fuhr mit immer intensiver werdenden Worten fort, die Wiederkehr seines Herrn zu beschwören.

»Vos invocamus, o vires tenebrarum! Aures nobis praebeatis, in nomine summi magistri, Luciferi maximi. O spiriti naturae rerum, o vis terrae et aeris, o vis aquarum et ignis, auxilium ferte, ut cum adjuremus! O Luzifer! Appare nobis!« Die letzten Worte schrie er heraus, dann ritzte er sich mit einer dramatischen Bewegung und ohne Zögern mit der Spitze der scharfen Klinge in den Unterarm, der den panischen Hahn in die Höhe gehalten hatte. Sofort begann Blut aus der offenen Wunde zu treten und wenig später nach unten, auf den bleichen Leib der nackten »Aphrodia Okkulta«, Eva Zimmermann, zu tropfen. Noch einmal hob der Hexenmeister Messer wie Opfertier in die Höhe und wiederholte die vorherige Beschwörung, diesmal auf Deutsch.

»Wir rufen euch an, oh Mächte der Dunkelheit! Schenkt uns Gehör im Namen des höchsten Lehrers des großen Luzifers. Oh Geister der Natur der Dinge, oh Kraft der Erde und der Luft, oh Kraft des Wassers und des Feuers, bring Hilfe, damit wir ihn beschwören können! O Luzifer! Erscheine uns!«

Das war's, jetzt würde er als finalen Akt diesem Hahn den Kopf abtrennen und sein Blut ebenfalls auf den nackten Leib Evas tropfen lassen, auf dass sich sein Blut mit dem des Tiers vermischte und Luzifer das Angebot annehmen und das Tor zur diesseitigen Welt öffnen mochte. Er drehte das Heft des Dolches leicht in seiner Hand, um dann in einem schnellen Schnitt das Schicksal des zappelnden Hahnes zu besiegeln. Doch sein Vorhaben misslang, denn seine Hand rührte sich nicht von der Stelle, er konnte sie keinen Millimeter bewegen. Verblüfft versuchte er es jetzt umgekehrt, nämlich den Hahn auf das Messer zuzubewegen, aber auch dazu war er nicht imstande. Er war zu nichts mehr fähig, er stand bewegungslos da, unfähig, auch nur den kleinsten Muskel in seinem Körper zu rühren. Auch sprechen konnte er nicht mehr, seine Zunge fühlte sich an wie ein bleischwerer Lappen, der wie festgegossenes Metall in seinem Mund lag. Das einzig Bewegliche blieben seine Augen, die dem weiteren Geschehen mit steigendem Entsetzen folgten. Urplötzlich glaubte Carsten Bredow, Hohepriester der »Church of Satan«, nicht mehr Herr der Dinge zu sein, die sich nun direkt vor seinen Augen abzuspielen begannen.

Zuallererst wurde es kalt im Raum, die Flammen der reihum stehenden schwarzen Kerzen flackerten in einem leichten Lufthauch. Dann war aus dem Untergrund des alten Gemäuers, direkt unter dem steinernen Sarg des Barons, ein dumpfes Grollen zu hören, das nicht mehr enden wollte. Aus den Augenwinkeln bemerkte der Hexenmeister, dass auch alle anderen mit starren Augen auf ihren Plätzen wie festgenagelt wirkten und hilflos der Dinge harrten, die nun kommen sollten. Es blieb nicht länger kalt, sondern es folgte von einer Sekunde auf die andere eine schlagartige Erhöhung der Raumtemperatur, die einherging mit schwarzem Rauch, der unter dem schweren Marmordeckel des Steinsarges hervorquoll. Offenbar schien sich dazu noch der Marmor des Sarges mit hoher Geschwindigkeit zu erhitzen, denn die Augen der nackten Eva Zimmermann auf ihrem Holzkreuz schienen vor Angst und Schmerzen aus ihren Höhlen zu quellen. Dann bewegte sich plötzlich der rechte Arm Bredows, allerdings ohne dass er das wollte. Die Hand, die den Hals des Hahnes umfangen hielt, näherte sich langsam dem Gesicht des Hohepriesters, der nicht im Geringsten wusste, wie ihm geschah. Der Hahn schaute ihn angriffslustig an. Bredow sah mit unbewegter Miene zurück, dann öffnete sich ohne eigenes Zutun der Mund des Hexenmeisters und er biss mit einer blitzartigen Bewegung den Kopf des Hahnes ab, dessen abrupt getrennte Körperteile noch einige Sekunden lang ekstatisch vor sich hin zuckten. Dann drehte sich die rechte Hand des Hohepriesters und das herausschießende Blut des sterbenden Hahnes ergoss sich aus den geöffneten Adern seines Halses in kurzen Fontänen auf den Körper der nackten Eva Zimmermann. Als Ergebnis der blutigen Vereinigung begann das vermengte Blut auf dem Körper der nackten Frau zu kochen, während zeitgleich der steinerne Sarg unter ihr glühte. Der Geruch von verbranntem Fleisch begann sich im Raum auszubreiten, dann faltete sich der glühende Sargdeckel förmlich zusammen. Das Holzkreuz zerbrach, schwarze Flammen zuckten aus dem zersplitterten Gebälk, bevor sich der glühende Marmor des Deckels mit den schwarz lodernden Balkenresten dumpf knirschend um den Körper der Nackten schloss und sie nach unten, in das unergründliche, rot glühende Innere des Sarges zog.

Carsten Bredow war völlig schockiert. Was passierte hier? War das die Konsequenz seines spirituellen Tuns, seiner Bemühungen? Er hatte mit vielem gerechnet, aber nicht mit dem Tod seiner langjährigen Mitstreiterin. Er half Luzifer auf diese Welt, und der Tod sollte die Belohnung dafür sein? Für ihn hatte die Herbeirufung des Bösen doch immer eine Art Beförderung durch den Herrscher der dunklen Mächte beinhaltet, einen gehobenen Platz in der Hierarchie der neuen satanischen Weltordnung. Diese und ähnliche Vorstellungen hetzten durch Bredows Geist, der allerdings unfähig war, sie zu einem rationalen Ganzen zu ordnen. Aus den Tiefen des offenen Sarges kroch nun dickes, dampfendes Blut über den heißen Stein. Immer heftiger schwappte das Blut in teils hohen Fontänen aus dem Untergrund in den Innenraum des Mausoleums, bis die menschlichen Beteiligten knöchelhoch in einem roten See standen. Der Meister der schaurigen Zeremonie, der verzweifelte, jedoch vergebliche Anstrengungen unternahm, diesen ekelhaften Hühnerkopf aus seinem Mund zu bugsieren, betrachtete das blutrünstige Schauspiel in hilfloser Panik, unfähig, auch nur das Geringste gegen die Vorgänge zu unternehmen, die sich direkt vor seinen Augen abspielten.

Dann, ganz plötzlich, versiegte der Strom aus dem Inneren des Sarges und eine unheimliche Ruhe kehrte ein. Diese unerwartete, absolute Stille war für Bredow fast noch schwerer zu ertragen als das zähe Plätschern des Blutstromes zuvor. Und seine dumpfen Vorahnungen schienen sich zu bewahrheiten. Denn statt eines schrillen Auftrittes des Satans oder einer Erscheinungsform seiner selbst begann das Blut auf einmal an den im Kreis erstarrten Teilnehmern der Schwarzen Messe nach oben zu kriechen. Entsetzt musste er mitansehen, wie das kletternde Blut den Mund jedes seiner menschlichen Opfer erreichte und in diese hineinzufließen begann. Unbewegt, nur mit weit aufgerissenen Augen, mussten die Teilnehmer der Schwarzen Messe den schaurigen Vorgang über sich ergehen lassen. Ein schier unerträgliches Erlebnis, konnte man das, was einem selbst widerfuhr, ja nur an den anderen Umstehenden beobachten. Carsten Bredow hatte keine Ahnung, ob mit ihm gerade das Gleiche geschah oder ob ihm als Hexenmeister des Satans eine besondere Behandlung zuteilwerden sollte. Das Rätsel löste sich jedoch im Handumdrehen, denn eine Person nach der anderen, Lisbeth Solla genauso wie Kevin Neuss und Max Schwaiger, schienen sich nun gänzlich in Blut umzuwandeln, sich in der umgebenden Flüssigkeit aufzulösen und allmählich in den roten See hinein zu entschwinden. Wenige Minuten später waren sie nicht mehr zu sehen, da war nur noch dieser dampfende See roten Blutes, der den Boden des Mausoleums bedeckte.

Verstört betrachtete Carsten Bredow die Szenerie, und sein Verstand war nicht mehr weit von einer bedingungslosen Kapitulation entfernt. Doch bevor dies geschah, hatte diese Nacht noch eine letzte Überraschung für ihn parat. Ganz langsam, zu Beginn fast unmerklich, begann sich etwas aus dem Blutsee zu erheben und direkt vor seinen Augen Gestalt und Form anzunehmen. Der Hohepriester des Satans rechnete jetzt endgültig mit dem leibhaftigen Erscheinen Luzifers und machte sich zarte Hoffnungen, dass wenigstens er diese martialischen Vorgänge hier überleben würde, schließlich war er immer ein ergebener und treuer Diener seines teuflischen Herrn gewesen.

Die Säule, die sich vor ihm aus dem Blut erhob, begann nun tatsächlich immer mehr eine menschliche Gestalt anzunehmen. Allerdings blieb der Körper in seinen flüssigen Formen verfangen, nur das Antlitz der blutroten

Gestalt schien sich konsequent menschlich formen zu wollen. Jedoch war keine eindeutige Persönlichkeit in der Mimik des sich ständig verändernden Gesichtes auszumachen. Mal dachte Bredow, er hätte einen römischen Feldherrn erkannt, dann einen Priester der Inquisition. Ganz sicher war er sich jedoch beim Gesicht Stalins und dem darauf folgenden Adolf Hitlers. Als Bredow schon dachte, der Teufel würde als Nazi inkarnieren, wechselte das Antlitz der vor ihm stehenden Blutsäule ein letztes Mal.

»Привет Карстен«, sprach ihn ein kleiner Mann mit schütterem Haupthaar an. Carsten Bredow war im Ostteil Berlins aufgewachsen und verstand daher sehr wohl die russische Sprache. »Hallo, Carsten«, hatte der kleine Mann gerade auf Russisch gesagt, was nicht weiter verwunderte, denn vor ihm stand Wladimir Wladimirowitsch, wie er leibte und lebte.

»Was soll das, mich andauernd zu rufen, ich bin doch längst da? Das nervt, ehrlich gesagt«, meinte Wladimir spöttisch lächelnd, dieses Mal jedoch auf Deutsch. »Und, schmeckt das Huhn, мой друг?« Der Mann, sogar noch etwas kleiner als Bredow selbst, tätschelte mit einer gönnerhaften Bewegung die starre Wange seines Gegenübers, dann ging er auf den Hohepriester der »Church of Satan« zu – und in ihn hinein. Die menschliche Seele, der gerade noch gewesene Carsten Bredow, hörte daraufhin sofort und für immer auf zu existieren.

Ein kleiner, dicklicher Mann mit schütteren schwarzen Haaren und einem ebenso schwarzen Umhang stand noch einen Moment lang vor der Statue des Gottessohnes und betrachtete diesen lächelnd. Dann drehte er sich einfach um und verließ die alte Grabstätte. Türen schwangen in ihre Ausgangsposition zurück und Schlösser drehten sich wie von Geisterhand bewegt in ihren ursprünglichen Zustand. Ein schwarzer Transporter fuhr wenig später unbeachtet davon, während das Mausoleum von Ziegelsdorf in der sternenlosen Nacht zurückblieb, als wäre innerhalb seiner alten Mauern nie etwas Besonderes geschehen.

Ich bin ein Teil von jener Kraft,
Die stets das Böse will und stets das Gute schafft.
Ich bin der Geist, der stets verneint!
Und das mit Recht; denn alles, was entsteht,
Ist wert, dass es zugrunde geht;
Drum besser wär's, dass nichts entstünde.
So ist denn alles, was ihr Sünde,
Zerstörung, kurz das Böse nennt,
Mein eigentliches Element.

Johann Wolfgang von Goethe
Faust

DIE HÖLLE

VON TOMMIE GOERZ

Das fränkische Bamberg ist wie das päpstliche Rom bekannt als die »Stadt der sieben Hügel«. Seit Jahrhunderten bestimmen Glaube und Kirche hier nicht nur das Stadtbild, sondern das tägliche Leben. Doch wo der Himmel so nah, ist auch sein Gegenpart nicht weit. Schon immer. Zum Beispiel, so geht die Legende, soll der Teufel vor über 1.000 Jahren höchstpersönlich am Dom mitgebaut haben. Und er treibt bis heute sein Unwesen zwischen den zahlreichen Kirchen der Stadt. Kein Wunder: Die Hölle ist mitten in Bamberg, zu Füßen der Kirche »Unsere Liebe Frau«.

Schauergeschichten über die Stadt Bamberg samt Umgebung gäbe es genug. Ich habe einen Freund, einen Arzt, der hat seine Praxis dort. Der kann Geschichten erzählen. Über die Bürgerschaft und Neid und Missgunst. Wie man hinter vorgehaltener Hand übereinander herzieht und den anderen, sobald man auch nur irgendwie eine Chance wittert, in die Pfanne haut. Vorne rum scheißfreundlich, und dann hintenrum … Die würden sich heute noch gegenseitig der Hexerei bezichtigen, um die geliebte Nachbarin oder sonst wen auf den Scheiterhaufen zu bringen. Verleumden, zack und weg. Der hat aber gut gebrannt.

Tja, Orte des Gruselns und Grauens in Bamberg – wo fängt man da an? Bei der Leberkässemmel für 5,70 Euro in der Innenstadt? Oder beim Schlenkerla, wo sich die Touristen schon am frühen Vormittag die Kante mit drei, vier Rauchbier geben? Oder bei der Flussschifffahrt, wenn sie wieder einmal in Mengen amerikanische, kanadische, chinesische, deutsche oder sonst welche Touristinnen und Touristen ausspuckt, die dann wie blöd in der Stadt herum- und natürlich immer mitten im Weg stehen? Oder auf dem Domplatz droben? Gar am E. T. A. Hoffmann-Haus am Schillerplatz, wo der Dichter von 1809 bis 1813 vier Jahre gewohnt, sich unsterblich in eine Schülerin verliebt und wie ein Loch gesoffen hat? Obwohl – das mit Hoffmann war eher tragisch und für ihn auch peinlich. Haben sich die Bamberger aber trotzdem das Maul drüber zerrissen.

Aber vielleicht muss ich anders beginnen. Weiter ausholen. Ich bin in Bamberg geboren und war als Kind einmal in einem Kinderheim, mehrere Wochen lang. Weil's daheim irgendwie nicht gestimmt hat. Ich selber habe daran absolut keinerlei Erinnerung, hätte es danach aber über Jahre aufs Panischste verweigert, so meine Mutter, in die Straße, die zum Kinderheim führte, auch nur abzubiegen. Ich hätte dann gebrüllt und geheult und sie am Arm gezerrt, nur weg vom Kinderheim. An nichts von alldem kann ich mich erinnern. Nur: Bei Porridge würgt es mich. Ansatzlos Speialarm. Allein schon der Anblick. Und dabei wetterleuchtend immer wieder ganz vage wie von irgendwoher der Anflug eines Bildes, eine Schimäre, die Ahnung einer Fata Morgana, die sofort zerstiebt, wenn ich sie fassen will. Ausgekotztes Porridge essen müssen. Lauwarm, widerlich, Fäden ziehend, stinkend. Mir erscheint der Tisch, die Wand, unglaublich. Alles andere ist verdrängt, zugeschüttet, nicht mehr zugänglich. Erinnerungsrudimente? Oder nur Einbildung?

Als ich fünf war, zogen meine Eltern weg. Hamburg. Mit knapp sieben kehrte ich wieder zurück, als kleiner Knirps, aber nur zu Besuch. Gute 60 Jahre ist das jetzt her. Doch beim Gedanken an diese Zeit tauchen sofort wieder Erinnerungen auf. Ewigkeiten vergessen, nie mehr gebraucht, aber gleich wieder präsent. Auch an Unheimliches und Gruseliges, das mir damals Angst gemacht hat. Wenn ich heute daran zurückdenke, kann ich nur darüber lächeln. Die Welt eines Kindes ist eine vollkommen andere als die eines Erwachsenen.

Man hatte mich in die Ferien geschickt zu Onkel Karl, dem Bruder meiner Mutter. Ich hatte die erste Klasse gerade hinter mir, jetzt waren Sommerferien. Also zu Onkel Karl, Tante Ella und meinem Cousin Lucki, ganz allein auf die weite Reise. In Hamburg ins Flugzeug gesetzt, Küsschen und Tschüss. Zwischenlandung in Frankfurt, dann weiter nach Nürnberg, dort hat mich Onkel Karl abgeholt. Die Stewardessen der Lufthansa hatten sich in Frankfurt um mich gekümmert, weil ich da herumgesessen und geheult hab, so allein. Anfang der 60er-Jahre war das, Super Constellation, vier Propeller, der Flieger Frankfurt–Nürnberg hatte dann nur zwei. Von dort aus knatterten wir mit Onkel Karls altem Lloyd nach Bamberg. »Nicht schneller als 60, sonst fängt er an zu brennen«, sagte Onkel Karl. Er war bei der Post, Tante Ella auch. Sechs Wochen sollte ich dort verbringen, die gesamten Ferien. Eine lange Zeit eigentlich, die aber wie im Flug verging, natürlich auch wegen Lucki. Obwohl der noch lange keine Ferien hatte, vormittags musste er immer in die Schule, in Bayern waren die Ferien später.

Onkel Karl hatte ein Haus am Oberen Kaulberg, unendlich groß, mit einer riesigen Toreinfahrt und vielen leeren Zimmern. Hier hatte ich zum ersten Mal ein Zimmer ganz für mich allein. In dem es Mäuse gab. Nachts rannten sie quer über den alten Holzboden oder nagten an irgendwas herum und huschten, wenn ich die Taschenlampe anknipste, blitzschnell in ihre Löcher in den Ecken und Fußbodenleisten. Am Anfang waren mir die Mäuse unheimlich, ich hatte mich aber schnell an sie gewöhnt. Onkel Karl waren sie egal. »Mäuse leben halt in alten Häusern«, sagte er nur und zuckte mit den Schultern. Lucki warf ihnen Zeug hinterher, wenn er tagsüber eine sah. Ein Holzstück, eine Gabel, einen Kochlöffel, ein Notizbuch – was gerade so herumlag.

Lucki war ein Jahr älter als ich, also schon sieben, und sie hatten einen riesigen Garten hinterm Haus den Hang hinunter, an den sich weitere Gärten anschlossen. Voll mit alten Obstbäumen. In den Nachbarhäusern und angrenzenden Gärten hatte Lucki überall Freunde, gleichaltrige Jungen, mit denen auch ich mich sofort prima verstand. Erwin, Fitze und Bruno. Schon am ersten Nachmittag nahm mich Lucki zu den anderen mit, wir schlüpften durch Zäune, kraxelten auf Bäume, warfen mit Steinen und spielten Fußball. Kinder lernen sich umstandslos kennen, können sofort miteinander spielen. »Machst du mit?« – »Ja.« – »Wie heißt du?« Fertig. Schon war ich bei der Bande dabei.

Wenn die anderen am Vormittag in der Schule waren, kletterte ich oft in den Dachboden des Schupfens unten im Garten. »Sei vorsichtig dort«, sagte Onkel Karl, »da gibt's viele Ratten. Die beißen.« Ich hab aber nie eine gesehen. Oder ich ging rüber zu Hasso, dem Hund von Erwins Eltern, den Nachbarn. Ließ mich von ihm abschlecken und kraulte und streichelte ihn, und manchmal kroch ich mit ihm in seine Hundehütte. Hasso tat mir immer leid. War Tag und Nacht an seiner Kette und nachts bellte er. Im Umkreis seiner Kette war alles vollgekackt, machte ja nie jemand weg. Der Geruch in seiner Hütte war speziell, aber das störte mich nicht. So roch es halt da. Heute weiß ich, dass nur alte Hundescheiße so riecht.

Es war am dritten oder vierten Tag, Lucki und Erwin hatten mich mitgenommen. »Mutprobe«. Ein Stück die Straße hinunter, in eine Gasse zwischen Häusern hindurch in den Talgrund und drüben wieder bergauf. Zum Dom, zu irgendwelchen Ungeheuern. »Die sind gefährlich«, raunte Lucki, »denn die sind vom Teufel!«, und Erwin erzählte mir auf dem Weg, warum. Vor vielen, vielen Jahren – sein Opa hatte ihm das erzählt –, also früher, da »war sogar mein Opa noch nicht auf der Welt«, da haben sie den Dom gebaut. Und da ist ein junger Maurermeister gekommen und wollte unbedingt mitbauen. Niemand kannte ihn, aber irgendwann sagte man ihm, er solle halt den einen Turm bauen, den anderen wollte der alte Dombaumeister übernehmen. Also fingen sie an. Irgendwie aber ist der junge Maurermeister, erzählte der Erwin, mit seinem Turm nicht recht vorwärtsgekommen, es ging alles viel zu langsam, während der andere Turm immer weiter in die Höhe wuchs. Es wurde schon geredet. Da ist der junge Baumeister zum Teufel gegangen, dass der ihm hilft. Der Teufel hat sofort gesagt, ja, mach ich, ich helf dir, aber dafür gehört mir dein Leben. Und hat dem jungen Maurer geholfen. Von dem Tag an ist der Turm gewachsen und gewachsen, während es beim anderen plötzlich Schwierigkeiten gab. Er kriegte Risse, wurde wackelig und wuchs einfach nicht mehr in die Höhe. Schließlich war der Turm von dem jungen Baumeister fertig, der andere aber noch lange nicht. Als dann der junge Baumeister voller Stolz einen fremden Besucher hinaufführte, um ihm seinen Turm zu zeigen, war das der Teufel, der sich verkleidet hatte. Als sie droben waren, stieß der Teufel den jungen Baumeister vom Gerüst, verwandelte sich in einen Feuerball, verglühte und war weg. Da wussten die anderen, die das gesehen hatten, dass den Turm der Teufel gebaut hatte – und sie fanden auch den Grund, warum es mit dem anderen so viele Schwierigkeiten gegeben hatte. Denn unter diesen Turm hatte der Teufel zwei riesige Kröten gesetzt, die immer wieder Löcher wühlten. »Löwenkröten!«, sagte der Erwin. Deshalb hatte der Turm immer Risse bekommen, war nicht fertig geworden und wäre ein paarmal sogar fast eingestürzt. Die beiden Ungeheuer hat man dann gefangen und endlich konnte man den Turm fertig bauen. »Und die sind heute noch da!«, raunte der Erwin, als wir den Domplatz erreichten, »da schau, da drüben stehen die beiden« und deutete auf zwei unheimliche Tiere aus Stein, die sich links und rechts neben den Eingang duckten. Sie wirkten wirklich furchterregend. Monsterlöwenkröten. Die eine hatte ein riesiges Maul und kein Gesicht, die andere statt Augen zwei tiefe schwarze Löcher. Sie sahen gespenstisch aus und Erwin flüsterte: »Und Vorsicht! Die darf man nicht berühren, weil die vom Teufel sind!«

»Ja«, nickte der Lucki dazu, »wenn man die berührt, kriegt man es mit dem Teufel zu tun.« Mit dem aber wollte keiner etwas zu tun haben.

In den Nächten danach schlief ich nicht besonders gut. Träumte immer wieder von Ungeheuern, und wenn die

Mäuse nachts durchs Zimmer raschelten und irgendwo knispelten, zog ich mir die Decke über den Kopf. Nachts waren die Ungeheuer überall. Onkel Karl lachte zwar nur über die Geschichte, winkte ab und sagte: »Das sind nur wilde Sagen und Märchen, da ist nichts dran, und außerdem: Den Teufel gibt es genauso wenig wie den lieben Gott«, doch das beruhigte mich nicht. Denn den lieben Gott gab es sehr wohl, alle redeten doch immer davon, und wenn es den gab, gab es den Teufel auch. Außerdem hatte ich schon viel von ihm gehört, aber nie etwas Gutes. Und überhaupt: Warum standen sonst die beiden Monsterlöwenkröten dort vor der Tür? Ich glaubte Onkel Karl nicht.

Der Lucki und die anderen wollten mich später noch ein paarmal mit zum Dom nehmen, »Kröten glotzen«, wie sie sagten, aber ich ging nicht mit. Ich blieb lieber im Garten, kletterte zwischen dem staubigen Gerümpel im Schupfen herum oder krabbelte drüben zu Hasso in die Hütte und ließ mich abschlecken. In die Nähe des Teufels? Das war mir viel zu unheimlich.

Das alles ist jetzt weit über 50 Jahre her und heute kann ich darüber lächeln. Über etwas anderes hingegen nicht. Einen Nachmittag in der Woche gingen Lucki, Fitze, Erwin und Bruno immer zum Ministrieren-Üben, irgendwo bei einem Pfarrer. Ich durfte da nicht mit, denn ich war evangelisch.

Die vier anderen waren immer etwas aufgekratzt, wenn sie nach dem Üben zurückkamen, und einige Male spielten sie auch Ministrieren. Da durfte ich dann mitmachen, bekam auch ein Bettlaken umgehängt oder einen großen Kissenbezug und musste andächtig dastehen, während der Fitze oder der Bruno irgendwas auf dem Tischchen machten, das sie als Altar mit einem Sträußchen Wiesenblumen hinter den Schupfen gestellt hatten, komisches Zeug murmelten und eine Plastiktüte schwenkten. Für mich war das alles ziemlich geheimnisvoll und ich verstand nichts. Das Ende bestand immer darin, dass der, der den Pfarrer spielte, mit einem der anderen für eine Zeit lang im Schupfen verschwand. Wenn ich fragte, was da gemacht wurde, legten alle nur immer den Finger auf den Mund, taten geheimnisvoll und sagten, darüber zu reden, sei Sünde. Todsünde sogar, die schlimmste aller Sünden. Also fragte ich nicht mehr – und irgendwann, da spielte Fitze den Pfarrer, nahm er mich nach dem Ministrieren mit in den Schupfen. Schloss quietschend die Tür – und schon hatte er seine Hose heruntergelassen. »So, und jetzt zeig mir mal, was dir der liebe Gott da gegeben hat, dass ich das segne.« Damit löste er mir meine Hose, zog sie herunter und nahm meinen Piepmatz ... und ich musste seinen ... und der war riesengroß, so etwas hatte ich noch nie gesehen ...

Ich schämte mich und machte, was Fitze sagte. Danach musste ich ewiges Schweigen geloben und wir spielten Fußball.

Das alles liegt Jahrzehnte zurück. In dieser Zeit war ich ein paarmal wieder in Bamberg gewesen, aber immer beruflich und nie mit viel Zeit. Die hatte ich mir, inzwischen in Rente, endlich einmal genommen. Wollte ein paar Tage durch die Stadt stromern und ein wenig meinen Erinnerungen nachgehen. Onkel Karl und Tante Ella waren längst gestorben, Lucki war weggezogen, das Haus war verkauft, ich hatte in Bamberg keine Verwandten mehr. Aber die unheimlichen Löwenkröten und meine kindliche Scheu davor war mir bis heute präsent.

Ich hatte einen groben Plan, was ich mir alles anschen wollte. Das Naturkundemuseum zum Beispiel, dort war ich mit Lucki und Onkel Paul einmal gewesen. Im Vogelsaal, an mehr erinnerte ich mich nicht. Dort wollte ich nachsehen, ob es das vierbeinige Entenküken tatsächlich gab, das mir so unheimlich gewesen war, genauso wie das mit den zwei Köpfen. Oder ob ich mir das alles nur eingebildet hatte.

Es war der Mittwoch vor Fronleichnam, auch deshalb war ich hier. Weil ich mir einmal die berühmte Fronleichnamsprozession anschauen wollte. Dazu vielleicht noch die Gärtnerstadt, ansonsten wollte ich einfach durch die Stadt bummeln und mich treiben lassen. Mir noch ein paar Kleinigkeiten ansehen, zum Beispiel die Hölle, eine Gasse hinter der Oberen Pfarre, die hatte ich beim Studium des Stadtplans durch Zufall entdeckt. Fand ich skurril, eine Gasse namens »Hölle« inmitten einer erzkatholischen Stadt. Wollte ich auf jeden Fall einmal gesehen haben. Und natürlich das eine oder andere der guten Bamberger Biere verkosten.

So geriet ich durch Zufall in dieses Wirtshaus. Eigentlich hatte ich den Paradeplatz nur aufgesucht, um mir das historische Pissoir anzusehen. Und um mich dort zu erleichtern. Jugendstil. »Hier kann man neibrunsen und zahlt viel dafür«, hatte einer erbost im Internet seinen Kommentar über diese Ab-Örtlichkeit hinterlassen. Na ja, man kann sich über alles aufregen. Das wunderschöne Gebäude war sauber und odeurte keineswegs verbrunst, ganz im Gegenteil, es präsentierte sich wohlriechend und gut gepflegt. Dafür das verlangte »Fuchzgalla« abzutreten, hielt ich absolut nicht für übertrieben.

Jetzt also stand ich vor diesem Gasthaus. Tambosi. Keine Ahnung, was der Name für einen Ursprung hatte oder was er bedeutete, aber das Lokal wirkte auf mich sympathisch. Und existierte schon über 80 Jahre, wie mir nur Minuten später die obligate Seite zur Historie in der Speisekarte verriet. Irgendwie lud mich alles zum Eintreten ein. Weil mich solche Gaststätten ansprachen. Anflehten regelrecht. Allein schon die großen, mit Sprossen unterteilten Rundbogenfenster. Schöne, klassische Symmetrie, umfasst von Gelb auf ehemals weißer Fassade. »Speisegaststätte«, informierte ein Schriftzug zentral über dem mittleren Rundbogen.

»Küche geöffnet 11–15 Uhr und 17–21 Uhr«, war mit Kreide per Hand auf eine Schiefertafel geschrieben, die auf dem Fensterbrett stand, »Gelbwurst blau mit Brot«, stand auf einer zweiten, allein das schon Grund genug, einmal hineinzuschauen. Gelbwurst blau mit Brot, also im Sud gegart, sauer, vermutete ich. Ansonsten, nächste Tafel, »Knöchla, Gerupfter, Sauerbraten«, der allerdings schon durchgestrichen. Also ausverkauft. Kein Wunder, es war schon kurz nach zwei. Aber noch Zeit genug, etwas zu essen. Also hinein.

Auch innen sehr sympathisch, kein Gedöns. Dunkle Holzdecke, daran über den Tischen an Ketten herabhängend irgendwelche Eimerlampen, rundum eine einfache tiefbraune Holz-Lamperie, die Wände darüber Rauputz und längst gelb von der Zeit und vom früheren Rauch. Ein Wirtshaus, an dem die Zeit vorübergegangen war. Mitten in Bamberg, direkt am innerstädtischen Busbahnhof.

Ich nahm an einem freien Tisch Platz und fühlte mich sofort wie daheim. Hier saßen, das sagte ein erster Blick, ausschließlich Einheimische. Einfache Bürgerinnen und Bürger der Stadt, wahrscheinlich sogar aus der Nachbarschaft, die hier zu Mittag aßen. Fast alle jenseits der 60, mindestens, eher der 70, die sich, wie ich recht schnell bemerkte, alle untereinander kannten. Man unterhielt sich oft über die Tische hinweg oder rief sich immer mal wieder etwas zu. Sehr freundliche Stimmung.

Schon stand die Bedienung am Tisch. Ein Mann. Lachte mich an wie einen alten Kumpel. »Hunger?« Er hatte die Speisekarte schon in der Hand. Ich nickte. »Durst?«

Ich bestellte ein Spezial, leicht rauchige Note. Und nein, nicht die Gelbwurst, das klang mir dann doch zu abenteuerlich, sondern banal ein Schnitzel mit Kartoffelsalat. Hatte ich am Nebentisch gesehen, seine Größe entsprach meinem Hunger.

Ich saß und wartete. Sah mich ein wenig um, ließ Wirtshaus und Atmosphäre auf mich wirken. Drüben am Ecktisch unterm Fenster saß ein wohl ehemaliger Geistlicher, erkennbar am leicht aufgedunsenen, rotfleckigen Gesicht, der noch röteren Nase, seinem von Alter und Taddeligkeit bekleksten schwarzen Gewand, dem Kreuz um seinen Hals und dem Ring. Konnte nur ein Pfaffe sein, vielleicht ein ehemaliger. In Bamberg, das hatte mir erwähnter Arzt einmal erzählt, habe es lange eine Schule für die Kinder katholischer Priester gegeben. Ottonianum, wenn ich mich recht erinnerte. Dorthin habe die katholische Kirche ihren Nachwuchs, den es eigentlich nicht geben durfte, hingeschickt und, von der Öffentlichkeit abgeschirmt, im Sinne des christlichen Glaubens erzogen. Und versucht, die Knaben für die Priesterlaufbahn zu begeistern. 1999 aber, so der Freund, habe man die Schule geschlossen. Zehn Jahre habe es danach gedauert, bis es ehemaligen Schülern gelungen sei, erst ihre Scham und dann noch die Angst vor den angedrohten Gottesstrafen zu überwinden und über die handgreiflichen Erziehungsmethoden manches Geistlichen an dieser Schule zu berichten. Die sich mit Vorliebe unterhalb der Gürtellinie abgespielt hatten. Und? Der Klerus, von christlicher Nächstenliebe beispielhaft durchdrungen, habe sich umgehend schützend vor die Beschuldigten gestellt und um ein friedvolles Miteinander geworben, frei von Bösartigkeiten und Unterstellungen.

Und die Opfer …?

Welche Opfer?

Während ich so meinen Gedanken nachhing, wanderte mein Blick unwillkürlich immer mal wieder hinüber zu dem mutmaßlichen Pfaffen und dessen Gesprächspartner, einem etwas abgerissen und vom Alkohol oder anderen Drogen gezeichneten Mitt- oder Endvierziger. Ausgefranst ausgeleierter Pulli, fettiges dünn langes Haar, Zahnlücken und der für so viele Abgestürzte so typische etwas verächtliche Tonfall in allem, was er von sich gab. Neugierig versuchte ich mitzukriegen, worüber die beiden sprachen, saß aber zu weit weg. Keine Chance. Auf jeden Fall waren sie nicht einer Meinung und stritten über irgendwas. Fetthaar bekam gerade ein neues Bier, sicher nicht erst sein zweites an diesem Tag, der Mann in Schwarz nippte an einem Glas Weißwein, weiteres Indiz dafür, dass er ein Pfaffe war. Der Jüngere schien sich über etwas zu ärgern, der Pfaffe hielt mit ruhiger Stimme dagegen, versuchte zu besänftigen.

Mein Blick wanderte weiter durch das Wirtshaus. Dem Gast am Nebentisch war offenbar das servierte Schnitzel zu groß gewesen. Nach gut der Hälfte legte er sein Besteck zur Seite und schob den Teller von sich. »Einpacken?« so der Kellner im Vorbeigehen und legte dem Gast kurz darauf eine Rolle Alufolie hin. In der Zwischenzeit aber hatte sich schon ein kleines altes Mütterchen zu ihm an den Tisch gesellt. Deutete auf das Schnitzel. Er nickte. Sie nahm den Teller mit an ihren Platz und begann zu essen.

Der Pfaffe und der andere beackerten sich noch immer, während Ersterer seinen Wein leerte und zahlte. Die Zeche seines Gesprächspartners gleich mit. Mein Schnitzel kam, vom Tisch drüben verließen zwei, drei das Lokal, der Pfaffe folgte kurz hinterdrein. Ein weiteres Mütterchen erbat sich hinten von einem ihr offensichtlich Bekannten ebenfalls ein übrig gebliebenes Schnitzelstückchen. Auch sie bekam es sofort. Schönes Miteinander, dachte ich mir.

Es wurde Zeit, ich musste los, wenn ich noch ins Naturkundemuseum wollte. Und danach vielleicht noch nach dem Tintoretto in der Oberen Pfarre schauen, der Kirche Unsere Liebe Frau. Namen haben sie schon immer, die Katholen. Und, dachte ich mir, dann könnte ich meinen Weg ja so legen, dass ich am Dom vorbeikam, an den beiden Kröten. Denn die alten Steine, die mir als Pimpf so viel Angst eingejagt hatten, wollte ich auch noch einmal sehen.

Ja, das vierbeinige Küken gab es tatsächlich, ebenso das mit den zwei Köpfen, meine Erinnerung hatte mich also nicht getäuscht. Ein wenig gruselig, die kleinen Wesen. Voll gruselig aber die Gruppe Rentnerinnen, die mir die Pracht des Vogelsaals gründlich versaute. Wie ein Schwarm alberner Schülerinnen schnatterten die alten Weiber durchs Barock dieses Prunkstücks und trieben mich in die Flucht.

Die beiden steinernen Kröten waren dann viel kleiner, als ich sie in Erinnerung hatte, und die Geschichte mit dem Teufel war den Bambergern wohl nicht mehr präsent: Auf den Figuren turnten und vergnügten sich in der Obhut ihrer Eltern zwei Kinder.

Den Tintoretto fand ich sofort. Und fand ihn langweilig. Oder verstand ihn nicht. Ein einziges Gewusel und Durcheinander an aus dem Himmel fallenden oder in ihn aufsteigenden Engeln oder sonstigen Figuren. Aber immerhin schon fast 500 Jahre alt. Keine Ahnung, warum ich mir solche Sachen immer wieder ansehe, eigentlich bin ich kunsthistorisch unterbelichtet. Ich machte nicht einmal ein Foto – aber, schon einmal da, wollte ich schnell noch hinunter und mir die Hölle anschauen, die schmale Gasse unterhalb Unserer Lieben Frau. Danach dann ins Bamberger Weißbierhaus zum Essen, wo ich auch ein Zimmer gebucht und meine Reisetasche abgestellt hatte. Sehr ansprechende Speisekarte, traditionell fränkisch, genau mein Geschmack. Die Gästezimmer waren sehr spartanisch, wirkten eher wie Kutscherzimmer aus alten Zeiten und waren es wahrscheinlich auch. Hinten im Hof gelegen, Zugang über eine überdachte Holzveranda. Meines war ein schmaler Raum, länglich, schiefer Schrank, Bett, Tischchen, Stuhl, ein Waschbecken, das war's. Pinkeln würde ich nachts also können. Ja, noch ein ausgemergelter Flickenteppich. Mir taugte es und es passte zur Wirtsstube, auch hier hatte man seit Jahrzehnten nichts Wesentliches verändert. Morgen früh dann gleich rauf auf den Domplatz, die Vorbereitungen für die Prozession verfolgen wie damals mit Onkel Karl.

Also noch schnell in die Hölle.

Die dann eher banal war. Eine ganz normale Gasse, aufgeräumt, kurz, mit einer rechtwinkeligen Kehre, dann war die Hölle auch schon wieder zu Ende. Null Gruseliges, nichts Satanisches, nix. Ich ging noch einmal zurück, in der Kurve hatte ich am Hang unterhalb der Lieben Frau einladend eine Bank stehen sehen, dort wollte ich gemütlich eine rauchen.

Ich hatte mich kaum gesetzt, als er ums Eck kam. Schon ziemlich betankt. Der Abgerissene aus dem Tambosi, eine Bierdose in der Hand. Ich erkannte ihn sofort. Er sah mich, steuerte auf mich zu und deutete auf meine Zigarette. »Ham Sie vielleicht noch eine für mich?«

Ich hielt ihm die Packung hin, gab ihm das Feuerzeug. Widerwillig.

»Darf ich?« Er deutete auf den Platz neben mir und saß auch schon. Scheiße, das hatte mir gerade noch gefehlt. Ich hatte keine Lust, mich mit einem Besoffenen zu unterhalten. Rückte ein wenig ab.

Er saß und rauchte, sah mich von der Seite an. »Waren Sie nicht heute Mittag im Tambosi?«

Auch das noch! Er hatte mich also auch erkannt. Ich nickte. Hätte ich vielleicht nicht tun sollen.

»Sie senn ned vo da, gell?«

Widerwillig brummelte ich ein »Nein« und schüttelte den Kopf.

Schweigen.

»War'n S' auch schon mal in Indien?«

Was sollte das denn jetzt? »Nein.« Diesmal schon etwas schroff, ich versuchte, erst gar kein Gespräch aufkommen zu lassen.

»Indonesien? Malaysia? Thailand? Philippinen?«

Ich reagierte nicht, demonstrativ. Ich kannte solche Typen. Nur ein einziger Millimeter angedeuteter Gesprächsbereitschaft, und er würde mich vollsülzen, endlos, mich nicht mehr auslassen. Und auf nichts hatte ich weniger Lust als auf das.

Ob er es verstanden hatte? Auf jeden Fall schwieg er. Dann hielt er mir seine Bierdose unter die Nase und schüttelte sie. »Aber eins muss ich Sie noch fragen. Is nämlich schon fast leer, und ich brauch heut noch was.«

Wollte er mich um ein Bier anschnorren? Ich zog meinen Geldbeutel aus der Tasche, wollte mich freikaufen.

»Naanaanaanaanaa, Schuldichung, so war des ned g'meint. Ich Depp.« Er schüttelte den Kopf. »Zum Betteln fang ich ned auch noch an.«

Pause.

»Naa, was ich Ihner fragen wollt: Ham Sie vielleicht den Hubertus g'sehn? Den vom Tambosi, wissen S' scho, mit dem ich da am Tisch g'sessen bin?«

Ich schüttelte den Kopf. Nein, den hatte ich nicht gesehen.

»Weil … den brauch ich heut noch.« Er schüttelte wieder seine fast leere Bierdose. Goss dann den letzten Schluck in sich hinein, steckte die glühende Kippe in die Dose, es zischte leicht, und warf sie in den Abfallkorb neben der Bank. »Is zwar Pfand drauf, aber deswegen geh ich ned nei di Norma und stell mich an. Scheiß drauf.«

Pause.

»Ja … den Hubertus …« Es schien, als überlegte er. »Gehm Sie mir vielleicht noch eine? Kippe, mein ich?«

Wie wurde ich diesen aufdringlichen Kerl bloß los? Ich gab ihm noch mal die Schachtel samt Feuerzeug.

Er inhalierte tief. »Ich muss den unbedingt noch finden, weil der muss mir noch eins kaufm. Oder zwaa sogar. Musser.« Bewusst gesetzte Kunstpause, wichtig. »Wissen S' nämlich, der muss des lebenslang, solang's nern noch gibt.« Dazu grinste er. Triumphierend und eine Spur gehässig. »Und deswegen, wissen S', hab ich Sie auch gefragt, ob S' schomoll in Indien warn. Wall ich war da scho.«

Pause.

»Is lang her …«

Pause.

»Und des war bloß wegen dem Pfaffm, dem Hubertus.«

Vier von ihm geschnorrte Zigaretten später kannte ich seine ganze Geschichte. Werner, so hieß der Typ. Bamberger, hatte mit 14 eine Metzgerlehre angefangen und war Ministrant gewesen. »Das hat mir gut g'falln am Anfang, des war immer schö.« Sein Lehrherr, der Metzger, war beim Pfarrer auch der Messner gewesen. Irgendwann mal hatte ihn der Pfarrer, »der Hubertus, den kenner S' ja scho«, mal zur Seite genommen »und dann sei Ding aus'packt. Und Zeuch g'macht, rum halt und so. Und ich hab mitmachen müssen.« Er zog hoch und spuckte demonstrativ aus. Nachdem das drei- oder viermal so geschehen sei, erzählte er weiter, sei er, Werner, zu seinem Lehrherrn gegangen, der bei dem Pfarrer Messner war, und habe ihm das gesagt. »Ich wollt ja, dass der mir hilft. Aber da hat mir der so anne neig'haut, dass ich übern Tisch g'flogen bin. 14 war ich damals, müssen Se sich vorstelln. Ich soll net so lügn, hatter g'schrien, und dem Herrn Pfarrer net so Zeuch hinhängen.«

Pause.

»Kahner hat mir g'holfen damals. Mei Vatter net, mei Mutter net, mei Opa net. An jedem hab ich's erzählt, a jeder hat g'sacht, lüch net, halt's Maul, du spinnst.«

»Mei ganze Welt is damals zammbrochn.«

»Des is allerweil so weitergegangen, jahrelang.«

»Und mei Master und alle ham zum Pfarrer g'haltn. Und mei Master hat dann auch noch ang'fangt.«

»Des hat mi kaputtg'macht.«

»Und dann, wie ich 17 war, bin ich irgendwann abg'haut.«

Schlafsack, Rucksack, los. »Mit Leuten«, die er kennengelernt habe, sei er dann nach Indien, sei dort bei Gurus gewesen, habe Frieden gesucht. Habe zum Buddhismus gefunden, dann zum Islam, »die ganzn Relichionen«, sei Jahre in Indonesien gewesen, »überall da unten.« Erst mit 30 sei er wieder zurück. Heim. »Ich hab mir g'sagt: Du hast da noch was zum Klären.«

Er sei dann zum »Pfarrer Hubertus«, habe sich bei ihm in den Beichtstuhl gesetzt und gesagt: »Jetzt zeig ich dich an, du Drecksau. Jetzt bist du dran. Du hast mir alles kaputtgemacht. Mich kaputtgemacht.«

Dann schwieg der Werner. Sah minutenlang starr vor sich hin. In die Hölle.

Irgendwann fragte ich: »Und?«

»Und? Ob ich nern angezeigt hab, meinen S'? Nee. Ich mach's kurz: Wir ham dann 'nen Deal g'macht.«

»Deal?«

»Ja, den.« Er machte eine Trinkbewegung.

Ich verstand nicht.

»Schaun S' mich doch ah, ich bin doch fertig. So vill Drogn scho und so vill Alkohol, ich tu doch jedn Tag sprittn. Aber der Hubertus muss des jetzt alles zahln. Der muss mich versorgn, so lang er noch lebt. Oder ich. Mit Sprit und überhaupt, so hammer's ausg'macht, und ich halt dafür mei Maul. Und deswegen …« Er sah auf seine Uhr und machte sich hoch. »Ich muss etz gehn. In ahner halbn Stund machn die G'schäfte zu, dann krieg i nichts mehr. Und …« Er sah mich an. »Danke für die Zigarettn … Und Sie haltn es Maul, gell? Sagn niemandem was vo dem … Weil … ich dörf des ja gar ned erzähln … aber Sie senn ja ned vo da.« Damit schwankte er davon, die Hölle hinunter in Richtung Eisgrube und Altstadt.

Der Krustenbraten am Abend im Bamberger Weißbierhaus war hervorragend, aber er schmeckte mir nicht, die

Geschichte schlug mir auf den Magen. Ich schlief auch nicht gut in meinem Kutscherzimmer. Was nicht am Bett oder am Zimmer lag.

Am Morgen machte ich mich auf den Weg hinauf zum Domplatz, mitten hinein ins Mittelalter. Hier trumpften die aufgeschwemmten Rotgesichter in ihren wallenden Festtagsfrauenkleidern auf wie seit Jahrhunderten. Stolzierten salbungs- und huldvoll mit sanften Stimmen und gefalteten Händen hin und her, zeigten sich gnädig und vom Geiste beseelt, nickten wohlwollend, legten Hände auf und segneten, und alle spielten mit. Ehrfürchtig begrüßte man die klerikalen Herren, verbeugte sich vor ihnen und ehrte sie. Die Männer karrten die bis zu 300 Kilo schweren Statuen auf den Domplatz, die sie dann später schulterten und zu sechst oder acht durch die Stadt trugen. Andere stemmten ihre bis zu vier Meter hohen Kerzenhalter, Lautsprecheranlagen wurden ausprobiert und eingepegelt – und irgendwann zog die Gespensterkarawane mit ihren Schäfchen im Gefolge wallenden Gewandes, gesenkten Kopfes und gemessenen Schrittes betend, singend und die Jungfrau Maria beschwörend hinunter in die Stadt und dort von Altar zu Altar. Damit nur alles so bleibe, wie es gottgewollt schon immer war, und dass sich nichts verändere. Keusch, rein und gottesfürchtig. Und mittendrin: Pfarrer Hubertus, angemessen heilig blickend. Werner sah ich nicht. Aber ich ertappte mich bei dem Gedanken, die beiden Teufelskröten plötzlich lebendig werden zu lassen und Feuer spuckend über den Platz ... Ein bisschen Hölle spielen.

Aber die Hölle gibt es ja nicht.

Nur auf Erden.

DIE AUTOREN

Hilde Artmeier wuchs in Oberbayern auf, lebte einige Zeit in Schottland, absolvierte ein Biologiestudium in Regensburg und eine Fremdsprachausbildung in Nürnberg. Sie war viele Jahre in der Industrie und als selbstständige Übersetzerin tätig. Heute arbeitet die Mutter zweier inzwischen erwachsener Kinder als freischaffende Schriftstellerin und lebt mit ihrem Ehemann, dem Krimiautor Wolfgang Burger, in Regensburg und Karlsruhe. Mit ihrer Privatdetektivin Anna di Santosa schuf sie laut Mittelbayerische Zeitung »eine starke Frauengestalt«.
www.burger-artmeier.com

Erst mit Beginn seines Ruhestandes begann für **Michael Böhm** das Abenteuer mit den »Petermann«-Romanen. Der erste Band »Herrn Petermanns unbedingter Wunsch nach Ruhe« wurde 2014 für den Friedrich-Glauser-Preis nominiert, der zweite Band, »Herr Petermann und das Triptychon des Todes«, 2016 mit diesem renommierten Preis ausgezeichnet. Mit »Quo vadis, Herr Petermann?« schloss die Reihe ab. Zusammen mit Dieter Hentzschel schrieb er den Krimi »Dinner mit Elch«, der 2018 herauskam. »Träume am Ende des Weges«, eine kleine Galerie unsterblicher Namen, erschien 2019. Im Sommer 2020 erhielt das Buch den Eurolit-Buchpreis. Der Krimi »Die zornigen Augen der Wahrheit« wurde Anfang 2020 veröffentlicht. Im sel-

ben Jahr erschien »Mein Freund Sisyphos«. Der Roman »Der verborgene Gast« sowie »Die Sanduhr in meinem Kopf«, eine kleine Galerie bemerkenswerter Frauen, wurden 2022 veröffentlicht. Michael Böhm lebt in der Nähe von München.
de.wikipedia.org/wiki/Michael_Böhm

Angela Eßer wurde in Krefeld geboren und studierte Theaterwissenschaft in München. Sie ist Autorin, Herausgeberin von Krimi-Anthologien, veranstaltet Krimi-Kochkurse, betreut Krimi-Festivals, ist Initiatorin von »Bloody Cover« und war langjährige Sprecherin des SYNDIKATs, des Vereins deutschsprachiger Kriminalliteratur. Gemeinsam mit ihrer Kollegin Elke Pistor organisiert sie »SKRIVA – literatur werkstatt köln« sowie das »Barcamp Literatur München«.

Ihre Kurzgeschichte »6 Uhr 23 – Guten Morgen München« war für den Friedrich-Glauser-Preis in der Sparte Kurzkrimi nominiert, ihre »Menüthek: Krimi« erhielt den österreichischen Kochbuchpreis »Prix Culinaire«, und 2021 wurde sie mit dem Friedrich-Glauser-Ehrenpreis ausgezeichnet.
www.angelaesser.de

Nicola Förg wurde in Kempten geboren und arbeitet als Schriftstellerin und Journalistin. Förg war die Erste, die vor 22 Jahren das Allgäu und den bayerischen Alpenrand »kriminell« werden ließ.

In ihren mittlerweile 25 Krimis greift sie brennende Naturschutzthemen auf. Ihre Romane sind regelmäßig Gast in den Top Ten der Spiegel-Bestsellerliste. In der Serie um Kommissar Weinzirl geht es in »Donnerwetter« um

den Auerberg, in der Serie um Irmi Mangold spielt in »Böse Häuser« der Auerberg auch eine gewichtige Rolle. Förg lebt mit jeder Menge Tieren auf einem Hof in Prem am Lech – der Auerberg ist nicht weit!
www.ponyhof-prem.de

Tommie Goerz (Dr. Marius Kliesch), geboren 1954, lebt in Erlangen. Seit 2009 veröffentlichte er neben zehn Krimis um den Nürnberger Kommissar Friedo Behütuns »In fränkischen Wirtshäusern« (2019) und »Tante Emma lebt« (»Schönstes Regionalbuch Deutschlands«, Silber für »Schönstes Fotobuch Deutschlands«, jeweils 2021) sowie die Kriminalromane »Meier« (Glauser 2021) und »Frenzel« (Crime Cologne Award 2022). 2023 erschien sein Roman »Im Tal«, alles ars vivendi verlag. Goerz ist Mitglied im SYNDIKAT und im PEN-Berlin.
www.tommie-goerz.de

Roland Krause lebt und schreibt in München. Erschienen sind von ihm bisher acht Romane und zahlreiche Erzählungen in diversen Anthologien. Seine Texte sind geprägt von schwarzem Humor, atmosphärischer Dichte und schrägen, originellen Charakteren.
www.krimikrause.blog

Lutz Kreutzer, geboren in Stolberg/Rhld., hat an einer Dienststelle des Wissenschaftsministeriums in Wien die Öffentlichkeitsarbeit begründet, bevor er als Manager in die freie Wirtschaft nach München wechselte. Zu Bayern, wo er seit 23 Jahren lebt und arbeitet, seinen Landschaften und seinen Städten hat der promovierte Naturwissenschaftler eine tiefe Beziehung. Wegen seiner Erlebnisse als

Bergsteiger und Kletterer haben seine Geschichten oft mit schaurigen Alpenwänden zu tun. Sein Thriller »Schröders Verdacht« schaffte es auf Platz 1 im kindle-Shop. Sowohl seine wissenschaftliche als auch seine literarische Arbeit wurde mit mehreren Stipendien ausgezeichnet. Er lebt und arbeitet in Freilassing.
www.lutzkreutzer.de

Anja Lehmann schreibt leidenschaftlich gerne Geschichten, hauptsächlich historische Romane und Fantasy. Für ihre literarischen Werke wurde sie mit dem Elisabeth-Engelhardt-Literaturpreis des Landkreises Roth ausgezeichnet.
www.autorin-anjalehmann.de

Geboren und aufgewachsen ist **Alexander Meining** in München. Mittlerweile lebt und arbeitet er in Würzburg. Die unterfränkische Metropole am Main während des ausgehenden 19. Jahrhunderts ist auch die Kulisse für seine bisherigen beim Gmeiner-Verlag erschienenen historischen Kriminalromane der »Georg-Hiebler-Reihe«.
www.gmeiner-verlag.de/autoren/autor/1514-alexander-meining

Michaela Pelz ist gebürtige Schwäbin, in der Welt und durch verschiedenste Jobs viel rumgekommen, bis sie nun ihren privaten Hafen im wunderschönen Oberbayern und den beruflichen in der Tätigkeit als Lokaljournalistin (Süddeutsche Zeitung) gefunden hat. Der Ausflug in die Räuber-Heigl-Höhle unter der Führung ihrer Freunde Sepp und Lucia wird der Betreiberin von www.krimi-forum.de auf immer unvergesslich bleiben. Was für ein Glück, dass

die Recherche für Lutz Kreutzers »schauriges« Projekt sie in diese wunderbare Gegend mit all ihren herzlichen Menschen geführt hat.
www.sueddeutsche.de/autoren/michaela-pelz

Ina Resch alias Regina Ramstetter ist diplomierte BWLerin, rotbackertes Lausdirndl und Autorin. Ihr Buch »Die Farbe des Vergessens« war für den Friedrich-Glauser-Preis nominiert. Sie ist in Niederbayern geboren, aufgewachsen und lebt mit Kind und Kegel auf dem Bauernhof, den sie von den Eltern übernommen hat. Die Autorin schreibt Krimis, Romane und Kurzgeschichten.
www.ina-resch.de

Helmut Vorndran wurde 1961 in Bad Neustadt/Saale, Franken, geboren. Er legte das bayerische Fachabitur ab, danach folgten eine Lehre zum Tischler und ein Studium zum Sozialpädagogen (abgebrochen wegen erkannter Sinnlosigkeit). Seit 1984 ist er freischaffender Kabarettist und Kolumnist für die Mainpost in Würzburg. Außerdem folgten diverse Produktionen und Aufnahmen für das Bayerische Fernsehen und Rundfunkanstalten wie Antenne Bayern.
www.helmutvorndran.de

Kreutzer/Gardein (Hrsg.)
Die gruseligsten Orte in München
Kriminalroman
256 Seiten, 12 x 20 cm
Paperback
ISBN 978-3-8392-2433-5
€ 12,00 [D] / € 12,40 [A]

Zwölf gruselige Kriminalgeschichten von zwölf Autoren über zwölf reale Orte in München, angelehnt an Ereignisse und Legenden von der Eisenzeit bis in die Gegenwart: Warum die Kelten ihre Heimat verloren und wie grausam sie ihre Feinde behandelten. Auf welche Weise eine Hebamme und der Scharfrichter die Faust Gottes entlarvten. Wie eine Frau trotz ihrer Unschuld in die erbarmungslosen Fänge der Inquisition geriet. Oder weshalb der Türmer von Sankt Peter vor Angst fast wahnsinnig wurde.

GMEINER SPANNUNG

WWW.GMEINER-VERLAG.DE
Wir machen's spannend

Gardein/Kreutzer (Hrsg.)
Düstere Orte in Nürnberg
Kriminalroman
256 Seiten; 12 x 20 cm
Paperback
ISBN 978-3-8392-2569-1
€ 12,00 [D] / € 12,40 [A]

Zehn düstere Geschichten von zehn Autoren über zehn reale Orte in Nürnberg. Angelehnt an Ereignisse und Schicksale aus der bewegten Geschichte der alten Reichsstadt vom Mittelalter bis zur Gegenwart: Wie der städtische Henker vor der Lorenzkirche für eine junge Frau zur letzten Hoffnung wurde. Auf welche Weise der Teufel am Ölberg die Jugend um ihre Seelen brachte und ein Vampir am Westfriedhof sein Unwesen trieb. Oder unter welchen Umständen die Rothenburger Straße in der Zukunft ein Gruselmuseum sein wird.

WWW.GMEINER-VERLAG.DE
Wir machen's spannend

Alle Bücher von Lutz Kreutzer:

Hauptkommissar Josef Straubinger ermittelt:
1. Fall: Die Akte Hürtgenwald
ISBN 978-3-8392-2812-8

2. Fall: Römerfluch
ISBN 978-3-8392-0338-5

Schaurige Orte in der Schweiz (Hrsg.)
ISBN 978-3-8392-2854-8

Schaurige Orte in Südtirol (Hrsg.)
ISBN 978-3-8392-0190-9

Schaurige Orte am Niederrhein (Hrsg.)
ISBN 978-3-8392-0300-2

Schaurige Orte in Österreich (Hrsg.)
ISBN 978-3-8392-0410-8

Schaurige Orte auf Mallorca (Hrsg.)
ISBN 978-3-8392-0504-4

Schaurige Orte in Bayern (Hrsg.)
ISBN 978-3-8392-0642-3

mit Uwe Gardein (Hrsg.):

Die gruseligsten Orte in München
ISBN 978-3-8392-2433-5

Die gruseligsten Orte in Köln
ISBN 978-3-8392-2454-0

Düstere Orte in Nürnberg
ISBN 978-3-8392-2569-1

Die gruseligsten Orte in Hamburg
ISBN 978-3-8392-2703-9

WWW.GMEINER-VERLAG.DE
Wir machen's spannend